Annales 2023

Tle

Objectif BAC

Sujets & Corrigés

Spécialité

SES

W0202906

Laurent Braquet
Professeur certifié de SES

David Mourey
Professeur certifié de SES

hachette
ÉDUCATION

Mode d'emploi

Pour chaque type d'épreuve (dissertation et épreuve composée), cet ouvrage vous propose :

32 sujets corrigés pour préparer l'écrit

Dissertation

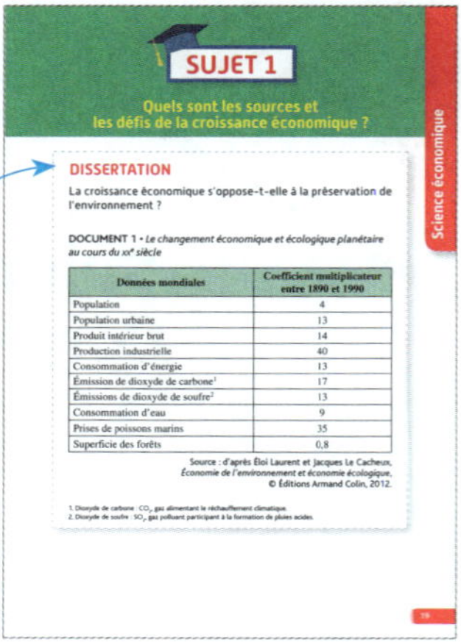
SUJET 1

Quels sont les sources et les défis de la croissance économique ?

Science économique

DISSERTATION

La croissance économique s'oppose-t-elle à la préservation de l'environnement ?

DOCUMENT 1 • *Le changement économique et écologique planétaire au cours du xxe siècle*

Données mondiales	Coefficient multiplicateur entre 1890 et 1990
Population	4
Population urbaine	13
Produit intérieur brut	14
Production industrielle	40
Consommation d'énergie	13
Émission de dioxyde de carbone[1]	17
Émissions de dioxyde de soufre[2]	13
Consommation d'eau	9
Prises de poissons marins	35
Superficie des forêts	0,8

Source : d'après Éloi Laurent et Jacques Le Cacheux, *Économie de l'environnement et économie écologique*, © Éditions Armand Colin, 2012.

1. Dioxyde de carbone : CO_2, gaz alimentant le réchauffement climatique.
2. Dioxyde de soufre : SO_2, gaz polluant participant à la formation de pluies acides.

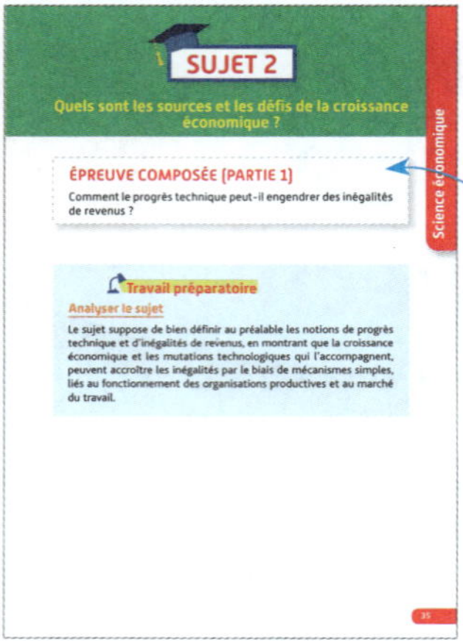
SUJET 2

Quels sont les sources et les défis de la croissance économique ?

Science économique

ÉPREUVE COMPOSÉE (PARTIE 1)

Comment le progrès technique peut-il engendrer des inégalités de revenus ?

Travail préparatoire

Analyser le sujet

Le sujet suppose de bien définir au préalable les notions de progrès technique et d'inégalités de revenus, en montrant que la croissance économique et les mutations technologiques qui l'accompagnent, peuvent accroître les inégalités par le biais de mécanismes simples, liés au fonctionnement des organisations productives et au marché du travail.

35

Épreuve composée (parties 1, 2, 3)

Un travail préparatoire pour comprendre les points-clés du sujet

Analyser le sujet

Analyser les documents

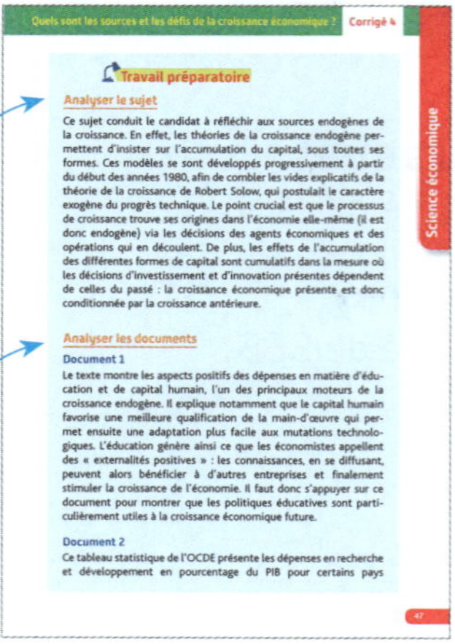
Quels sont les sources et les défis de la croissance économique ? Corrigé 4

Science économique

Travail préparatoire

Analyser le sujet

Ce sujet conduit le candidat à réfléchir aux sources endogènes de la croissance. En effet, les théories de la croissance endogène permettent d'insister sur l'accumulation du capital, sous toutes ses formes. Ces modèles se sont développés progressivement à partir du début des années 1980, afin de combler les vides explicatifs de la théorie de la croissance de Robert Solow, qui postulait le caractère exogène du progrès technique. Le point crucial est que le processus de croissance trouve ses origines dans l'économie elle-même (il est donc endogène) via les décisions des agents économiques et des opérations qui en découlent. De plus, les effets de l'accumulation des différentes formes de capital sont cumulatifs dans la mesure où les décisions d'investissement et d'innovation présentes dépendent de celles du passé : la croissance économique présente est donc conditionnée par la croissance antérieure.

Analyser les documents

Document 1

Le texte montre les aspects positifs des dépenses en matière d'éducation et de capital humain, l'un des principaux moteurs de la croissance endogène. Il explique notamment que le capital humain favorise une meilleure qualification de la main-d'œuvre qui permet ensuite une adaptation plus facile aux mutations technologiques. L'éducation génère ainsi ce que les économistes appellent des « externalités positives » : les connaissances, en se diffusant, peuvent alors bénéficier à d'autres entreprises et finalement stimuler la croissance de l'économie. Il faut donc s'appuyer sur ce document pour montrer que les politiques éducatives sont particulièrement utiles à la croissance économique future.

Document 2

Ce tableau statistique de l'OCDE présente les dépenses en recherche et développement en pourcentage du PIB pour certains pays

47

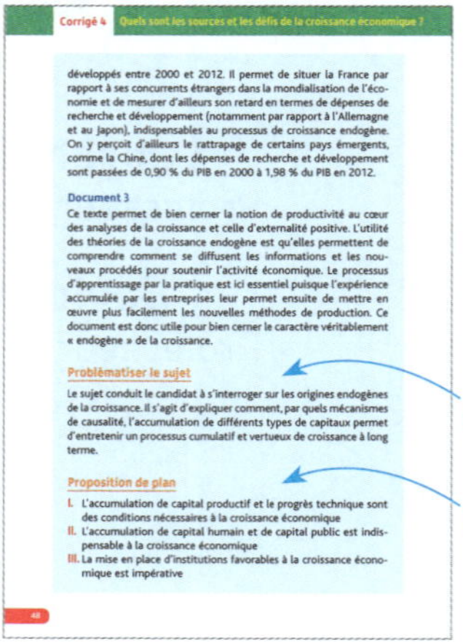
Corrigé 4 Quels sont les sources et les défis de la croissance économique ?

développés entre 2000 et 2012. Il permet de situer la France par rapport à ses concurrents étrangers dans la mondialisation de l'économie et de mesurer d'ailleurs son retard en termes de dépenses de recherche et développement (notamment par rapport à l'Allemagne et au Japon), indispensables au processus de croissance endogène. On y perçoit d'ailleurs le rattrapage de certains pays émergents, comme la Chine, dont les dépenses de recherche et développement sont passées de 0,90 % du PIB en 2000 à 1,98 % du PIB en 2012.

Document 3

Ce texte permet de bien cerner la notion de productivité au cœur des analyses de la croissance et celle d'externalité positive. L'utilité des théories de la croissance endogène est qu'elles permettent de comprendre comment se diffusent les informations et les nouveaux procédés pour soutenir l'activité économique. Le processus d'apprentissage par la pratique est ici essentiel puisque l'expérience accumulée par les entreprises leur permet ensuite de mettre en œuvre plus facilement les nouvelles méthodes de production. Ce document est donc utile pour bien cerner le caractère véritablement « endogène » de la croissance.

Problématiser le sujet

Le sujet conduit le candidat à s'interroger sur les origines endogènes de la croissance. Il s'agit d'expliquer comment, par quels mécanismes de causalité, l'accumulation de différents types de capitaux permet d'entretenir un processus cumulatif et vertueux de croissance à long terme.

Proposition de plan

I. L'accumulation de capital productif et le progrès technique sont des conditions nécessaires à la croissance économique
II. L'accumulation de capital humain et de capital public est indispensable à la croissance économique
III. La mise en place d'institutions favorables à la croissance économique est impérative

48

Problématiser

Proposition de plan

I.S.B.N. 978-2-01-719427-9

© HACHETTE LIVRE 2022, 58, rue Jean Bleuzen, CS70007, 92178 VANVES Cedex

Tous droits de traduction, de reproduction et d'adaptation réservés pour tous pays.

www.parascolaire.hachette-education.com

PAPIER À BASE DE FIBRES CERTIFIÉES

hachette s'engage p[...] l'environnement en réduisant l'empreinte carbone de ses livr[...] Celle de cet exemplaire est de **950** g éq. CO_2 Rendez-vous sur www.hachette-durable.fr

Des corrigés conformes à ce que l'on attend de vous au Bac

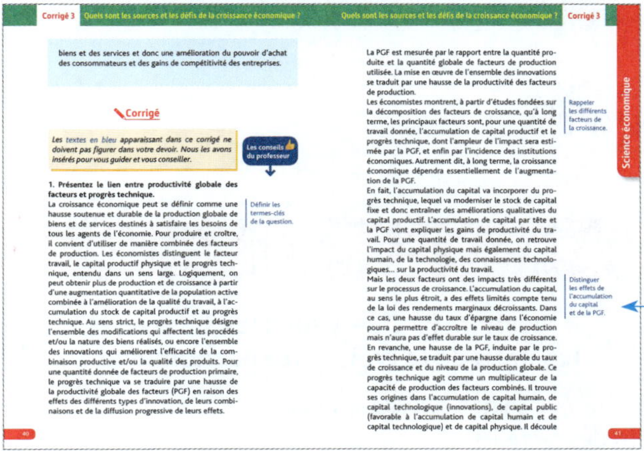

Le corrigé complet de chaque sujet avec les conseils du professeur en bleu

Le lexique des notions fondamentales

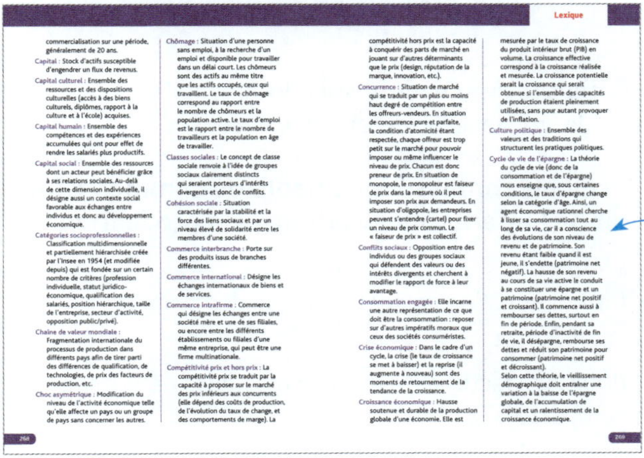

Le lexique de tous les termes que vous devez connaître.

Conception graphique
Couverture : Audrez Izern
Intérieur : Alicia Dassonville

Réalisation
Couverture : Alicia Dassonville
Intérieur : Médiamax
Édition : Laurence Lesbre/S.M.

Crédits iconographiques : p. 17, 111 et 227 : © www.shutterstock.com

Sommaire

Partie 1 • Science économique

Question 1 • Quels sont les sources et les défis de la croissance économique ?

Question 2 • Quels sont les fondements du commerce international et de l'internationalisation de la production ?

Question 3 • Comment lutter contre le chômage ?

Partie 2 • Sociologie et science politique

Question 4 • Comment est structurée la société française actuelle ?

Question 5 • Quelle est l'action de l'école sur les destins individuels et sur l'évolution de la société ?

Partie 3 • Regards croisés

Question 8 • Quelle action publique pour l'environnement ?

Présentation des épreuves

Les épreuves de l'enseignement de spécialité de SES permettent d'évaluer les compétences attendues en lien avec les programmes : non seulement la maîtrise des connaissances (les théories économiques et sociologiques, les mécanismes économiques et sociaux qui permettent d'expliciter un phénomène), mais aussi la capacité du candidat à extraire et traiter les informations issues de documents sous forme de textes, de graphiques, de tableaux statistiques... Par ailleurs, il s'agit de vérifier la maîtrise de certaines compétences acquises que l'on appelle transversales, soit la capacité à développer une argumentation, à conduire un raisonnement cohérent et structuré ainsi qu'à élaborer une problématique.
Les intitulés des sujets de la dissertation et du raisonnement de l'épreuve composée utilisent les objectifs d'apprentissage du programme, et les acquis de première pour vérifier si les élèves maîtrisent les bases de ce niveau d'enseignement. Ce sont les indications des objectifs d'apprentissage du programme qui délimitent donc le champ des possibles en termes de sujets.

L'épreuve d'enseignement de spécialité

L'épreuve écrite d'enseignement de spécialité se déroule en **4 heures**, avec un **coefficient 16**.
Les sujets sont au nombre de deux (au choix) : la **dissertation** et l'**épreuve composée**.

Le sujet de dissertation

Le sujet de dissertation s'appuie sur un dossier documentaire (3 ou 4 documents variés). Les documents peuvent avoir un format relativement important. Les intitulés des questions sont suffisamment larges pour permettre au candidat de mobiliser ses connaissances.

La dissertation porte sur une question spécifique du programme et nécessite d'élaborer une problématique et de rédiger une réflexion structurée sur un thème spécifique.
Il est préférable de rédiger et d'intégrer des titres et des sous-titres dans le développement du devoir afin de rendre l'exposé plus clair. Cela permet de mieux voir la cohérence et la pertinence du devoir.

Consignes figurant sur les sujets du bac
Il est demandé au candidat :
– de répondre à la question posée par le sujet ;
– de construire une argumentation à partir d'une problématique qu'il devra élaborer ;
– de mobiliser des connaissances et des informations pertinentes pour traiter le sujet, notamment celles figurant dans le dossier ;
– de rédiger en utilisant le vocabulaire économique et social spécifique et approprié à la question, en organisant le développement sous la forme d'un plan cohérent qui ménage l'équilibre des parties.
Il sera tenu compte, dans la notation, de la clarté de l'expression et du soin apporté à la présentation.

L'épreuve composée

Le sujet de l'épreuve composée a pour vocation de vérifier les connaissances du candidat sur des parties différentes du programme (économie, sociologie et science politique, regards croisés) dans le cadre des trois étapes qui la constituent (mobilisation des connaissances, étude d'un document, raisonnement s'appuyant sur un dossier documentaire). L'épreuve composée a également pour vocation de tester des compétences différentes du candidat (maîtrise des connaissances, maîtrise des savoir-faire, réflexion argumentée).

Consignes figurant sur les sujets du bac
Cette épreuve comprend trois parties.
1 – Pour la **partie 1** (Mobilisation des connaissances), il est demandé au candidat de répondre à la question en faisant appel à ses connaissances personnelles dans le cadre du programme.

2 – Pour la **partie 2** (Étude d'un document), il est demandé au candidat de répondre aux questions en adoptant une démarche méthodologique rigoureuse de présentation du document, de collecte et de traitement de l'information.

3 – Pour la **partie 3** (Raisonnement s'appuyant sur un dossier documentaire), il est demandé au candidat de traiter le sujet :

– en développant un raisonnement ;
– en exploitant les documents du dossier ;
– en faisant appel à ses connaissances personnelles ;
– en composant une introduction, un développement, une conclusion.

Il sera tenu compte, dans la notation, de la clarté de l'expression et du soin apporté à la présentation.

Questions évaluables dans le cadre de l'épreuve de l'enseignement de spécialité de terminale

Année impaire (depuis la session 2021)

Science économique	• Quels sont les sources et les défis de la croissance économique ? • Quels sont les fondements du commerce international et de l'internationalisation de la production ? • Comment lutter contre le chômage ?
Sociologie et science politique	• Comment est structurée la société française actuelle ? • Quelle est l'action de l'école sur les destins individuels et sur l'évolution de la société ? • Quels sont les caractéristiques contemporaines et les facteurs de la mobilité sociale ? • Comment expliquer l'engagement politique dans les sociétés démocratiques ?
Regards croisés	• Quelle action publique pour l'environnement ?

Année paire (depuis la session 2022)

Science économique	• Quels sont les sources et les défis de la croissance économique ? • Quels sont les fondements du commerce international et de l'internationalisation de la production ? • Quelles politiques économiques dans le cadre européen ?
Sociologie et science politique	• Comment est structurée la société française actuelle ? • Quelles sont les mutations du travail et de l'emploi ? • Comment expliquer l'engagement politique dans les sociétés démocratiques ?
Regards croisés	Quelles inégalités sont compatibles avec les différentes conceptions de la justice sociale ?

L'épreuve orale de rattrapage

La préparation avant le passage à l'oral dure 30 minutes. Ensuite, le passage devant l'examinateur dure 20 minutes. Le candidat a le choix entre deux sujets composés d'une question principale et de trois questions simples.
La question principale à traiter (notée sur 10 points) porte sur deux documents courts (texte, tableau de chiffres). Le candidat doit ensuite répondre à trois questions simples (notées également sur 10 points) dont l'une porte sur l'un des deux documents et les deux autres sur le cours.

Conseils pour l'épreuve

La dissertation

1. La gestion du temps

La gestion du temps est importante. Trois écueils doivent être évités, à savoir :
– ne pas finir dans le temps imparti ;
– ne pas équilibrer le temps entre les différentes étapes du devoir ;
– ne pas utiliser tout le temps imparti.
Une erreur fréquente en face du deuxième écueil est d'ajouter en conclusion des arguments tardifs que l'on n'aura pas eu le temps d'intégrer dans le développement.

Un exemple de gestion du temps à titre indicatif (sur une épreuve de 4 h)

Étapes	Durée	Étapes	Durée
Réflexion sur le sujet	30 min	Rédaction de l'introduction	20 min
Recherche d'arguments	30 min	Développement	1 h 15
Problématique	30 min	Rédaction de la conclusion	15 min
Plan	30 min	Relecture	10 min

2. La lecture du sujet

Vous devez d'abord analyser minutieusement les termes du sujet : un changement de ponctuation, par exemple, peut changer la nature d'un sujet. C'est en fonction de cette compréhension du sujet que l'on pourra faire des choix efficaces et surtout éviter le hors-sujet. Repérez les termes importants et définissez-les si c'est nécessaire.
Surtout, il ne faut pas transformer l'énoncé du sujet à sa convenance : certains termes étendent le champ d'analyse, d'autres le restreignent.
Il est conseillé de lire attentivement les documents en soulignant ou en surlignant ce qui semble important. Il est donc nécessaire d'étudier les documents séparément en notant les idées et les informations les plus marquantes au brouillon que l'on pourra ensuite utiliser dans le développement.

3. Le travail au brouillon

Au brouillon, vous devrez construire un plan suffisamment détaillé : il s'agit d'une partie très importante car c'est sur ce brouillon qu'il faudra ensuite s'appuyer pour rédiger la dissertation. En effet, vous n'aurez pas le temps de rédiger votre argumentation sur votre brouillon.
On peut prévoir deux ou trois grandes parties qui s'enchaînent avec des titres clairs qui doivent faire apparaître la progression du raisonnement pour vous aider. On peut ensuite définir les sous-parties de la même façon : on peut, dans chacune d'elles, écrire l'idée principale, les références (tirées des documents ou des connaissances personnelles), les exemples éventuels.

Construire un plan
Construire un plan de dissertation, c'est classer ses idées selon un ordre logique et progressif en vue de parvenir à une démonstration. Un bon plan est donc rigoureusement structuré et permet une progression cohérente de la pensée.
Il est indispensable d'élaborer une problématique. Elle doit être rédigée au brouillon, avant la rédaction du plan (la problématique induit le plan).
La problématique se présente comme une question que l'on se propose de résoudre mais qui prête à discussion. Problématiser devient donc, d'une certaine manière, l'art de poser les questions pertinentes, celles qui permettent de faire apparaître une réflexion féconde. Une problématique efficace doit englober tous les aspects du sujet à traiter et balayer tous les aspects des problèmes sous-jacents.

Voici les qualités incontournables d'un bon plan détaillé :
– **l'unité** : il faut donc articuler les deux ou trois parties du devoir et éviter une simple juxtaposition des problèmes ;
– **l'équilibre** : un plan doit être équilibré au niveau de la longueur des développements de chacune des parties et sous-parties ;
– **la cohérence** : les différentes parties doivent être claires et s'enchaîner logiquement. Il ne doit pas y avoir de contradictions ni de recoupements entre les parties. Il faut suivre le fil conducteur choisi.

4. La rédaction de la dissertation

Une fois le plan détaillé effectué, il faut rédiger au propre la dissertation.
L'introduction se décomposera en trois étapes successives : une accroche, une délimitation du sujet (on pourra définir brièvement les éléments principaux du sujet) et une annonce de la problématique. Ensuite on annonce clairement le plan que l'on suivra en plusieurs étapes cohérentes.

Le développement doit être composé de parties équilibrées et offrir une certaine symétrie entre les parties et les sous-parties (deux ou trois sous-parties dans chacune des deux ou trois parties du plan). De plus, il convient de numéroter les parties (I, II...) et les sous-parties (A, B...). Cela rend le devoir plus clair et permet de se corriger en percevant, à la lecture du plan détaillé, l'incohérence du plan ébauché.
Les documents proposés doivent être mobilisés pour montrer des évolutions intéressantes en lien avec le sujet, des chiffres marquants, des passages de différents textes qui éclairent le sujet. Il ne s'agit pas toutefois de produire une analyse de documents dans le cadre du développement en les énumérant.
La conclusion se décompose traditionnellement en deux temps. Dans un premier temps, la réponse finale doit apporter une réponse claire et sans équivoque (état des lieux sur une question économique et sociale) et répondre à la problématique. Dans un second temps, l'ouverture du sujet élargit la réflexion en dégageant des prolongements possibles. On peut ainsi poser de nouvelles questions. On peut clore l'analyse par une citation ou un paradoxe.

La présentation matérielle du devoir est importante : il faut adopter une mise en page aérée, écrire lisiblement, et éviter les phrases absconses, trop longues, etc. Il faut rechercher la précision et la concision. Utilisez des chapeaux en tête de paragraphe et des connecteurs logiques pour assurer la cohérence des développements. Évitez les erreurs de syntaxe, les fautes d'orthographe. Les correcteurs pénalisent le trop grand nombre de fautes d'orthographe.
Parce que le plan est une mise en forme des idées, il doit apparaître clairement à la lecture afin de montrer que le raisonnement est structuré. Il faudra faire des retraits en début de ligne et sauter des lignes pour que le correcteur repère la structure du plan le plus facilement possible.

Il est bon de conserver une dizaine de minutes pour se relire et éliminer d'éventuelles erreurs scientifiques et fautes d'orthographe et de grammaire.

L'épreuve composée

Le sujet de l'épreuve composée est structuré en trois grandes parties afin d'évaluer les trois grandes compétences attendues et ce, sur les différentes parties du programme.

La première partie : mobilisation des connaissances

La première partie (composée d'une question) évalue la capacité du candidat à mobiliser ses connaissances. Cette question porte sur les notions et les mécanismes de base du programme.

Il s'agit d'y répondre en mobilisant ses connaissances de cours dans le cadre d'un paragraphe (entre 20 et 30 lignes) qui se concentre sur la question posée, en définissant les termes-clés et les notions du programme présentes (sur la croissance, les inégalités économiques et sociales, ou les classes sociales par exemple). Il n'est pas nécessaire de faire une introduction et une conclusion, mais il ne s'agit pas non plus de réciter des éléments qui s'écarteraient de la question posée.

La deuxième partie : étude d'un document

La deuxième partie invite le candidat à réaliser une étude de documents (document statistique, éventuellement un texte) de manière à vérifier sa capacité à traiter l'information. Pour répondre aux questions posées, les élèves devront présenter le document (le titre, la source, l'information apportée, l'année de publication), puis mettre en évidence les principales informations qu'il apporte, sans forcément les expliquer en détail.

Les questions posées seront étroitement liées au(x) document(s) et mobiliseront le moins possible des connaissances autres que les notions présentes dans le document lui-même.

La troisième partie : raisonnement s'appuyant sur un dossier documentaire

La troisième partie a pour finalité d'évaluer la capacité des candidats à conduire un raisonnement à partir de ses connaissances et des documents. Ces documents, au nombre de deux ou trois, ont le même format que ceux de la dissertation, mais ils sont de nature différente : ils peuvent être interprétatifs, c'est-à-dire qu'ils ne sont pas strictement factuels et peuvent comporter des éléments théoriques, des mécanismes explicatifs…

L'intitulé du sujet est plus directif que celui de la dissertation, mais les candidats sont interrogés sur les mêmes questions. Elles sont juste formulées différemment. Le plus souvent l'intitulé propose, implicitement, une réponse structurée en deux parties. Parfois, mais rarement, trois parties seront possibles.

Pour la clarté de la réponse, il est préférable de proposer et d'annoncer un plan en deux parties en introduction, et de respecter ce qui est annoncé. Il est conseillé de numéroter les parties (I, II...) et les sous-parties (A, B...) afin de rendre l'exposé plus clair. Cela permet également de se corriger en percevant, à la lecture du plan détaillé, l'incohérence du plan ébauché. Il est nécessaire de rédiger une introduction ainsi qu'une conclusion.

Science économique

SUJET 1

BAC 2022
France métropolitaine

Quels sont les sources et les défis de la croissance économique ?

DISSERTATION

L'accumulation des facteurs de production est-elle la seule source de croissance économique ?

DOCUMENT 1 • *Personnes en emploi en France entre 2000 et 2019, en milliers*

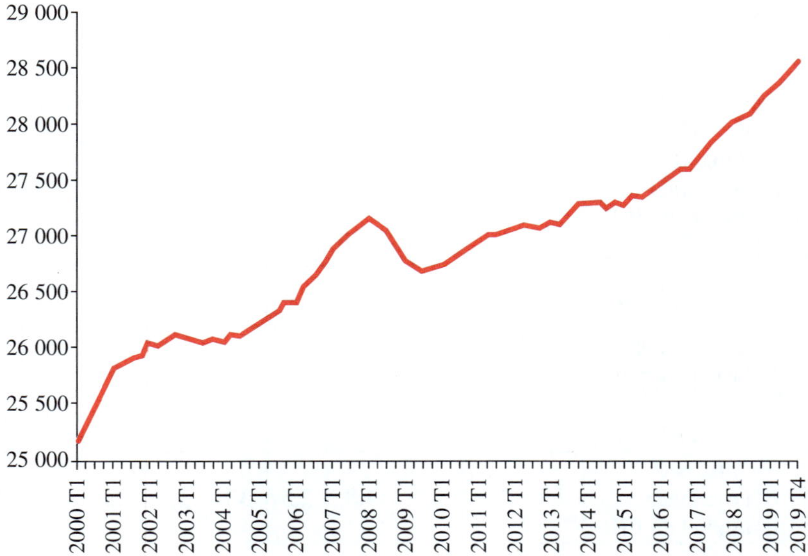

Source : *DARES Analyses*, n° 19, 2020.

Champ : personnes en emploi en France, hors Mayotte.
Lecture : T1 désigne le 1er trimestre, T4 le 4e trimestre.

DOCUMENT 2 • *Taux de croissance du PIB (en %) et contributions à la croissance du PIB (en points de %) dans quelques pays (2010-2019)*

	2010	2011	2012	2013	2014	2015	2016	2017	2018	2019
France										
Contribution du facteur travail	0,5	0,9	0,0	– 0,6	0,0	0,2	0,6	0,1	1,0	0,7
Contribution du facteur capital	0,5	0,5	0,6	0,6	0,5	0,6	0,6	0,7	0,7	0,7
Contribution de la PGF[1]	0,9	0,8	– 0,3	0,6	0,4	0,3	– 0,1	1,5	0,0	0,1
Taux de croissance annuel du PIB	**1,8**	**2,2**	**0,4**	**0,6**	**1,0**	**1,0**	**1,0**	**2,4**	**1,8**	**1,5**
Corée du Sud										
Contribution du facteur travail	0,6	0,5	0,7	0,6	0,6	1,0	0,1	– 0,9	– 0,6	– 0,1
Contribution du facteur capital	1,4	1,4	1,4	1,4	1,4	1,4	1,3	1,4	1,2	1,0
Contribution de la PGF[1]	4,7	1,7	0,3	1,1	1,2	0,5	1,5	2,6	2,3	1,1
Taux de croissance annuel du PIB	**6,8**	**3,7**	**2,4**	**3,2**	**3,2**	**2,8**	**2,9**	**3,2**	**2,9**	**2,0**
États-Unis										
Contribution du facteur travail	0,0	1,1	1,4	1,0	1,4	1,5	1,0	1,0	1,3	0,6
Contribution du facteur capital	0,6	0,7	0,7	0,7	0,7	0,7	0,6	0,7	0,8	0,8
Contribution de la PGF[1]	1,9	– 0,2	0,1	0,1	0,3	0,8	0,1	0,7	0,9	0,7
Taux de croissance annuel du PIB	**2,6**	**1,6**	**2,2**	**1,8**	**2,5**	**3,1**	**1,7**	**2,3**	**3,0**	**2,2**

Source : d'après OCDE, 2021.

1. Productivité Globale des Facteurs.

Note : la somme des différentes contributions n'est pas toujours parfaitement égale à la croissance du PIB, en raison des arrondis.

DOCUMENT 3 • *Taux d'investissement[1] des entreprises non financières en %*

	Zone euro (19 pays)	Allemagne	Espagne	France	Italie	Royaume-Uni
2000	24,4	23,6	29,5	21,9	22,8	22,1
2005	23,0	20,1	32,3	20,9	22,9	20,4
2010	21,4	19,6	21,9	22,1	21,4	16,2
2015	22,7	19,9	26,0	22,8	20,1	18,3
2017	22,8	19,9	27,5	23,5	20,6	17,9

Source : d'après INSEE, 2019.

1. Le taux d'investissement correspond à la part des investissements dans la valeur ajoutée en pourcentage.

DOCUMENT 4 • *Évolution du montant de la dépense intérieure d'éducation (DIE) en milliards d'euros constants et de sa part dans le PIB (en %)*

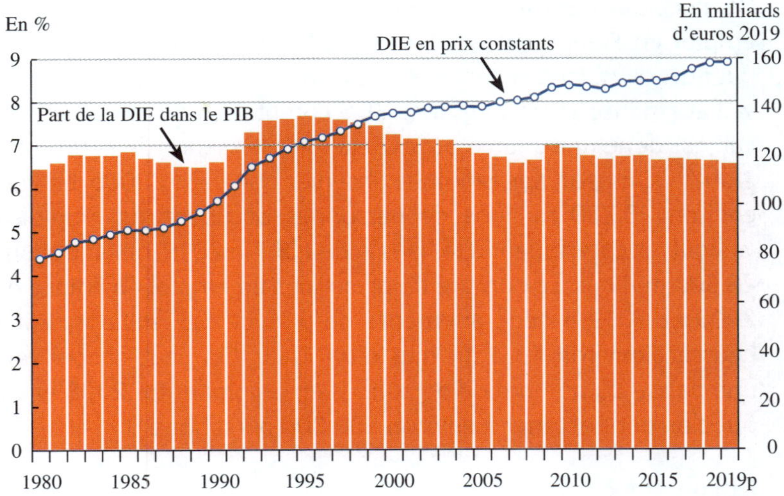

Source : Ministère de l'Éducation nationale, de la Jeunesse et des Sports, 2020.

P : provisoire.

Champ : France métropolitaine + Départements et Régions d'Outre-Mer (DROM).
Lecture : en 2019, la DIE s'élève à 160,5 milliards d'euros (courbe avec échelle de droite), ce qui représente 6,6 % du PIB (bâtons avec échelle de gauche).

Travail préparatoire

Analyser le sujet

Le sujet invite à s'interroger sur les sources de la croissance économique à long terme. Le candidat devra montrer que la croissance dépend de la combinaison de facteurs de production multiples. Ainsi, la croissance économique repose à la fois sur l'accumulation des facteurs primaires de production (volume de la main-d'œuvre disponible, stock de capital physique), mais également sur le progrès technique (ensemble d'innovations), sur la qualité des institutions (règles juridiques notamment) et des infrastructures dans les économies contemporaines.

Analyser les documents

Document 1

Ce document présente l'évolution du nombre de personnes en emploi en France entre 2000 et 2019. Il donne des informations quantitatives. Toutes choses égales par ailleurs, si la quantité de travail augmente, le PIB augmente. L'accumulation quantitative de travail est donc une source potentielle de croissance de la production globale. On peut, par exemple, observer que début 2000, en France, environ 25,250 millions de personnes occupent un emploi, travaillent, et contribuent à la hausse du PIB. Fin 2019, on en dénombre 28,600 millions. Le nombre de personnes en emploi en France entre 2000 et 2019 a donc augmenté de plus de 5,3 millions, soit une hausse d'environ 13,2 % (plus d'un 1/8e). On peut encore retenir une baisse du nombre de personnes en emploi entre 2008 et 2010, que l'on peut estimer à environ 500 000 personnes.

Document 2

Ce tableau statistique présente l'évolution des contributions relatives des principales sources de la croissance économique pour trois pays : les États-Unis, la France et la Corée du Sud. Il permet notamment de situer la France par rapport aux deux autres pays. Les données statistiques donnent une estimation de l'apport de chacun des

facteurs primaires de production (facteur travail, facteur capital) et de la productivité globale des facteurs (PGF) à la croissance annuelle du PIB sur la période 2010-2019.
Par exemple, on peut lire qu'en France en 2010, la contribution de la PGF est de 0,9 point sur 1,8 point de pourcentage. Autrement dit, 50 % de la croissance s'explique par la PGF, les deux tiers en 2017 (1,5/2,4). En 2019, cette proportion est très différente car la part de la PGF est très faible (0,1/1,5). L'accumulation des facteurs travail et capital expliquant chacun, quasiment, 50 % de la croissance économique.
Pour la Corée du Sud, le rôle de la PGF est généralement plus important : 4,7/6,8 (69 %) en 2010 ; 2,6/3,2 (80 %) en 2017 et 1,1/2 (83 %) en 2019. Cela explique la faible contribution du facteur travail à la croissance dans ce pays. L'accumulation des facteurs travail et capital expliquent, le plus souvent, moins de 50 % de la croissance économique.
Enfin, aux États-Unis sur l'ensemble de la période 2010-2019, hormis en 2010 (1,9/2,6, soit 73 %), les contributions du facteur travail et du facteur capital expliquent une part majeure de la croissance économique. La part de la PGF est donc durablement faible – 0,2/1,6 (soit – 7 %) en 2011 ; 0,7/2,3 (30 %) en 2017 et 0,7/2,2 (32 %) en 2019. L'accumulation des facteurs travail et capital expliquent, le plus souvent, plus des deux tiers de la croissance économique.

Document 3

Ce tableau statistique présente une comparaison de l'évolution du taux d'investissement des entreprises non financières (ENF) entre 2000 et 2017 dans la zone euro, dont 4 pays membres et au Royaume-Uni (RU).
Ce document va permettre de faire écho au document 1 en proposant un focus sur le rôle de l'accumulation du capital productif (capital fixe ici) dans le processus de croissance. En effet, l'investissement quand il entraîne une augmentation du stock de capital, se traduit par une plus grande capacité de production, et donc, *ceteris paribus*, une croissance plus forte.

Entre 2000 et 2017, on peut observer que dans la zone euro le taux d'investissement des ENF baisse de 1,6 point en passant de 24,4 % à 22,8 % de la valeur ajoutée des entreprises non financières.
Ce constat général étant posé, les situations nationales sont très hétérogènes sur la période.
Pour les pays retenus, le taux d'investissement baisse entre 2000 et 2010 pour l'Allemagne (– 4 points), l'Espagne (– 7,6 points) et le RU (– 5,9 points). Il baisse entre 2000 et 2005 (– 1 point) pour la France et baisse entre 2000 et 2015 pour l'Italie (– 1,7 point).

Document 4

Enfin, ce document présente l'évolution du montant de la dépense intérieure d'éducation (DIE) en milliards d'euros constants (en volume) et de sa part dans le PIB (en %).
Le graphique permet d'observer, d'une part, que le montant de la DIE en volume a été multiplié par 2 entre 1980 et 2019, passant d'environ 80 à 160 milliards d'euros et que, d'autre part, son poids en France oscille le plus souvent entre 6,5 % et 7,5 % du PIB français sur la période. Il n'y a qu'au cours des années 1990 que la part de la DIE dans le PIB est plus élevée que 7,5 % environ.
Le document met donc en lumière le rôle fondamental des investissements en capital humain dans l'entretien de la dynamique du processus de croissance économique. Indirectement, il attire l'attention sur l'importance de l'impact des infrastructures et institutions.

Problématiser le sujet

Le sujet conduit le candidat à mener une réflexion ordonnée sur les origines de la croissance à long terme. Il s'agit d'expliquer dans quelle mesure l'accumulation de différents types de facteurs de production permet d'entretenir un processus cumulatif de croissance à long terme et pourquoi une partie inexpliquée de la croissance par l'augmentation de la quantité de facteurs primaires de production, le sera par l'augmentation de la PGF, laquelle résulte des effets conjugués du progrès technique des institutions et des infrastructures.

Proposition de plan

I. La mobilisation des facteurs de production traditionnels est indispensable pour la croissance économique

A. L'utilisation du facteur travail permet d'accroître la quantité de biens et services produite

B. L'investissement et l'accumulation du facteur capital constituent des sources fondamentales de la croissance

II. Une croissance économique durablement soutenue repose également sur le progrès technique, la qualité des institutions et des infrastructures

A. Le progrès technique, principal moteur de la croissance dans le long terme

B. La croissance s'appuie sur la combinaison-accumulation de diverses formes de capital ainsi que sur des institutions et infrastructures adaptées

Corrigé

Les textes en bleu apparaissant dans ce corrigé ne doivent pas figurer dans votre devoir. Nous les avons insérés pour vous guider et vous conseiller.

Les conseils du professeur

Introduction

Le ralentissement de la croissance économique à très long terme est une question majeure à laquelle les économistes tentent de trouver des explications. Certains avancent l'hypothèse de la stagnation séculaire.

Accroche : ouvrir le sujet sur les enjeux de l'actualité.

Les organisations productives utilisent des facteurs de production pour produire des biens et des services. La mobilisation du travail et du capital est indispensable pour la croissance de la production globale, mesurée

Définir les termes du sujet.

par la hausse du PIB. La croissance économique, désigne, selon l'économiste François Perroux, « l'augmentation soutenue, pendant une ou plusieurs périodes longues, d'un indicateur de dimension, pour une nation, le produit global en termes réels » (et mesurée par le PIB en volume ou le PIB/tête).

Celle-ci ayant plusieurs sources complémentaires, on se demandera dans quelle mesure l'accumulation des facteurs travail et capital contribue à entretenir un processus cumulatif de croissance à long terme.

Poser la problématique.

Pour répondre à cette interrogation, après avoir mis en évidence l'importance de l'apport des facteurs de production traditionnels, il conviendra de rappeler l'impact crucial du progrès technique, des institutions et infrastructures dans la dynamique économique.

Annoncer le plan.

I. La mobilisation des facteurs de production traditionnels est indispensable pour la croissance économique

A. L'utilisation du facteur travail permet d'accroître la quantité de biens et services produite

Le travail, en tant qu'activité humaine, est à l'origine de la production de biens et services dans l'économie : c'est le premier facteur de production. L'accroissement de la quantité de travail est lié à des facteurs démographiques (évolution de la population totale) et à l'évolution des taux d'activité (selon l'âge et selon le sexe) qui déterminent la participation au marché du travail. Il est aussi possible d'augmenter la quantité annuelle de travail, laquelle correspond au niveau de l'emploi (nombre d'actifs) multiplié par la durée annuelle du travail par actif.

Relier les notions et les phénomènes associés.

On constate en France (et dans tous les pays développés à économie de marché), d'un côté, une hausse de la population active et, de l'autre, une baisse de la durée annuelle du temps de travail. La durée du travail dépend de la législation en vigueur. Historiquement, celle-ci a diminué en raison des progrès de l'efficacité du travail grâce à l'apport d'un capital technique de plus en plus performant.

Enfin, l'efficacité du travail dépend aussi du capital humain, soit l'ensemble des compétences et des expériences accumulées qui ont pour effet de rendre les salariés plus productifs.

Utiliser les documents. Inutile d'indiquer le titre complet ni l'intégralité de la source.

Dans le document 1, on peut observer que début 2000, en France, environ 25,250 millions de personnes occupent un emploi, travaillent, et contribuent à la hausse du PIB. Fin 2019, on en dénombre 28,600 millions.

Donner du sens aux statistiques mentionnées.

Le nombre de personnes en emploi en France entre 2000 et 2019 a donc augmenté de plus de 5,3 millions, soit une hausse d'environ 13,2 % (plus d'un 1/8e). On peut encore retenir une baisse du nombre de personnes en emploi d'environ 500 000 personnes entre 2008 et 2010 en raison de la crise financière et économique.

Ajouter, si possible, un élément de réflexion.

L'accumulation quantitative de travail est donc indubitablement une source potentielle de croissance. Toutes choses égales par ailleurs, si la quantité de travail augmente, le PIB augmente. L'accumulation quantitative de travail est source de croissance.

Faire une phrase de transition.

Implicitement, ce document indique que si, sur la même période, le PIB a davantage augmenté que la quantité de travail, cela s'expliquera par les effets d'autres facteurs de production.

B. L'investissement et l'accumulation du facteur capital constituent des sources fondamentales de la croissance

Relier les notions et les phénomènes associés.

Le capital fixe productif est constitué par l'ensemble des moyens de production relativement durables (dépassant la durée du cycle de production) et participant directement à la fabrication des biens ou à la réalisation de prestations de service. Ce terme renvoie à la notion de capital physique, dont l'accumulation permet de produire davantage. En effet, il est possible d'utiliser plus de capital physique grâce à l'augmentation du stock de capital productif, de la capacité de production.

L'investissement, sous la forme d'acquisition de biens de production, est un flux qui vient accroître ou renouveler un stock de capital. La décision d'investir est cruciale pour les entreprises, car elle engage leur avenir ainsi que leur compétitivité (prix et hors prix), soit leur capacité à conquérir des parts de marché à l'exportation.

Le document 3 présente une comparaison de l'évolution du taux d'investissement des entreprises non financières (ENF) entre 2000 et 2017 dans la zone euro, dont 4 pays membres et au Royaume-Uni (RU). Ce document fait écho au document 1 en proposant un focus sur le rôle de l'accumulation du capital productif dans le processus de croissance. En effet, l'investissement quand il entraîne une augmentation du stock de capital, se traduit par une plus grande capacité de production, et donc, *ceteris paribus*, une croissance plus forte.

Utiliser les documents. Inutile d'indiquer le titre complet ni l'intégralité de la source.

On peut y voir que dans la zone euro, entre 2000 et 2017, le taux d'investissement des ENF baisse de 1,6 point en passant de 24,4 % à 22,8 % de la valeur ajoutée des entreprises non financières. Cependant, les situations nationales sont très hétérogènes.

Donner du sens aux statistiques mentionnées.

Pour les pays retenus, le taux d'investissement baisse entre 2000 et 2010 pour l'Allemagne (– 4 points), l'Espagne (– 7,6 points) et le RU (– 5,9 points). Il baisse entre 2000 et 2005 (– 1 point) pour la France et baisse entre 2000 et 2015 pour l'Italie (– 1,7 point).

Les niveaux du taux d'investissement ne sont pas identiques, cependant, pour un même taux d'investissement, les écarts en valeur absolue entre les montants de l'investissement et de la valeur ajoutée se traduisent par des différences d'ampleur significatives de l'accumulation du capital qui en découle.

Ajouter, si possible, un élément de réflexion.

Étant donné que l'augmentation des quantités de facteurs travail et capital n'épuisent pas les explications des origines de la croissance économique, il convient de présenter d'autres sources de croissance à long terme.

Faire une phrase de transition.

II. Une croissance économique durablement soutenue repose également sur le progrès technique, la qualité des institutions et des infrastructures

A. Le progrès technique, principal moteur de la croissance dans le long terme

Le progrès technique, soit l'ensemble des innovations qui permettent d'élever la productivité des facteurs de production (travail et capital), permet d'accélérer les gains de productivité, c'est-à-dire l'amélioration de l'efficacité de la combinaison productive mesurée par le rapport entre la production, et les facteurs de production qui ont permis de l'obtenir.

Relier les notions et les phénomènes associés.

Du côté de la demande, les gains de productivité permis par le progrès technique autorisent des baisses de prix des biens et services et donc une amélioration du pouvoir d'achat des consommateurs et des gains de compétitivité des entreprises.

De surcroît, les économistes ont montré que la productivité globale des facteurs (PGF) permet d'estimer les effets du progrès technique sur la croissance économique.

Le document 2 présente l'évolution des contributions relatives des principales sources de la croissance économique pour 3 pays : les États-Unis, la France et la Corée du Sud. Il permet notamment de situer la France par rapport aux deux autres pays. Les données statistiques donnent une estimation de l'apport relatif de la productivité globale des facteurs (PGF) à la croissance annuelle du PIB sur la période 2010-2019. La PGF est un instrument de mesure des effets du progrès technique mais aussi des externalités positives des infrastructures et des institutions, sur la croissance économique.

Utiliser les documents. Inutile d'indiquer le titre complet ni l'intégralité de la source.

Dans le document 2, on peut lire qu'en France en 2010, la contribution de la PGF est de 0,9 point sur 1,8 point de pourcentage. Autrement dit, 50 % de la croissance s'explique par la PGF, les deux tiers en 2017 (1,5/2,4). En 2019, cette proportion est très différente car la part

Donner du sens aux statistiques mentionnées.

de la PGF est très faible (0,1/1,5). L'accumulation des facteurs travail et capital expliquant chacun, quasiment, 50 % de la croissance économique.

Pour la Corée du Sud, le rôle de la PGF est généralement plus important : 4,7/6,8 (69 %) en 2010 ; 2,6/3,2 (80 %) en 2017 et 1,1/2 (83 %) en 2019. Cela explique la faible contribution du facteur travail à la croissance dans ce pays. L'accumulation des facteurs travail et capital expliquent, le plus souvent, moins de 50 % de la croissance économique.

Enfin, aux États-Unis sur l'ensemble de la période 2010-2019, hormis en 2010 (1,9/2,6, soit 73 %), les contributions du facteur travail et du facteur capital expliquent une part majeure de la croissance économique. La part de la PGF est donc durablement faible – 0,2/1,6 (soit – 7 %) en 2011, 0,7/2,3 (30 %) en 2017 et 0,7/2,2 (32 %) en 2019. L'accumulation des facteurs travail et capital expliquent, le plus souvent, plus des deux tiers de la croissance économique.

En général, on observe que la PGF contribue, sur le temps long, pour une part importante à la croissance économique.

Ajouter, si possible, un élément de réflexion.

Si la contribution de la PGF à la croissance reste incontournable, son ampleur ne résulte pas seulement des effets du progrès technique. Les économistes ont montré l'importance des effets des infrastructures publiques et des institutions sur le niveau de la PGF.

Faire une phrase de transition.

B. La croissance s'appuie sur la combinaison-accumulation de diverses formes de capital ainsi que sur des institutions et infrastructures adaptées

Les théories de la croissance endogène montrent que l'action de l'État permet d'augmenter la croissance de l'économie sur le long terme. L'État peut en effet encourager l'innovation à travers le soutien public à la recherche et développement (R&D). Les théories de la croissance endogène montrent que l'éducation (capital humain) et la qualité des infrastructures publiques

Relier les notions et les phénomènes associés.

(capital public : réseaux de transports...) sont de puissants moteurs de la croissance.

L'État joue un rôle majeur dans la définition des institutions, des « règles du jeu » des échanges : il définit et garantit le respect des droits de propriété (propriété intellectuelle et brevets), il est à l'origine du droit du travail, du droit commercial, etc.

Autrement dit, les structures de l'économie et l'action de l'État sont plus ou moins propices à l'accumulation du capital technologique, capital humain, capital public et institutionnel.

Utiliser les documents. Inutile d'indiquer le titre complet ni l'intégralité de la source.

Le document 4 permet d'illustrer certains de ses aspects. On peut y observer l'évolution du montant de la dépense intérieure d'éducation (DIE) en milliards d'euros constants (en volume) et de sa part dans le PIB (en %).

Donner du sens aux statistiques mentionnées.

Le graphique permet de constater, d'une part, que le montant de la DIE en volume a été multipliée par 2 entre 1980 et 2019, passant de 80 à 160 milliards d'euros et que, d'autre part, son poids en France oscille le plus souvent entre 6,5 % et 7,5 % du PIB français sur la période. Il n'y a qu'au cours des années 1990 que la part de la DIE dans le PIB est plus élevée.

Ajouter, si possible, un élément de réflexion.

Le document met donc en lumière le rôle fondamental des investissements en capital humain dans l'entretien de la dynamique du processus de croissance économique. Indirectement, il attire l'attention sur l'importance de l'impact des infrastructures et institutions.

Conclusion

Courte synthèse.

La dynamique de la croissance économique repose sur une multiplicité de facteurs complémentaires : si le facteur travail et le facteur capital en sont des déterminants importants, le progrès technique, via les gains de productivité qu'il autorise, est en mesure de soutenir à la fois la consommation et la production, et, à ce titre, il constitue le principal moteur de la croissance économique (même si son apport précis est difficile à mesurer). Dans ces conditions, le soutien à la croissance dans les pays développés, et notamment dans l'Union européenne, passe également aujourd'hui par un effort d'investissement, d'innovation (recherche & développement), d'infrastructures publiques et d'éducation, afin de soutenir durablement la progression des niveaux de vie.

Le débat sur la croissance économique, sur ses origines et ses effets, se renouvelle avec les questions relatives à la soutenabilité de cette croissance face à la raréfaction des ressources naturelles. En effet, les urgences environnementales et climatiques rendent encore plus nécessaires l'approfondissement de l'analyse de la nature de la croissance, de ses sources et de ses impacts du court terme au très long terme.

Ouvrir sur des perspectives plus larges.

SUJET 2

Quels sont les sources et les défis de la croissance économique ?

ÉPREUVE COMPOSÉE (PARTIE 1)

Comment le progrès technique peut-il engendrer des inégalités de revenus ?

Travail préparatoire

Analyser le sujet

Le sujet suppose de bien définir au préalable les notions de progrès technique et d'inégalités de revenus, en montrant que la croissance économique et les mutations technologiques qui l'accompagnent, peuvent accroître les inégalités par le biais de mécanismes simples, liés au fonctionnement des organisations productives et au marché du travail.

Corrigé

Les textes en bleu apparaissant dans ce corrigé ne doivent pas figurer dans votre devoir. Nous les avons insérés pour vous guider et vous conseiller.

Les conseils du professeur

On peut définir le progrès technique comme une nouvelle manière de produire qui permet d'obtenir plus de produit avec la même quantité de facteurs de production, tandis que le revenu désigne le revenu disponible d'un ménage au cours d'une année donnée (il comprend les salaires, les revenus du travail non salarié, les revenus du capital et les transferts monétaires reçus de l'État, déduction faite de l'impôt sur le revenu et des cotisations de sécurité sociale). Les inégalités de revenu sont ainsi mesurées par différents indicateurs (déciles, courbe de Lorenz).

Définir les termes-clés du sujet.

L'accentuation des inégalités de revenus est un phénomène constaté depuis la fin des années 1970 aux États-Unis et en Europe, et désormais bien documenté. L'écart de niveau de salaire entre le premier décile et le dernier décile dans la distribution des salaires s'est accru, tandis qu'en Europe continentale, le chômage de masse frappe davantage les travailleurs disposant d'un faible niveau de qualification. Depuis les années 1990, les travailleurs non qualifiés ont vu leur situation se dégrader en termes de salaire et d'emploi par rapport aux travailleurs qualifiés.

Poser le constat statistique.

Pour les économistes partisans de la thèse du « progrès technologique biaisé » *(skilled-biased technological change)*, les transformations de l'organisation du travail dans les entreprises et surtout l'introduction des technologies de l'information (ordinateurs, télécoms, robotique), impliqueraient une demande de qualification plus forte que pour toutes les révolutions techniques précédentes, caractérisées notamment par la chaîne de montage et la machine à écrire. Les vagues d'innovations s'inscrivent dans une économie de marché mue

Situer les effets du progrès technique dans les organisations productives.

par le mécanisme de la « destruction créatrice », décrit par Schumpeter (1883-1950), et selon lequel le changement technique incessant bouleverse les combinaisons productives, les secteurs porteurs d'innovations créant davantage d'emplois qualifiés à fortes rémunérations par rapport aux secteurs routiniers frappés d'obsolescence. Les bouleversements technologiques sont de nature à dévaloriser certaines qualifications spécifiques qui sont liées à un état donné des techniques.

La loi de l'offre et de la demande sur le marché du travail entraînerait alors une hausse du salaire d'équilibre des travailleurs qualifiés, et ceci tant que l'offre de capital humain par le système éducatif ne s'est pas adaptée. Les travailleurs non qualifiés dans les activités routinières ou traditionnelles subiraient quant à eux une stagnation voire une baisse de leurs rémunérations (ajustement par les prix), ou bien seraient confrontés au chômage si des réglementations, comme le salaire minimum, créent une rigidité des salaires à la baisse (ajustement par les quantités).

Expliciter les effets du progrès technique sur le marché du travail et les rémunérations.

SUJET 3

BAC 2022
France métropolitaine

Quels sont les sources et les défis de la croissance économique ?

ÉPREUVE COMPOSÉE (PARTIE 2)

Accroissement de la productivité globale des facteurs, source de croissance économique

Questions

1. À l'aide du document, vous présenterez les sources de la croissance du Danemark en 2019.

2. À l'aide des données du document et de vos connaissances, vous montrerez que l'accroissement de la productivité globale des facteurs est une source de croissance économique.

DOCUMENT • *Taux de croissance du PIB (en %) et contributions à la croissance du PIB (en points de %) dans quelques pays (2010-2019)*

	2010	2011	2012	2013	2014	2015	2016	2017	2018	2019
France										
Contribution du facteur travail	0,5	0,9	0,0	– 0,6	0,0	0,2	0,6	0,1	1,0	0,7
Contribution du facteur capital	0,5	0,5	0,6	0,6	0,5	0,6	0,6	0,7	0,7	0,7
Contribution de la PGF[1]	0,9	0,8	– 0,3	0,6	0,4	0,3	– 0,1	1,5	0,0	0,1
Taux de croissance annuel du PIB	**1,8**	**2,2**	**0,4**	**0,6**	**1,0**	**1,0**	**1,0**	**2,4**	**1,8**	**1,5**
Corée du Sud										
Contribution du facteur travail	0,6	0,5	0,7	0,6	0,6	1,0	0,1	– 0,9	– 0,6	– 0,1
Contribution du facteur capital	1,4	1,4	1,4	1,4	1,4	1,4	1,3	1,4	1,2	1,0
Contribution de la PGF[1]	4,7	1,7	0,3	1,1	1,2	0,5	1,5	2,6	2,3	1,1
Taux de croissance annuel du PIB	**6,8**	**3,7**	**2,4**	**3,2**	**3,2**	**2,8**	**2,9**	**3,2**	**2,9**	**2,0**
Danemark										
Contribution du facteur travail	– 1,4	0,7	– 1,2	0,1	0,0	0,6	1,4	0,7	– 0,1	0,9
Contribution du facteur capital	0,6	0,4	0,4	0,4	0,5	0,5	0,7	0,6	0,6	0,5
Contribution de la PGF[1]	2,6	0,3	1,0	0,4	1,1	1,2	1,1	1,5	1,6	1,4
Taux de croissance annuel du PIB	**1,9**	**1,3**	**0,2**	**0,9**	**1,6**	**2,3**	**3,2**	**2,8**	**2,2**	**2,8**

Source : d'après OCDE, 2021.

1. Productivité Globale des Facteurs.

Note : la somme des différentes contributions n'est pas toujours parfaitement égale à la croissance du PIB en raison des arrondis.

Travail préparatoire

Analyser le sujet

Le document propose ici des données statistiques sur l'évolution des taux de croissance du PIB de trois pays (France, Corée du Sud, Danemark) sur la période 2010-2019. Mais surtout, il montre, pour chaque année, quelle a été la contribution des trois grands facteurs traditionnels de la croissance du PIB pour ces pays : le facteur travail, le facteur capital, et la productivité globale des facteurs (PGF). Le document offre donc de nombreuses données qui permettent d'opérer des comparaisons pertinentes entre les pays, et au cours du temps. Il faut toutefois faire attention aux unités dans ce document, et bien comprendre que les taux de croissance du PIB sont exprimés en pourcent, tandis que les contributions de chaque facteur de production sont, quant à elles, mesurées en points de pourcentage. Par ailleurs, avant de répondre, il faut bien retenir le point essentiel suivant : la première question du sujet nécessite de se focaliser sur le cas du Danemark pour l'année 2019 et de s'en tenir à ces données. La seconde question implique de davantage mobiliser son cours et ses connaissances sur l'impact de la productivité globale des facteurs, et plus généralement du progrès technique, sur la croissance économique. Le progrès technique est une notion très large, car il s'applique à l'ensemble des innovations entraînant une amélioration qualitative des facteurs de production mais aussi des méthodes de production, de l'organisation du travail ou des marchés. Dans tous les cas, le progrès technique améliore la productivité globale des facteurs (PGF), c'est-à-dire le rapport entre la production et le volume total de facteurs utilisé. C'est ici la notion centrale. La croissance de la PGF est alors la croissance de la production qui n'est expliquée ni par la croissance de l'emploi, ni par celle du stock de capital productif. Le progrès technique désigne l'ensemble des éléments qui permettent d'augmenter la production à volume de travail et de capital inchangé. Mais il faut toutefois, pour bien traiter cette seconde question, illustrer ses raisonnements en citant des chiffres tirés du document.

Corrigé

Les textes en bleu apparaissant dans ce corrigé ne doivent pas figurer dans votre devoir. Nous les avons insérés pour vous guider et vous conseiller.

Les conseils du professeur

Science économique

1. À l'aide du document, vous présenterez les sources de la croissance du Danemark en 2019.

En s'appuyant sur les données statistiques du document, on constate que pour l'année 2019, la croissance du PIB du Danemark a été de 2,8 %.

Citer la croissance totale du PIB.

Lorsque l'on décrypte les contributions à la croissance du PIB du Danemark cette année-là, on observe que c'est la productivité globale des facteurs (PGF) qui a été, avec 1,4 point de %, la principale contribution à la croissance totale du PIB.

Insister sur le chiffre de la croissance de la PGF.

La seconde plus forte contribution a été apportée par le facteur travail (avec 0,9 point de %), puis par le facteur capital (avec 0,5 point de %).

Citer les données des autres facteurs de la croissance.

Pour le Danemark en 2019, c'est donc la productivité globale des facteurs (PGF) qui a été le principal moteur de la croissance (50 %).

2. À l'aide des données du document et de vos connaissances, vous montrerez que l'accroissement de la productivité globale des facteurs est une source de croissance économique.

Les économistes s'accordent sur les facteurs suivants pour expliquer les origines du processus de croissance économiques dans le long terme : les ressources naturelles, le facteur travail, l'accumulation de capital physique, le progrès technique au sens large ainsi que les institutions et infrastructures publiques.

Rappeler brièvement la diversité des facteurs de la croissance.

Mais ils insistent généralement sur le rôle du progrès technique pour expliquer le rythme de la croissance à long terme du PIB. Le progrès technique regroupe l'ensemble des innovations entraînant une amélioration qualitative des facteurs de production mais aussi des méthodes de production, de l'organisation du travail ou des marchés. Le progrès technique permet alors d'augmenter la production à volume de travail et de capital inchangé. C'est un résidu, selon l'expression de l'économiste Robert Solow, c'est-à-dire la part inexpliquée (résiduelle) de la croissance, une fois que l'on a pris en compte l'augmentation quantitative des facteurs de production. On parle encore de progrès technique autonome, car il intervient comme un troisième facteur, distinct du capital et du travail, indépendamment des comportements économiques des agents. Dans cette approche, le progrès technique est par définition inexpliqué, puisqu'il n'est pas le fruit des choix des agents économiques. Ce progrès technique est donc exogène.

Insister sur le rôle du progrès technique.

À l'inverse, on parle de progrès technique endogène lorsque le modèle de croissance intègre des variables économiques expliquant l'émergence du progrès technique. Le progrès technique résulte alors d'investissements de différentes natures effectués par les agents motivés par la perspective d'un gain. Il est généré par l'activité économique elle-même.

Distinguer progrès technique exogène et endogène.

Dans tous les cas, le progrès technique améliore ce que les économistes appellent la productivité globale des facteurs (PGF), c'est-à-dire le rapport entre la production et le volume total de facteurs utilisé : la croissance de la PGF est alors la croissance de la production qui n'est expliquée, ni par la croissance de l'emploi, ni par celle du stock de capital productif.

Définir la notion-clé ici de productivité globale des facteurs.

La hausse de la PGF s'explique par l'augmentation du stock de capital technologique, c'est-à-dire de l'ensemble des connaissances humaines adaptées à la sphère de la production, grâce aux innovations. Elle provient également de l'accumulation du capital humain (l'ensemble

Mobiliser des données du document pour illustrer.

des compétences et savoirs que possèdent les travailleurs). Enfin, cette hausse résulte de l'accumulation de capital public, c'est-à- dire des infrastructures routières, de télécommunication, d'énergie, de la recherche fondamentale, financées par l'État.
Or, si les facteurs traditionnels sont indispensables, la croissance de la PGF est un facteur primordial de la croissance du PIB à long terme : l'exemple du Danemark en 2019 dans le document de l'OCDE montre d'ailleurs que le principal moteur de la croissance a été la PGF cette année-là avec 1,4 points de % (et une croissance du PIB total de 2,8 %).
De plus, si l'on observe le cas de la Corée du Sud, la PGF a contribué à hauteur de 1,1 point de % en 2019, soit la principale contribution, tandis que cette contribution de la PGF est restée très modeste en France à la fois en 2018 et en 2019.

SUJET 4

Quels sont les sources et les défis de la croissance économique ?

ÉPREUVE COMPOSÉE (PARTIE 3)

À l'aide de vos connaissances et du dossier documentaire, vous montrerez que le processus de croissance a un caractère endogène.

DOCUMENT 1

Les activités de recherche-développement (R&D), en accumulant un stock immatériel d'idées et de connaissances, permettent d'augmenter l'efficacité avec laquelle il est possible de produire des richesses à partir de capital et de travail [...]. En élevant le niveau d'éducation, donc le nombre de travailleurs très qualifiés qui peuvent participer à cette accumulation de savoir, on augmente le rythme des découvertes et, donc, les possibilités de croissance des économies. L'implication de ce type de théorie est que le taux de croissance du PIB s'élève avec le niveau d'éducation [...]. En conséquence, si une économie alloue, une année, plus de ressources à l'éducation et augmente ainsi son stock de capital humain, cela aura pour effet d'augmenter durablement non pas seulement le niveau des richesses produites mais surtout le taux de croissance de l'économie.

L'éducation peut avoir un autre rôle, non moins important : favoriser non plus les innovations technologiques mais leur adaptation. [...] Les technologies les plus performantes sont adoptées et mises en œuvre plus rapidement par les économies les plus riches en capital humain. À nouveau, c'est le niveau d'éducation qui élève le taux de croissance de l'économie, en accélérant l'assimilation du progrès technique. Cette deuxième fonction de l'éducation ne résulte pas seulement d'une plus grande maîtrise technique de la part des personnes qui ont fait davantage d'études. Il se peut que l'éducation augmente aussi la capacité à effectuer des choix strictement économiques, à allouer convenablement les ressources – par exemple en mesurant que tel marché est en développement, que telle technologie sera ou ne sera pas rentable –, bref, à prendre les bonnes décisions. […]

Dans cet ensemble d'approches, […] le taux de croissance à long terme ne dépend plus d'une croissance du progrès technique inexpliquée […], mais de l'effort d'investissement en capital humain des différentes économies. Cela donne une place centrale aux politiques éducatives, d'autant qu'une impulsion donnée au niveau d'éducation par une intervention publique peut avoir un effet durable puisqu'il affecte non seulement le niveau de la production mais aussi son taux de croissance dans l'avenir.

Source : Marc Gurgand, *Économie de l'éducation*,
© Les Éditions La Découverte, 2005.

DOCUMENT 2 • *Les dépenses de recherche et développement en % du PIB entre 2000 et 2012*

	2000	2007	2012
Allemagne	2,47	2,53	2,98
Espagne	0,91	1,27	1,30
France	2,15	2,08	2,29
Finlande	3,35	3,47	3,55
Japon	3,00	3,46	3,35
Chine	0,90	1,40	1,98

Source : OCDE, « Principaux indicateurs de la science et de la technologie », 2014.

DOCUMENT 3

On peut supposer que la productivité d'une entreprise au cours d'une période donnée est une fonction croissante de l'expérience passée qu'elle a accumulée dans la production d'un bien. Cette amélioration de la productivité est incorporée aux investissements : à chaque fois qu'un producteur investit, les biens d'équipement nouveaux incorporent les connaissances accumulées par l'expérience et ils sont donc plus efficaces que les équipements anciens auxquels ils se substituent.

[...] En améliorant sa productivité, une entreprise a également un effet externe positif sur la productivité des autres entreprises. Il existe une synergie[1] entre les producteurs qui rend chacun d'autant plus efficace que les autres le sont déjà. Cela tient notamment à l'émulation réciproque par la concurrence et à l'imitation des procédés les plus efficaces. [...]

Au sens large, les infrastructures comprennent les routes et autoroutes, les voies ferrées, les ports et les aéroports, les réseaux de télécommunication, les réseaux nationaux de distribution du gaz et de l'électricité, l'éclairage public, etc., en un mot, tous les investissements qui développent et facilitent la circulation des informations, des personnes et des biens. Il est certain que le développement de ces infrastructures constitue un facteur important d'économies externes pour les entreprises.

Source : Jacques Généreux, *Introduction à la politique économique*, coll. « Points Économie », © Éditions du Seuil, 2015.

1. Synergie : action en commun de plusieurs éléments qui visent un même objectif.

Travail préparatoire

Analyser le sujet

Ce sujet conduit le candidat à réfléchir aux sources endogènes de la croissance. En effet, les théories de la croissance endogène permettent d'insister sur l'accumulation du capital, sous toutes ses formes. Ces modèles se sont développés progressivement à partir du début des années 1980, afin de combler les vides explicatifs de la théorie de la croissance de Robert Solow, qui postulait le caractère exogène du progrès technique. Le point crucial est que le processus de croissance trouve ses origines dans l'économie elle-même (il est donc endogène) via les décisions des agents économiques et des opérations qui en découlent. De plus, les effets de l'accumulation des différentes formes de capital sont cumulatifs dans la mesure où les décisions d'investissement et d'innovation présentes dépendent de celles du passé : la croissance économique présente est donc conditionnée par la croissance antérieure.

Analyser les documents

Document 1

Le texte montre les aspects positifs des dépenses en matière d'éducation et de capital humain, l'un des principaux moteurs de la croissance endogène. Il explique notamment que le capital humain favorise une meilleure qualification de la main-d'œuvre qui permet ensuite une adaptation plus facile aux mutations technologiques. L'éducation génère ainsi ce que les économistes appellent des « externalités positives » : les connaissances, en se diffusant, peuvent alors bénéficier à d'autres entreprises et finalement stimuler la croissance de l'économie. Il faut donc s'appuyer sur ce document pour montrer que les politiques éducatives sont particulièrement utiles à la croissance économique future.

Document 2

Ce tableau statistique de l'OCDE présente les dépenses en recherche et développement en pourcentage du PIB pour certains pays développés entre 2000 et 2012. Il permet de situer la France par rapport à ses concurrents étrangers dans la mondialisation de l'économie et de mesurer d'ailleurs son retard en termes de dépenses de recherche et développement (notamment par rapport à l'Allemagne et au Japon), indispensables au processus de croissance endogène. On y perçoit d'ailleurs le rattrapage de certains pays émergents, comme la Chine, dont les dépenses de recherche et développement sont passées de 0,90 % du PIB en 2000 à 1,98 % du PIB en 2012.

Document 3

Ce texte permet de bien cerner la notion de productivité au cœur des analyses de la croissance et celle d'externalité positive. L'utilité des théories de la croissance endogène est qu'elles permettent de comprendre comment se diffusent les informations et les nouveaux procédés pour soutenir l'activité économique. Le processus d'apprentissage par la pratique est ici essentiel puisque l'expérience accumulée par les entreprises leur permet ensuite de mettre en œuvre plus facilement les nouvelles méthodes de production. Ce document est donc utile pour bien cerner le caractère véritablement « endogène » de la croissance.

Problématiser le sujet

Le sujet conduit le candidat à s'interroger sur les origines endogènes de la croissance. Il s'agit d'expliquer comment, par quels mécanismes de causalité, l'accumulation de différents types de capitaux permet d'entretenir un processus cumulatif et vertueux de croissance à long terme.

Proposition de plan

I. L'accumulation de capital productif et le progrès technique sont des conditions nécessaires à la croissance économique

II. L'accumulation de capital humain et de capital public est indispensable à la croissance économique

III. La mise en place d'institutions favorables à la croissance économique est impérative

Corrigé

Les textes en bleu apparaissant dans ce corrigé ne doivent pas figurer dans votre devoir. Nous les avons insérés pour vous guider et vous conseiller.

Les conseils du professeur

Introduction

Le progrès technique, c'est-à-dire une nouvelle manière de produire qui permet d'obtenir plus de produit avec la même quantité de facteurs de production, constitue le principal moteur de la croissance économique, soit l'augmentation soutenue et durable du PIB. Si certaines théories mettent en avant le rôle de l'entrepreneur dans la mise en œuvre de ces innovations à l'origine d'une élévation de la productivité des facteurs de production, d'autres théories insistent sur le rôle de l'État et celui de la dépense publique dans l'accumulation de capitaux nécessaires à la croissance. On désigne ces dernières analyses, apparues dans les années 1980, comme les théories de la croissance endogène : elles démontrent que la croissance est un phénomène cumulatif auto-entretenu par des investissements appropriés.

Définir les termes du sujet.

Si le progrès technique est une des sources essentielles de la croissance économique, l'accumulation du capital, sous toutes ses formes, contribue à long terme au progrès technique et participe à l'entretien de la croissance. Se crée ainsi une dynamique auto-entretenue de croissance : une croissance « endogène ».

Poser l'enjeu principal du sujet.

I. L'accumulation de capital productif et le progrès technique sont des conditions nécessaires à la croissance économique

L'investissement productif privé, qui permet l'accumulation du capital physique et la mise en œuvre de l'innovation technologique, modernise le stock de capital – ce qui en augmente la productivité. Les dépenses de recherche et développement engagées pour innover, considérées comme de l'investissement immatériel, contribuent aussi à accroître durablement le potentiel productif. Si Robert Solow soulignait, en 1987, le paradoxe d'une accumulation de dépenses en technologies de l'information et de la communication (TIC) sans gains de productivité, ce paradoxe n'est plus d'actualité depuis le milieu des années 1990. En effet, les entreprises étant parvenues à se réorganiser et les salariés à maîtriser ces technologies, la croissance de la productivité s'est dès lors accélérée aux États-Unis. Il peut donc y avoir un décalage temporel entre les dépenses d'investissements et leurs effets sur la productivité. Le document 2, fondé sur les données de l'OCDE, montre ainsi que la France accuse un certain retard sur l'Allemagne et le Japon en matière de dépenses en recherche et développement : en 2012, la France consacrait seulement 2,29 % de son PIB à ces dépenses indispensables à la croissance future, contre 2,98 % pour l'Allemagne et 3,35 % pour le Japon.

Insister sur le rôle de l'investissement et de l'accumulation du capital.

Utiliser les documents du dossier.

II. L'accumulation de capital humain et de capital public est indispensable à la croissance économique

L'accumulation de capital concerne également le capital humain, c'est-à-dire l'ensemble des savoirs, savoir-faire et, au-delà, toutes les dispositions du travailleur qui lui donnent une certaine efficacité dans la production. En accumulant du capital humain, une économie augmente la capacité des travailleurs à créer une valeur ajoutée plus élevée et à innover. Si le rôle de l'éducation est ici fondamental, les effets des dépenses d'éducation sur la croissance dans les pays avancés ne sont pas simples à mesurer, la nature de ces dépenses pouvant avoir un effet sans doute plus important que leur montant. Comme le note le document 1, le capital humain accumulé permet de faciliter l'adaptation aux nouvelles technologies grâce à une main-d'œuvre plus qualifiée.

Définir le capital humain.

Les investissements publics permettent également d'accroître et de moderniser le capital public comme l'évoque la seconde partie du document 3 ; ils concernent les infrastructures de communication et de transport notamment, mais aussi les investissements dans la recherche, l'éducation ou la santé qui engendrent des externalités positives. Certains investissements sont générateurs d'externalités positives qui alimentent la dynamique de croissance auto-entretenue, donc endogène au système économique. C'est notamment le cas des investissements en capital humain qui se traduisent, par exemple, par la hausse de la formation initiale moyenne grâce à l'extension de l'accès des nouvelles générations au baccalauréat ou encore par le développement de l'enseignement supérieur. C'est également le cas des investissements en recherche et développement et des investissements dans certaines infrastructures publiques (par exemple, les réseaux de communication).

III. La mise en place d'institutions favorables à la croissance économique est impérative

Insister sur les règles de fonctionnement des marchés dans le processus endogène de croissance.

Les théories de la croissance endogène insistent sur le fait que le progrès technique « ne tombe pas du ciel » et que les structures de l'économie et l'action de l'État sont dès lors plus ou moins propices à son développement. L'État joue un rôle majeur dans la définition des « règles du jeu » des échanges (que le prix Nobel d'économie Douglass C. North appelle « institutions »). L'État définit et garantit le respect des droits de propriété (notamment ceux de la propriété intellectuelle, à travers les brevets) et est à l'origine du droit du travail, du droit commercial... Certaines institutions sont plus ou moins favorables à la croissance : un pays dans lequel les droits de propriété seraient mal définis découragerait l'investissement, car les investisseurs n'auraient pas de garantie de pouvoir tirer profit de leur action. D'autres « règles du jeu » peuvent jouer sur la croissance, comme les dispositifs fiscaux, les règles du fonctionnement du marché du travail (nature du contrat de travail, cadre légal de licenciement, formation continue, protection sociale), ou encore la politique de la concurrence.

Conclusion

En conclusion, les analyses de la croissance endogène montrent que l'initiative privée doit être complétée par une action vigoureuse de l'État afin de favoriser l'accumulation soutenue de capital technologique (recherche et développement), de capital humain et de capital public (sous la forme d'infrastructures publiques), afin de maintenir le rythme de la croissance économique d'une nation. Ces théories permettent également d'expliquer les écarts de niveaux de vie entre les régions du monde, puisque les écarts ont tendance à s'accentuer entre les pays qui peuvent enclencher ce processus de croissance endogène et ceux qui ne le peuvent pas.

Synthétiser la réponse à l'enjeu central du sujet.

Élargir les enjeux du sujet à l'échelle internationale.

SUJET 5

Quels sont les fondements du commerce international et de l'internationalisation de la production ?

DISSERTATION

Le commerce international ne présente-t-il que des avantages ?

DOCUMENT 1 • *L'évolution des exportations mondiales et du PIB mondial en % (évolutions annuelles moyennes puis évolutions annuelles de 2001 à 2011)*

Source : OMC, *Statistiques du commerce international*, 2012.

DOCUMENT 2 • *Les données économiques et commerciales pour quelques pays en 2009*

	PIB/ habitant (en dollars)	Classement selon l'IDH (données 2009)	Importations totales de biens et de services (% du PIB)	Exportations totales de biens et de services (% du PIB)	Exportations de produits agricoles (% des exportations totales)	Exportations de combustibles et produits des industries extractives (% des exportations totales)	Exportations de produits manufacturés (% des exportations totales)
Norvège	58 141	1	30	48	5	76	18
France	45 981	8	30	27	13	7	78
États-Unis	46 715	13	18	13	11	10	75
Brésil	10 296	75	14	14	31	22	44
Chine	5 962	92	33	41	3	4	93
Inde	2 972	134	31	23	12	24	64
Niger	684	182	33	18	16	37	6

Source : OMC, *Profils commerciaux*, 2009 et PNUD, *Rapport mondial sur le développement humain*, 2009.

DOCUMENT 3 • *L'évolution de la consommation, de la production et de l'emploi dans le secteur de l'habillement et du cuir*

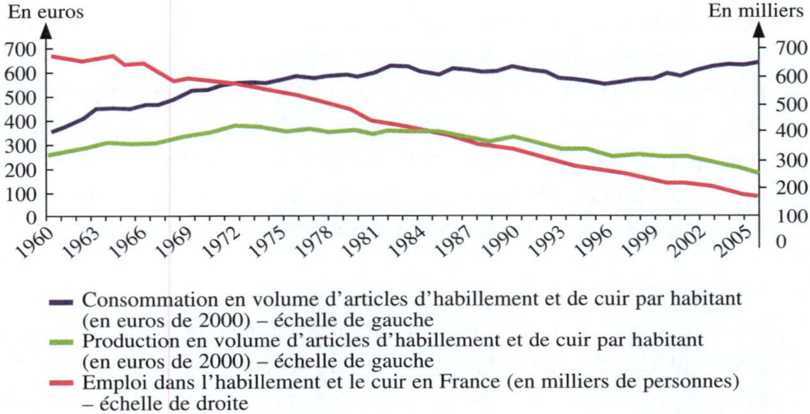

Source : Insee Première, *Les achats d'habillement depuis 45 ans : davantage de produits importés, des prix en baisse*, juin 2009.

Travail préparatoire

Analyser le sujet

Ce sujet propose d'évoquer le débat sur les conséquences positives et négatives des échanges internationaux pour l'économie nationale et ses principaux acteurs. Il s'agit d'en préciser, grâce aux connaissances personnelles et au dossier documentaire, les implications microéconomiques et macroéconomiques, à la fois en termes d'opportunités pour les ménages et les entreprises, mais aussi en termes d'effets potentiellement déstabilisants. Ce sujet nécessite de convoquer un certain nombre de théories économiques traditionnelles du commerce international et de présenter de manière rigoureuse les mécanismes qui montrent les bénéfices et les coûts de la mondialisation commerciale.

Analyser les documents

Document 1

Le document, tiré des statistiques du commerce de l'OMC, montre la forte progression des exportations mondiales sur une assez longue période. Il permet de constater un fait majeur, soit la progression des exportations mondiales toujours plus forte que celle du PIB mondial, hormis l'année 2009 où la crise a atteint son point le plus critique. Mais dès 2010, on constate que les exportations progressent de 15 % alors que la croissance du PIB mondial n'est que de 4 %.

Document 2

Ce document est intéressant pour analyser la composition des exportations des différents pays représentés en 2009. On constate ainsi la part élevée des exportations des produits manufacturés de la Chine (93 %), tandis que certains pays comme le Brésil (avec 31 %) ont une part plus élevée de produits agricoles dans les exportations totales par rapport à d'autres. Ce document montre la diversité des spécialisations des différents pays dans le commerce international, selon le niveau de développement. On voit ainsi apparaître le déficit commercial de la France avec des exportations inférieures aux importations en pourcentage du PIB.

Document 3

Le graphique porte sur l'évolution de la consommation, de la production et de l'emploi dans le secteur de l'habillement et du cuir. Il révèle un élément qu'il faut évoquer dans la réponse : la compétition très forte des importations pour la production nationale pour un pays comme la France, confronté à la concurrence des pays à bas salaires. On constate dans ce secteur une destruction d'emplois très importante, soit 650 000 à 180 000 emplois entre 1960 et 2005.

Problématiser le sujet

La problématique centrale de ce sujet porte sur les gains et les pertes du commerce international pour les pays engagés dans la compétition internationale.

Proposition de plan

I. Le commerce international génère un gain à l'échange pour les économies nationales dans la mondialisation

A. Les théories classique et néoclassique de la spécialisation valident l'idée d'un gain à l'échange international

B. L'ouverture aux échanges génère des bénéfices pour le producteur et le consommateur

II. Le commerce international entraîne également des effets déstabilisants pour les économies nationales

A. Le commerce international nécessite de renforcer la compétitivité des économies nationales

B. Le jeu du commerce international entraîne des gagnants et des perdants dans les économies nationales

Corrigé

Les textes en bleu apparaissant dans ce corrigé ne doivent pas figurer dans votre devoir. Nous les avons insérés pour vous guider et vous conseiller.

Les conseils du professeur

Introduction

L'élection et l'arrivée de Donald Trump à la Maison Blanche en 2016 pourrait ouvrir une nouvelle phase de protectionnisme commercial aux États-Unis : cette stratégie est censée limiter les effets déstabilisants des échanges internationaux pour l'emploi américain, notamment en raison du commerce avec la Chine.

Ouvrir le sujet sur les enjeux de l'actualité.

L'analyse économique montre que le commerce international génère des bénéfices pour les acteurs de l'économie nationale, mais que ce gain à l'échange peut être réparti de manière très inégalitaire. Quels sont les gains et les coûts du commerce international pour les pays engagés dans la compétition internationale ?

Poser la problématique.

Il s'agira de décrire les avantages du commerce international pour les nations, avant d'évoquer les risques potentiels pour les économies considérées.

Annoncer le plan du devoir.

I. Le commerce international génère un gain à l'échange pour les économies nationales dans la mondialisation

A. Les théories classique et néoclassique de la spécialisation valident l'idée d'un gain à l'échange international

Mobiliser les théories économiques du commerce international.

Dans son ouvrage d'économie politique *Recherches sur la nature et les causes de la richesse des nations*, publié en 1776, Adam Smith développe la théorie des avantages absolus. Un pays dispose d'un avantage absolu dans la production d'un bien s'il est plus efficient dans la production de ce bien. Dans ses *Principes de l'économie politique et de l'impôt* (1817), David Ricardo défend les analyses libérales d'Adam Smith mais, ayant davantage recours à l'abstraction théorique que l'auteur de *La Richesse des nations*, il la prolonge avec sa « loi » des avantages comparatifs (ou relatifs) : dans le cadre d'un modèle simplifié à deux pays (le Portugal et l'Angleterre) et à deux biens (le vin et le drap), il démontre que l'échange international peut être mutuellement avantageux. Cette loi se vérifie même dans l'éventualité où l'une des deux nations est plus efficiente que l'autre dans la production des deux marchandises échangées et dès lors que chacune se spécialise dans les produits pour lesquels elle est la plus avantagée ou la moins désavantagée (en fonction des coûts unitaires et de la productivité du travail).

Au XXe siècle, les théoriciens néoclassiques (les Suédois Heckscher et Ohlin, et l'Américain Paul Samuelson) prolongent les analyses de David Ricardo en montrant que les pays doivent se spécialiser en fonction de leurs dotations factorielles relatives. Un pays qui disposerait relativement de plus de capital que de travail devrait, dans cette optique, se spécialiser dans la production de biens qui demandent relativement plus de capital que de travail pour être produits.

B. L'ouverture aux échanges génère des bénéfices pour le producteur et le consommateur

La théorie économique moderne considère, avec la grande majorité des économistes aujourd'hui, que les gains du commerce international sont cumulatifs : l'ouverture internationale entraîne des avantages comparatifs qui permettent ensuite une plus grande ouverture, et une plus grande compétitivité dans la concurrence mondiale, etc. L'échange international procure en effet trois types d'avantages : un effet de dimension, un effet de diversification et un effet de concurrence.

Insister sur les bénéfices du commerce international.

Définir clairement les trois types d'avantages.

L'ouverture internationale crée un avantage comparatif car elle permet la spécialisation et engendre donc un effet de dimension. Chaque nation peut produire en plus grande quantité certains biens, ce qui offre des avantages comme les économies d'échelle (l'entreprise réduit ses coûts unitaires en produisant davantage) ou les effets d'apprentissage. Les entreprises peuvent ainsi accroître leurs profits, leurs investissements productifs, la production et l'emploi.

Le deuxième avantage est l'effet de diversification. Grâce à l'ouverture internationale, le consommateur peut choisir entre un nombre plus important de produits pour satisfaire un même besoin. Cette diversité de biens disponibles profite non seulement aux consommateurs, mais aussi aux producteurs, qui auront un choix supplémentaire en biens de production (machines, informatique, robots, etc.). Grâce à cela, ils pourront profiter de l'innovation et développer leur propre productivité.

Le troisième avantage est l'effet de concurrence. L'ouverture internationale permet à de nouvelles entreprises d'entrer sur les marchés nationaux, ce qui accentue la concurrence. Les prix et le niveau de production deviennent donc plus efficients car plus proches de

ceux qui résulteraient d'un équilibre de marché. Les consommateurs et les producteurs profitent ainsi de prix plus faibles (amélioration du pouvoir d'achat pour les ménages et baisse des coûts pour les entreprises).
Si le commerce international crée des effets bénéfiques pour les économies engagées dans la spécialisation internationale, les échanges entre les nations peuvent aussi générer des risques potentiels ciblés sur certains secteurs ou certaines catégories de travailleurs.

Rédiger une transition entre les deux grandes parties du plan.

II. Le commerce international entraîne également des effets déstabilisants pour les économies nationales

A. Le commerce international nécessite de renforcer la compétitivité des économies nationales

Le document 1 montre que la progression des exportations mondiales a toujours été plus forte que celle du PIB mondial depuis les années 1950, hormis lors de l'année 2009 où la crise a entraîné une forte chute des exportations (– 12 %) et une récession mondiale. Mais de 2000 à 2011, les exportations mondiales ont augmenté environ deux fois plus vite que le PIB mondial. Toutefois, l'insertion dans les échanges internationaux a entraîné des effets puissants pour les économies nationales. Les entreprises ont dû faire des efforts de compétitivité en réduisant leurs coûts de production et en recherchant les gains de productivité. Ainsi, elles ont dû chercher à améliorer leur compétitivité prix fondée sur la maîtrise des coûts, mais aussi accroître leur compétitivité hors prix par des efforts d'innovation et de qualité pour la réputation des marques, et augmenter les dépenses de recherche et développement.

Utiliser les documents. Inutile d'indiquer le titre complet ni l'intégralité de la source.

Insister sur la notion de compétitivité.

L'ouverture aux échanges des pays émergents (comme l'Inde ou la Chine) a également offert des opportunités pour les entreprises françaises par exemple, mais elle a aussi généré une concurrence très forte pour nos exportations. On voit dans le document 2 que la Chine exporte une très grande part de produits manufacturés dans ses exportations totales vers l'Europe et les États-Unis. Et sur le marché français, la concurrence des importations pour la production nationale s'est également accentuée. Le commerce international peut ainsi avoir des effets bénéfiques par des baisses de prix pour les consommateurs, mais également déstabiliser certains secteurs de l'économie. De plus, l'État doit désormais créer un environnement fiscal et réglementaire favorable aux entreprises nationales engagées dans la compétition internationale.

Penser aux conclusions partielles.

B. Le jeu du commerce international entraîne des gagnants et des perdants dans les économies nationales

Les économistes ont aussi décrit les coûts économiques et sociaux de la libéralisation des échanges internationaux, à l'origine d'une mise en concurrence des systèmes productifs et de la constitution d'un marché mondial du travail et des salaires par catégories de travailleurs, fixés à l'échelle planétaire. Si l'on suit le raisonnement de David Ricardo, la spécialisation internationale est globalement favorable à tous les participants aux échanges. Mais si la Chine se spécialise dans les biens de consommation et les États-Unis dans les biens de production, l'ouvrier américain travaillant dans l'habillement, le textile ou l'électronique grand public perd son emploi et peut éprouver des difficultés à en retrouver un dans sa région et selon sa qualification. Avec la mondialisation économique et commerciale, l'inscription des firmes industrielles et financières dans un cadre territorial bien défini, l'État-nation, s'estompe au bénéfice d'une mise en concurrence (un *benchmarking*) des territoires. Ceux-ci offrent des dotations diverses en matière de coût du travail, de niveau de la fiscalité, de qualification de la main-d'œuvre et de ressources naturelles. Les stratégies de localisation des firmes globales dans l'économie mondiale deviennent plus sophistiquées et la délocalisation des activités productives s'intensifie en direction des pays à bas salaires et à capacité technologique notamment. Le document 3 évoque ainsi pour la France les destructions d'emploi dans l'industrie du cuir et de l'habillement. Par ailleurs, la mondialisation soumet les États-nations à de nouveaux impératifs, comme celui de créer un environnement favorable pour les firmes multinationales et les opérateurs financiers en quête d'investissements et de placements profitables.

On voit donc que le commerce international intensifie le processus de création/destruction d'emplois et provoque des vagues de délocalisations destructrices d'emplois dans les secteurs soumis à la pression de plus en plus forte de la concurrence des pays à bas salaires.

Nuancer l'impact du commerce international sur les économies.

Conclusion

Ainsi, le commerce international présente d'incontestables avantages pour les producteurs et les consommateurs d'une économie nationale. L'insertion dans les échanges internationaux est d'ailleurs une stratégie qui a été suivie par l'écrasante majorité des nations. Pourtant, le commerce international accélère également les transformations des économies nationales, avec des gagnants et des perdants, car la concurrence mondiale peut aussi entraîner des effets déstabilisants.

Réponse à la problématique.

Avec l'arrivée de Donald Trump au pouvoir aux États-Unis et la montée des extrêmes dans différents pays d'Europe, le débat entre les partisans du libre-échange et ceux du protectionnisme devrait reprendre et peser pour longtemps dans les négociations entre les différentes économies qui participent au commerce international.

Ouvrir le sujet sur des perspectives plus larges.

La crise liée à la pandémie de Covid-19 pourrait également relancer le débat sur les souverainetés économiques des nations, notamment sur l'opportunité de retirer des règles du libre-échange les biens et les services essentiels comme la santé.

SUJET 6

Quels sont les fondements du commerce international et de l'internationalisation de la production ?

ÉPREUVE COMPOSÉE (PARTIE 1)

Comment les dotations factorielles et technologiques déterminent-elles les avantages comparatifs ?

Travail préparatoire

Analyser le sujet

Le sujet conduit le candidat à expliquer comment, par quels mécanismes de causalité, les dotations factorielles et technologiques permettent d'établir des situations d'avantages comparatifs et donc des spécialisations observables dans les différentes économies.

Corrigé

Les textes en bleu apparaissant dans ce corrigé ne doivent pas figurer dans votre devoir. Nous les avons insérés pour vous guider et vous conseiller.

Les conseils du professeur

Au XXe siècle, les théoriciens néoclassiques (les Suédois Heckscher et Ohlin, et l'Américain Paul Samuelson) prolongent les analyses de David Ricardo en montrant que les pays doivent se spécialiser en fonction de leurs dotations factorielles relatives. Un pays qui disposerait relativement de plus de capital que de travail devrait, dans cette optique, se spécialiser dans la production de biens qui demandent relativement plus de capital que de travail pour être produits.

Dans ses *Principes de l'économie politique et de l'impôt* (1817), David Ricardo présente le concept d'avantages comparatifs (ou relatifs) dans le cadre d'un modèle simplifié à deux pays (le Portugal et l'Angleterre) et à deux biens (le vin et le drap). Il démontre que l'échange international peut être mutuellement avantageux, même dans l'éventualité où l'une des deux nations est plus efficiente (au sens de l'avantage absolu d'Adam Smith) que l'autre dans la production des deux marchandises échangées, dès lors que chacune se spécialise dans les produits pour lesquels elle est la plus avantagée ou la moins désavantagée (en fonction des coûts unitaires et de la productivité du travail).

Expliquer la théorie des avantages comparatifs.

Les théories classiques et néoclassiques de la spécialisation valident l'idée d'un gain à l'échange international en s'appuyant sur les dotations factorielles et les spécialisations productives qui en résultent. Cependant, la spécialisation internationale et le commerce international peuvent aussi s'expliquer par l'existence de dotations technologiques différentielles, au-delà des dotations en facteurs primaires (capital, travail). En s'appuyant sur la fonction de production, il est possible de mettre en évidence les effets des dotations technologiques sur la spécialisation et de distinguer des « pays innovateurs » et des « pays utilisateurs » des technologies développées par les autres. Les premiers ayant l'avantage des *first movers*, on peut constater que les écarts technologiques permettent aussi d'expliquer le contenu des flux d'échanges.

Évoquer les effets des dotations technologiques.

De manière générale, les économies proches de la frontière technologique exportent des produits innovants puis, progressivement, avec la diffusion de ces technologies, les économies éloignées de la frontière technologique et utilisatrices de ces technologies les imitent et deviennent exportatrices de ces produits qui peuvent désormais être produits par une main-d'œuvre à faible coût. Une course à l'innovation technologique précède donc l'évolution des spécialisations internationales.

Pour maintenir leur part de marché à l'exportation, les économies avancées doivent donc innover continuellement. La théorie de l'écart technologique met l'accent sur l'importance de l'offre pour expliquer les différences de productivité nationale via des différences de dotations technologiques notamment liées aux efforts en recherche et développement. Cette analyse intègre le fait que les avantages comparatifs sont en perpétuelle évolution.

On peut mettre en évidence une convergence entre la théorie du commerce international et la théorie de la croissance endogène dans la mesure où le niveau technologique d'un pays influence le taux de croissance de l'économie ainsi que l'état et la nature de ses échanges avec les autres pays. Il y a interaction entre la dynamique de la croissance économique et la dynamique du commerce international.

SUJET 7

Quels sont les fondements du commerce international et de l'internationalisation de la production ?

ÉPREUVE COMPOSÉE (PARTIE 2)

Les mesures protectionnistes et leurs effets

Questions

1. Distinguez le protectionnisme tarifaire du protectionnisme non tarifaire.

2. Quelles sont les informations que l'on peut extraire du document suivant ?

DOCUMENT • *L'impact d'une guerre commerciale entre les États-Unis et la Chine, tous secteurs confondus (variations du commerce)*

Exportateur	Importateur	Mds USD	%
États-Unis	Chine	– 87,1	– 58,3
Chine	États-Unis	– 280,7	– 61,8
États-Unis	UE 28	– 15,9	– 3,4
UE 28	États-Unis	35,8	7,3
Chine	UE 28	42,0	9,4
UE 28	Chine	– 12,8	– 4,9

Source : CEPII, « Un chiffrage de l'impact des mesures de protection commerciale de Donald Trump », *La Lettre du CEPII*, mai 2018.

Travail préparatoire

Analyser le sujet

Le sujet nécessite de s'interroger sur la question des politiques protectionnistes dans le cadre de la stratégie commerciale des États-Unis et des tensions avec son grand partenaire commercial, la Chine. Il propose une estimation de l'impact de la réorientation de la politique commerciale américaine et nécessite de mobiliser les données statistiques pour l'évaluer, en n'omettant pas d'évoquer l'impact de la potentielle contraction du commerce international pour l'Union européenne.

Corrigé

Les textes en bleu apparaissant dans ce corrigé ne doivent pas figurer dans votre devoir. Nous les avons insérés pour vous guider et vous conseiller.

Les conseils du professeur

1. Distinguez le protectionnisme tarifaire du protectionnisme non tarifaire.

Le protectionnisme est une politique commerciale visant à empêcher ou limiter les importations de biens et de services. Le protectionnisme peut être instauré à l'aide de plusieurs instruments : on distingue les barrières tarifaires et non tarifaires.

Définir la notion-clé du sujet.

Les barrières tarifaires sont les droits de douane (qui ont pour effet de désavantager les productions étrangères) et les subventions (qui avantagent les productions nationales).

Les instruments non tarifaires regroupent les restrictions quantitatives sous la forme de quotas (voire d'interdictions), ou les normes techniques, sanitaires, environnementales, ainsi que les manipulations du taux de change pour doper la compétitivité des produits nationaux (dévaluations).

2. Quelles sont les informations que l'on peut extraire du document suivant ?

Ce document est un tableau statistique publié par le CEPII, en mai 2018, qui évalue les conséquences de la politique protectionniste de Donald Trump dans le cadre des relations commerciales entre les États-Unis, la Chine et l'Union européenne, en termes de variation du commerce en pourcentage et en milliards de dollars. Selon le CEPII, les tensions commerciales actuelles présentent un risque de dégénérer en guerre commerciale avec, à la clé, une forte contraction des échanges internationaux. Le CEPII fait l'hypothèse que les tarifs douaniers additionnels, s'ils sont étendus à l'ensemble des produits échangés entre la Chine et les États-Unis, outre le risque de contagion à d'autres pays, feraient baisser d'environ 60 % le commerce bilatéral entre les deux pays. On constaterait une baisse de 87 milliards de dollars d'exportations américaines à destination de la Chine et de 281 milliards de dollars d'exportations chinoises à destination des États-Unis. Ces mesures protectionnistes et leurs effets cumulés pourraient alors freiner la croissance mondiale. Par ailleurs, on observe que les exportations américaines vers l'Union européenne chuteraient de 3,4%, tandis que les exportations européennes vers les États-Unis progresseraient elles de 7,3 %, mais celles vers la Chine baisseraient de 4,9 %.

Présenter succinctement le document.

Montrer l'enjeu pour l'économie mondiale.

Présenter les enjeux du document pour les échanges bilatéraux entre la Chine et les États-Unis.

Présenter les enjeux des mesures protectionnistes pour le commerce de l'Union européenne avec les États-Unis et la Chine.

SUJET 8

Quels sont les fondements du commerce international et de l'internationalisation de la production ?

ÉPREUVE COMPOSÉE (PARTIE 3)

À l'aide de vos connaissances et du dossier documentaire, vous montrerez que les firmes multinationales cherchent à améliorer leur compétitivité par des stratégies de localisation.

DOCUMENT 1 • *Les flux d'investissements directs à l'étranger[1] entrants, de 2000 à 2017, en % du total mondial*

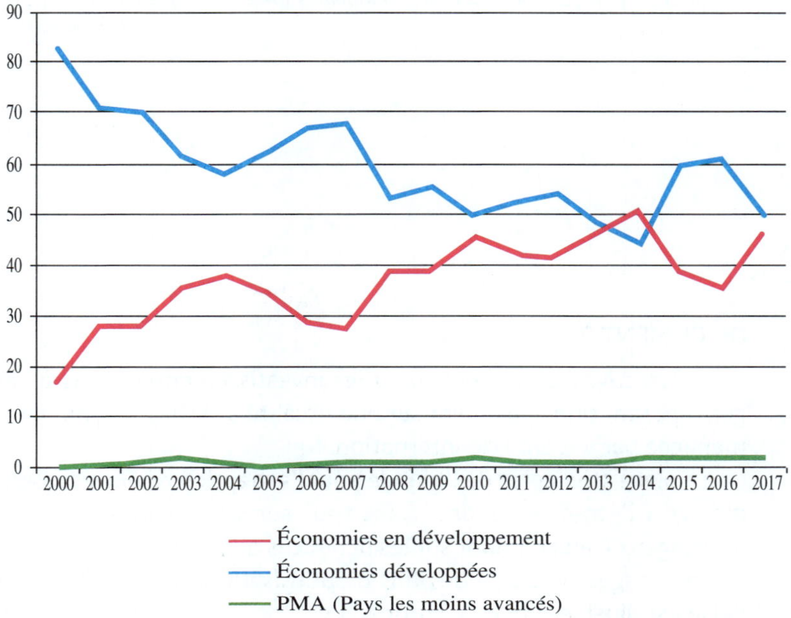

Source : CNUCED, 2018.

1. Investissements directs à l'étranger : création d'une unité de production à l'étranger ou acquisition d'au moins 10 % du capital d'une entreprise à l'étranger.

DOCUMENT 2

Les choix de localisation des firmes multinationales relèvent de trois grandes logiques stratégiques : la première, de nature horizontale, correspond aux logiques dominantes d'accès au marché impliquant des investissements directs à l'étranger qui s'effectuent de manière privilégiée entre pays développés. La deuxième, de nature verticale, est liée à la possibilité technique de décomposer les processus de production en fragments séparés et de les implanter dans des pays différents en fonction des différences de dotations factorielles ou de coûts salariaux. Les coûts de transaction et de transport jouent négativement sur le développement de telles stratégies. Mais, entre ces deux logiques [...], il existe des stratégies hybrides mêlant à la fois des logiques de minimisation des coûts, des motifs d'accès aux marchés et des impératifs d'accès à des compétences spécifiques.

Source : El Mouhoub Mouhoud, *Mondialisation et délocalisation des entreprises*, © Éditions La Découverte, 2017.

DOCUMENT 3

L'attractivité de l'Irlande pour les investissements directs à l'étranger, reposant principalement sur une fiscalité avantageuse, pourrait être menacée par le contexte international.

La place privilégiée de l'Irlande pour l'attraction des investissements directs à l'étranger repose avant tout sur son environnement fiscal avantageux (taux d'impôt sur les bénéfices à 12,5 % et facilité d'établir des montages fiscaux à des fins d'optimisation). La République irlandaise est ainsi le « hub[1] » européen de nombreuses entreprises multinationales (notamment américaines), principalement dans les secteurs de l'informatique [...] et pharmaceutique. [...]

1. Hub : point central.

L'Irlande est [...] en bonne position pour attirer les entreprises installées au Royaume-Uni souhaitant conserver un accès au marché unique après le Brexit. Pays anglophone, possédant une [...] main-d'œuvre qualifiée et un marché du travail flexible, l'Irlande possède, au-delà de sa fiscalité avantageuse, des atouts indéniables. [...]

Les multinationales ont été le principal soutien du pays pendant la crise et sont le principal moteur de la reprise depuis 2014. Membre de l'Union européenne, l'Irlande offre un accès à un marché de près de 500 millions de consommateurs [...]. Mais le pays est confronté à deux chocs simultanés et majeurs : la sortie de l'Union européenne de son premier partenaire économique et un changement de l'environnement fiscal international. Pour préserver son attractivité dans ce contexte difficile, l'Irlande devra impérativement remédier à son déficit d'infrastructures (transports, logement, éducation, système de soins).

Source : Brice Reguimi, « L'investissement direct étranger en Irlande en 2016 », Direction générale du Trésor, 2018.

Travail préparatoire

Analyser le sujet

Le sujet invite le candidat à montrer que les firmes multinationales cherchent à améliorer leur compétitivité par des stratégies de localisation. Autrement dit, il convient d'expliciter les différents déterminants des choix de localisation des investissements directs à l'étranger (IDE) des firmes multinationales (FMN) afin d'améliorer leur compétitivité prix et leur compétitivité hors prix. Le candidat devra préalablement définir soigneusement ce qu'est une firme multinationale et ce que désignent les IDE. Il conviendra de classer de manière pertinente et cohérente les différents déterminants de manière à apporter une réponse structurée et ordonnée à la question posée : comment les FMN choisissent-elles la destination de leurs IDE et la localisation de leurs filiales ? Pour quelles raisons la firme va-t-elle choisir de localiser certaines filiales dans un pays plutôt que dans un autre ? Sur la base de quels critères cette décision est-elle prise ? Le principal intérêt de ce sujet est de conduire le candidat à montrer que le critère de la rationalisation des coûts de production, qui est souvent mis en avant, n'est pas forcément celui qui pèse le plus lourd dans la décision finale.

Analyser les documents

Document 1

Le document 1 est un graphique de la Conférence des Nations unies sur le commerce et le développement (CNUCED), publié en 2018, qui présente les flux d'investissements directs à l'étranger entrants, de 2000 à 2017, en pourcentage du total mondial dans les économies en développement et dans les économies développées.
Les investissements directs à l'étranger se traduisent par la création d'une unité de production à l'étranger ou l'acquisition d'au moins 10 % du capital d'une entreprise à l'étranger. Ils sont dits « entrants » pour le pays d'accueil et « sortants » pour le pays d'origine.
On observe clairement une corrélation négative entre les flux d'IDE entrants. En effet, entre 2000 et 2014, la tendance est nettement à la baisse pour les IDE entrants dans les économies développées (de 82 % à 45 % des flux entrants), alors qu'elle est à la hausse pour les économies en développement (de 18 % à 50 % des flux entrants). Il n'y a qu'en 2013 que les flux d'IDE entrants sont plus importants : 50 % dans les économies en développement contre 45 % pour les économies développées. Les mouvements sont variables mais symétriques entre 2014 et 2017. On peut encore noter la forte croissance des flux d'IDE entrants dans les économies développées entre 2003 et 2007 (de 58 % à 68 %) avant la chute (de 68 % à 50 % en 2009) liée à la crise de 2008. Symétriquement, on peut voir la baisse des flux d'IDE entrants dans les économies en développement entre 2003 et 2007 (de 38 % à 28 %) avant la hausse (de 28 % à 45 %) liée à la crise de 2008, qui a surtout affecté les économies développées qui subissent des fuites de capitaux. Sur l'ensemble de la période, la part des IDE entrants dans les pays les moins avancés (PMA) reste très faible, même si elle augmente et passe d'environ 0 % en 2000 à environ 2 % en 2017.

Document 2

Le document 2 rappelle au candidat que les choix de localisation des firmes multinationales relèvent de trois grandes logiques stratégiques. Ce n'est donc pas seulement une affaire de coût du travail. Selon une logique de nature horizontale, c'est l'accès au marché qui justifie les IDE entre pays développés. On peut faire, ici, une analogie avec le commerce international intrabranche. Selon une logique de nature verticale, ce sont des différences de dotations factorielles ou de coûts salariaux qui expliquent la division (décomposition) internationale du processus productif (DIPP). Cependant, l'existence de coûts de transaction et de transport peut peser sur l'efficacité de ces stratégies. Selon une logique intermédiaire, des stratégies hybrides combinent les logiques horizontales d'accès au marché à des compétences spécifiques et verticales (de réduction des coûts).

Document 3

Le document 3 fournit des éléments relatifs aux déterminants de l'attractivité d'un territoire. L'attractivité s'applique donc à un territoire et ne doit pas être confondue avec la compétitivité qui concerne une entreprise. Les conditions d'attractivité pour les investisseurs susceptibles de réaliser des IDE et donc d'implanter des filiales, vont déterminer le potentiel de compétitivité d'une entreprise qui se sera implantée sur un territoire. En retour, des entreprises compétitives rendront ce territoire plus attractif, toutes choses égales par ailleurs. Le document rappelle que les principaux déterminants de l'attractivité, ici de l'Irlande, sont une fiscalité avantageuse avec un taux d'impôt sur les bénéfices faible (12,5 %) et des conditions favorables pour l'optimisation fiscale (établir des montages fiscaux à des fins d'optimisation). Ce pays a pu attirer, pour cette raison, de nombreuses FMN américaines des secteurs de l'informatique et pharmaceutique. De plus, la main-d'œuvre qualifiée et un marché du travail flexible, au-delà de sa fiscalité avantageuse, restent des atouts indéniables pour les entreprises du Royaume-Uni. L'implantation de nombreuses FMN sur le territoire irlandais a largement contribué à la croissance économique du pays. En revanche, le Brexit, compte tenu du poids des FMN du Royaume-Uni en Irlande, pourrait nuire à l'attractivité du pays et à la dynamique économique.

Problématiser le sujet

Le sujet pose la question des critères de localisation des investissements directs à l'étranger permettant aux firmes multinationales d'améliorer leur compétitivité. Quels sont les principaux facteurs expliquant les choix de localisation des filiales des firmes multinationales ?

Proposition de plan

I. Les stratégies de localisation des investissements directs à l'étranger (IDE) visant à améliorer la compétitivité prix
   A. Les firmes multinationales cherchent à améliorer la compétitivité prix par la réduction du coût du travail
   B. Les firmes multinationales recherchent aussi la réduction des autres coûts de production pour faire progresser leur compétitivité prix

II. Les stratégies de localisation ayant pour objectif de faire progresser la compétitivité hors prix
   A. Les firmes multinationales intègrent dans leurs choix de localisation la stabilité des institutions politiques, économiques et sociales pour améliorer leur compétitivité hors prix
   B. Les firmes multinationales sont en quête d'infrastructures de qualité pour faire progresser leur compétitivité hors prix

Corrigé

Les textes en bleu apparaissant dans ce corrigé ne doivent pas figurer dans votre devoir. Nous les avons insérés pour vous guider et vous conseiller.

Les conseils du professeur

Introduction

Définir les notions du sujet.

Les firmes multinationales (FMN) sont des firmes dont la maison-mère est située dans le pays d'origine et qui implantent des filiales dans d'autres pays. L'essor des FMN se traduit par la fragmentation du processus de production qui doit leur permettre d'améliorer leur compétitivité en allant s'installer sur les territoires les plus attractifs, ceux qui présentent les plus grands avantages présents et à venir.

Les investissements directs à l'étranger (IDE) correspondent à des opérations financières des FMN consistant à contrôler ou à exercer une influence significative sur le marché et la gestion d'entreprises appelées « filiales » et implantées dans un pays différent de celui de la maison-mère. Par convention, les IDE se traduisent par la création d'un lieu de production à l'étranger, ou par l'acquisition d'au moins 10 % de la propriété d'une entreprise située à l'étranger.

Les FMN cherchent à améliorer leur compétitivité en arrêtant les choix de localisation de leurs IDE en s'appuyant sur différentes stratégies. Il convient donc d'expliciter les différents déterminants des choix de localisation des IDE des FMN afin d'améliorer leur compétitivité prix et leur compétitivité hors prix. Quels sont les principaux facteurs expliquant les choix de localisation des FMN ? Sur la base de quels critères orientent-elles leurs IDE et choisissent-elles de se localiser dans une économie plutôt qu'une autre ?

Poser la problématique.

Pour répondre à ces questions, il conviendra de distinguer, dans un premier temps, les stratégies qui visent à améliorer leur compétitivité coût et prix et, dans un second temps, les stratégies fondées sur des critères plus qualitatifs en matière d'attractivité des territoires comme les institutions économiques, sociales et politiques, les infrastructures : tous les déterminants qui ont pour objectif de faire progresser durablement la compétitivité hors prix de la firme.

Annoncer le plan.

I. Les stratégies de localisation des investissements directs à l'étranger (IDE) visant à améliorer la compétitivité prix

Les stratégies de rationalisation des coûts des facteurs de production visent à améliorer directement la compétitivité coût et prix des FMN afin de les rendre

Court paragraphe annonçant les grands points

plus compétitives sur les marchés internationaux. La recherche d'une meilleure compétitivité prix passe par une meilleure compétitivité coût. Comme il n'est pas possible de baisser ses prix sans réduire ses coûts, sauf à accepter une réduction des marges, des bénéfices..., cette recherche des coûts les plus faibles se traduit par une mise en concurrence des territoires.

qui seront développés dans cette partie.

A. Les firmes multinationales cherchent à améliorer la compétitivité prix par la réduction du coût du travail

La recherche d'une meilleure compétitivité coût passe d'abord par une meilleure compétitivité au niveau du coût du travail. En effet, le coût du travail (qui inclut le coût salarial, les coûts d'embauche, de licenciement...) peut peser relativement plus dans les économies les plus développées que dans les économies émergentes ou peu développées. Toutes choses égales par ailleurs, une FMN peut donc avoir intérêt à délocaliser ou créer une nouvelle unité de production à l'étranger pour bénéficier d'une main-d'œuvre moins chère. Le document 1, un graphique de la CNUCED publié en 2018, nous permet d'observer qu'entre 2000 à 2017, le flux d'IDE entrants (en pourcentage du total mondial) dans les économies en développement est tendanciellement en forte hausse (de 18 % à 50 % des flux entrants). Les écarts de coûts salariaux n'y sont certainement pas étrangers. Pour autant, il est nécessaire de nuancer cette approche car, dans le cadre d'un processus d'embauche, une entreprise ne se contente pas de considérer le niveau du coût du travail indépendamment du niveau de productivité des travailleurs concernés. Ce sont les coûts salariaux unitaires, autrement dit les coûts salariaux rapportés à la productivité du travail, qui importent. En effet, en matière d'embauche, la question qui se pose est : combien coûte le travailleur par rapport à ce qu'il rapporte ? Les flux d'IDE qui traduiront l'implantation de la FMN, se décideront sur la base d'une comparaison entre le niveau des coûts salariaux et celui de la productivité du travail, et non seulement en fonction des coûts salariaux.

Relier les notions et les phénomènes associés.

Donner du sens aux statistiques mentionnées dans les documents.

Interprétation possible du document.

Premiers enseignements de la réflexion et de l'analyse des documents.

Ainsi, de nombreuses entreprises multinationales françaises ont souvent privilégié la stratégie de délocalisation vers les zones à coûts salariaux plus faibles (notamment l'est de l'Europe) afin de faire face à la relative dégradation de la compétitivité coût et prix sur le sol national, surtout pour la fabrication de produits de basse et de moyenne gamme. Enfin, en matière de coûts salariaux comparés, on a pu observer un certain degré de corrélation entre les délocalisations et les secteurs d'activité car il est plus rentable pour une entreprise qui produit des biens ou des services en faisant essentiellement appel à de la main-d'œuvre peu qualifiée, de s'installer dans des pays dits « à bas salaires » où celle-ci est abondante. C'est moins le cas pour une entreprise qui doit pouvoir embaucher des travailleurs qualifiés ou très qualifiés car le niveau de productivité des travailleurs, relativement à leur coût, sera privilégié. C'est sans doute ce qui explique la forte progression de la part des entrées d'IDE dans les économies émergentes, où se concentrent des productions intensives en travail peu qualifié, même si c'est le cas aussi pour les économies en transition.

Présenter les différents types de coûts relatifs au facteur travail déterminants pour la localisation des FMN.

Selon une logique de nature verticale (document 2), ce sont donc des différences de dotations factorielles ou de coûts salariaux qui expliquent la division (décomposition) internationale du processus productif (DIPP). Cependant, l'existence de coûts de transaction et de transport peut peser sur l'efficacité des stratégies d'implantation des FMN.

B. Les firmes multinationales recherchent aussi la réduction des autres coûts de production pour faire progresser leur compétitivité prix

Le coût du travail n'étant pas le seul coût de production pour une entreprise, la recherche d'une meilleure compétitivité coût passe aussi par la réduction de nombreux coûts de production. Le document 2 rappelle que les choix de localisation des FMN n'est pas seulement une affaire de coût du travail. Ainsi, dans une FMN, avant de choisir la localisation des filiales, il faut aussi tenir

Relier les notions et les phénomènes associés.

compte du niveau comparé de la fiscalité du capital, en particulier du niveau de l'impôt sur les bénéfices réalisés. À travers l'analyse du poids relatif de la fiscalité du capital selon les pays, c'est la question de l'optimisation fiscale qui se pose. Ce point n'est pas à négliger car le niveau des bénéfices après impôts conditionne le niveau d'investissement, la productivité et la compétitivité de l'entreprise.

Premiers enseignements de la réflexion et de l'analyse des documents.

Le document 3 développe le cas de l'Irlande dont la fiscalité est avantageuse grâce à un taux d'impôt sur les bénéfices faible (12,5 %) et des conditions favorables à l'optimisation fiscale. Ce pays a ainsi pu attirer de nombreuses FMN américaines des secteurs de l'informatique et pharmaceutique. De plus, la main-d'œuvre qualifiée et un marché du travail flexible, au-delà de sa fiscalité avantageuse, restent des atouts indéniables. L'implantation de nombreuses FMN sur le territoire irlandais a largement contribué à la croissance économique du pays.

Présenter les autres types de coûts liés à la localisation.

Une FMN doit aussi tenir compte des coûts de transport avant de faire son choix de localisation de filiales. En effet, pour produire, il faut supporter des coûts pour le transport des matières premières, des composants à assembler, de la commercialisation… La réduction des coûts d'accès à l'énergie et aux matières premières ainsi que la diminution de la facture d'approvisionnement ne sont pas à négliger non plus. En fait, cette baisse permet, d'une part, d'obtenir une baisse des coûts de transaction et d'organisation par l'internalisation d'un segment de production et, d'autre part, de contourner les potentielles ruptures d'approvisionnement. Ainsi, grâce à l'acquisition de terres agricoles ou de mines diverses, une FMN peut réduire les coûts d'accès et d'approvisionnement mais également diminuer le risque de rupture qui pourrait bloquer le processus de production avec toutes les conséquences négatives que cela peut impliquer vis-à-vis de ses divers clients.

Selon une logique de nature horizontale, l'accès au marché justifie aussi les IDE entre pays développés. On peut faire, ici, une analogie avec le commerce international intrabranche. Les perspectives de débouchés locaux peuvent inciter les FMN à se localiser sur un territoire car l'accès direct au marché domestique peut permettre de réaliser des économies d'échelle et donc d'obtenir une réduction des coûts unitaires de production. La proximité avec les marchés est très importante pour connaître le plus finement possible les besoins et les goûts des consommateurs. De surcroît, cette installation sur un sol étranger permet de contourner les barrières protectionnistes existantes qui pèsent sur les exportations, le chiffre d'affaires et les bénéfices de la firme. L'accès aux clients locaux est donc moins coûteux, plus facile, et l'amélioration de la commercialisation des produits peut se fonder sur une meilleure connaissance de la demande, à moindre coût également.

Ceci étant, au-delà des facteurs qui affectent directement les coûts de production, les FMN fondent aussi leurs stratégies de localisation sur de nombreux autres critères. En effet, dans leurs stratégies de localisation des IDE, les FMN ne doivent négliger aucun élément et surtout ne pas se contenter de fonder leurs choix d'implantation et d'IDE sur le critère du coût du travail, lequel ne peut être ni le seul, ni même le principal déterminant de la localisation.

Rédiger une transition pour annoncer la partie II.

II. Les stratégies de localisation ayant pour objectif de faire progresser la compétitivité hors prix

Le développement de la division internationale du processus productif (DIPP) montre que les FMN cherchent à utiliser les avantages comparatifs des différents territoires, c'est-à-dire les atouts dont un pays dispose (compétences des habitants, niveau d'éducation et stock de capital humain, dotation en facteurs de production, ressources naturelles, capital technologique...) et qui

Présenter le rôle de chaque déterminant sur le choix de localisation des firmes.

rendent la production dans ce pays plus intéressante. Selon cette logique, les stratégies hors coûts fondées sur la qualité de l'attractivité des territoires d'implantation reposent sur des critères plus qualitatifs qui sont dépendants des institutions économiques, sociales et politiques, des infrastructures et des déterminants qui ont pour objectif de faire progresser durablement la compétitivité hors prix de la firme.

A. Les firmes multinationales intègrent dans leurs choix de localisation la stabilité des institutions politiques, économiques et sociales pour améliorer leur compétitivité hors prix

Présenter l'importance de la stabilité des institutions politiques sur les choix de localisation.

Quand une FMN souhaite réaliser des IDE pour localiser une ou plusieurs filiales sur un territoire, elle porte une grande attention à la transparence et à la stabilité des institutions politiques. L'existence d'un cadre juridique large présente également des garanties en termes de sécurité des investissements réalisés. De même, la faiblesse des risques de violences et de guerres sera propice à l'entrée de capitaux dans le cadre d'IDE.

Évoquer le rôle des institutions économiques.

Simultanément, l'éventail et la qualité des institutions économiques seront cruciaux. Les économistes considèrent aujourd'hui que les institutions, soit l'ensemble des règles du jeu économique (et en particulier le respect des droits de propriété), sont essentielles pour la croissance et pour le développement. Par exemple, des institutions adaptées sont nécessaires pour que les marchés financiers permettent la rencontre de l'épargne et des investissements, et donc le financement d'une croissance soutenue et durable, favorable à la prospérité des FMN qui s'installent et à l'économie dans son ensemble. Le rôle des institutions, en général, et des droits de propriété, en particulier, apparaît central dans la mesure où une économie capitaliste de marché a besoin de règles pour promouvoir le libre-échange, l'initiative individuelle et le développement des entreprises, notamment les FMN. Ce faisant, par les incitations qu'elles créent, les institutions stimulent l'esprit d'entreprise, l'investissement et l'innovation : les institutions et les mécanismes de marché favorisent alors la croissance économique à long terme. Les FMN sont très attentives à la qualité des institutions sur le territoire avant d'y localiser des IDE. Les réglementations des marchés permettent de gérer et de contrôler les externalités, les économies d'échelle et l'imperfection de l'information. Des institutions économiques solides permettent la stabilisation du fonctionnement de ces marchés, afin de maintenir la stabilité des prix, la confiance et les échanges. Des institutions solides sont le gage d'une certaine stabilité et donc d'une certaine capacité à prévoir les profits réalisés.

B. Les firmes multinationales sont en quête d'infrastructures de qualité pour faire progresser leur compétitivité hors prix

Présenter l'impact des infrastructures sur les choix de localisation.

Avant de décider de se localiser sur un territoire, la FMN va également prendre en compte le degré de développement et le niveau de qualité des diverses infrastructures dans les domaines de la logistique, des transports, de l'éducation et de l'innovation. L'existence d'un système efficace de recherche et développement (R&D) permet d'accumuler des connaissances, lesquelles vont se diffuser librement puisque la connaissance est un bien collectif accessible à tous. De plus, en raison des externalités positives qui en découlent, les pouvoirs publics ont intérêt à inciter le secteur privé à développer ces activités en les protégeant (par des brevets) ou en les subventionnant pour soutenir durablement une croissance forte. Enfin, les innovations apparaissant par grappes, une économie qui offre un environnement propice aux innovations peut être très attractive pour les FMN.

Évoquer le rôle de la R&D.

Mentionner l'importance du capital public.

Les FMN sont aussi conscientes de l'impact majeur de l'accumulation de capital public (les infrastructures publiques comme les routes, le réseau ferroviaire, les ports, les hôpitaux...) sur l'accumulation de capital privé et donc sur le potentiel de développement de leur activité. Les investissements publics se traduisent par une hausse quantitative et qualitative (modernisation) du stock de capital public composé, pour l'essentiel, des infrastructures de transport, de communication, des investissements dans la recherche, l'éducation ou la santé... Mais les interdépendances entre les investissements publics et privés sont telles que les premiers vont conditionner et favoriser les seconds et réciproquement. De manière analogue, les FMN connaissent l'importance de l'impact du capital humain et ses effets externes positifs. Le capital humain, en tant que stock de connaissances, de savoir-faire et de compétences que les individus peuvent intérioriser et valoriser dans l'économie, est à l'origine d'externalités positives de sorte que l'accumulation par les uns facilite l'accumulation par les autres. Les pouvoirs publics ont donc intérêt à améliorer les politiques de formation initiale, professionnelle et continue pour attirer les investisseurs étrangers en quête d'une main-d'œuvre hautement qualifiée, et promouvoir une croissance durablement soutenue.

Mentionner le rôle du capital humain.

Les conditions d'attractivité pour les investisseurs susceptibles de réaliser des IDE, et donc d'implanter des filiales, vont déterminer le potentiel de compétitivité d'une entreprise qui se sera implantée sur un territoire. En retour, des entreprises compétitives rendront ce territoire plus attractif, toutes choses égales par ailleurs.

Conclusion

La nouvelle vague de globalisation de la production depuis le début des années 2000 se traduit par l'essor des économies émergentes, l'accélération du commerce international et la multiplication des IDE et des FMN, dont la taille est de plus en plus grande. Ces phénomènes complexifient l'organisation de l'économie mondiale et la stratégie des FMN en matière de localisation des IDE devient donc centrale. Les FMN développent donc des stratégies de rationalisation des coûts afin de choisir la localisation de leurs filiales, mais également des stratégies hors coûts fondées sur la qualité de l'attractivité des territoires.

Courte synthèse.

La pandémie de Covid-19 et les difficultés rencontrées par certains pays pour se procurer des biens spécifiques (masques, respirateurs...) relancent les débats sur les stratégies de localisation-délocalisation-relocalisation des filiales des FMN et sur les industries qualifiées de stratégiques. Les récentes ententes entre les États et les fabricants de vaccins contre le coronavirus SARS-CoV-2 en sont un autre exemple.

SUJET 9

Comment lutter contre le chômage ?

DISSERTATION

Comment la diversité des formes du chômage peut-elle orienter les politiques de l'emploi ?

DOCUMENT 1

Des milliards comme s'il en pleuvait ! Les États-Unis, la Chine, le Japon ou les pays européens ont dégainé des plans de relance impressionnants, d'un montant total déclaré de plus de 2 800 milliards de dollars (2 190 milliards d'euros) sur deux ans. La dépense supplémentaire « en passe d'être décidée par les principaux pays pour 2009 et 2010 représente 5 % du produit intérieur brut (PIB) mondial », selon les économistes de Natixis.

Dans ces programmes, la liste des mesures sur la fiscalité, l'appui aux industries et aux entreprises, les travaux d'infrastructures, les projets d'équipements, le soutien à la consommation ou aux ménages, donnent l'impression d'un inventaire à la Prévert. [...]

Le Fonds monétaire international (FMI), qui évalue le coût budgétaire des plans annoncés par les pays du G20 (les 20 grandes économies développées et émergentes) à 1,5 % de leur PIB, en moyenne, en 2009, estime que leur impact permettrait d'obtenir 0,5 à 1,25 point de croissance pour l'ensemble de ces pays, atténuant ainsi la récession. L'institution prévoit en effet une croissance mondiale de 0,5 % en 2009 (– 2 % dans les pays développés et + 3,3 % dans les pays émergents et en développement), avant un rebond à 3 % en 2010. [...]

Aujourd'hui, face à la chute libre de l'activité, un effet rapide est recherché. En France, par exemple, le remboursement par anticipation de 11,4 milliards d'euros de crédit d'impôt[1] [...] répond à l'urgence. C'est

1. Crédit d'impôt : mesure administrative permettant d'alléger l'impôt d'un agent économique (soit par réduction de l'impôt payé, soit par remboursement versé directement à son bénéficiaire).

aussi le cas des aides à la consommation qui entrent vite en vigueur – comme la baisse de la TVA, en décembre 2008 au Royaume-Uni – ou des baisses et des crédits d'impôts sur le revenu, surtout dans les pays effectuant les prélèvements à la source, comme aux États-Unis ou en Allemagne.

Source : Anne Rodîer et Adrien De Tricornot, « Comment faire redémarrer l'économie ? », *Le Monde*, 10 février 2009.

DOCUMENT 2 • *Les principaux dispositifs spécifiques de politique d'emploi en 2010 (en milliers de personnes)*

	Bénéficiaires en fin d'année			
	2007	**2008**	**2009**	**2010**
Emploi marchand aidé	1 128	1 025	1 002	990
dont : *– exonérations et primes à l'embauche des jeunes*	136	59	4	1
– exonérations et primes à l'embauche de CLD[1]	89	66	92	64
– aide à la création d'entreprise	114	131	182	210
– contrats en alternance	619	603	572	568
– accompagnement des restructurations	19	13	11	9
Emploi non marchand aidé	248	184	241	254
dont : *– contrats d'avenir*	88	78	68	5
– contrats d'accompagnement dans l'emploi	150	102	172	a
Formation des demandeurs d'emploi	237	272	361	350
dont : *– stages de formation*	225	251	332	319
– prévention du chômage de longue durée	12	21	29	31
Retraits d'activité[2]	512	460	405	322
Total	2 125	1 943	2 010	1 916

Source : d'après l'Insee, « Tableaux de l'économie française », 2010, 2011 et 2012.

1. CLD : chômeurs de longue durée.
2. Essentiellement, dispensés de recherche d'emploi.
Champ : France métropolitaine.

DOCUMENT 3 • *Le statut d'emploi et le type de contrat en 2011 selon le diplôme et la durée depuis la sortie de formation initiale (en %)*

	Enseignement supérieur long	Enseignement supérieur court	Bac et équivalents	CAP-BEP et équivalents	Brevet, CEP et sans diplôme	Ensemble
Sortis depuis 1 à 4 ans de formation initiale						
Non salariés	7,0	5,8	4,5	2,8	2,4	5,2
Salariés	93,0	94,2	95,5	97,2	97,6	94,8
dont :						
– emplois à durée limitée	20,6	24,0	29,7	31,2	34,8	26,2
– intérim	2,4	5,8	8,0	9,6	11,6	6,2
– contrats à durée indéterminée du secteur privé	56,6	50,2	53,5	52,3	45,6	53,1
– contrats à durée indéterminée du secteur public	13,4	14,2	4,3	4,1	5,7	9,3
Total	100,0	100,0	100,0	100,0	100,0	100,0
Sortis depuis 5 à 10 ans de formation initiale						
Non salariés	8,7	6,6	6,9	4,3	3,6	6,7
Salariés	91,3	93,4	93,1	95,7	96,4	93,3
dont :						
– emplois à durée limitée	8,6	7,4	14,0	17,6	22,2	12,4
– intérim	0,6	1,4	3,7	5,0	7,4	2,9
– contrats à durée indéterminée du secteur privé	59,7	69,9	63,6	64,1	61,2	63,5
– contrats à durée indéterminée du secteur public	22,4	14,7	11,8	9,0	5,6	14,6
Total	100,0	100,0	100,0	100,0	100,0	100,0
Sortis depuis 11 ans et plus de formation initiale						
Non salariés	16,8	13,6	13,8	14,0	11,3	13,7
Salariés	83,2	86,4	86,2	86,0	88,7	86,3
dont :						
– emplois à durée limitée	4,3	4,0	5,1	4,9	7,1	5,3
– intérim	0,3	0,6	1,3	1,8	2,4	1,5
– contrats à durée indéterminée du secteur privé	48,8	59,8	61,3	64,1	66,1	61,1
– contrats à durée indéterminée du secteur public	29,7	22,0	18,5	15,2	13,2	18,4
Total	100,0	100,0	100,0	100,0	100,0	100,0

Source : Insee, « Enquête emploi », 2010.

Champ : France métropolitaine.

Travail préparatoire

Analyser le sujet

Le sujet porte sur la question des politiques de l'emploi. Il s'agit de montrer toute la complexité des causes du chômage qui, selon les économistes, sont nécessairement plurielles. Parmi ces causes, on peut évoquer le coût du travail excessif, l'insuffisance de la demande globale sur les marchés, la rigidité de la protection de l'emploi, l'inadaptation des qualifications des travailleurs aux besoins du système productif, le ralentissement des gains de productivité, etc. Les pouvoirs publics déterminent ainsi leurs politiques de lutte contre le chômage et de soutien à la création d'emploi en fonction de ce diagnostic éclairé par les différentes théories économiques (principalement ici la théorie néoclassique et la théorie keynésienne).

Analyser les documents

Document 1

Le texte évoque les plans de relance budgétaires que les grands pays avancés ont mis en œuvre après la crise financière de 2007, qui a entraîné une récession économique qui a touché toutes les grandes économies et provoqué une forte progression du chômage. Ce document est intéressant car il permet de montrer que les États peuvent mettre en œuvre une politique de l'emploi centrée sur la lutte contre le chômage « keynésien », qui s'explique par le ralentissement de la consommation des ménages et de l'investissement des entreprises (ce que l'on appelle la demande globale). La relance budgétaire (faite d'une combinaison de hausse des dépenses publiques, de soutien à certains secteurs de l'économie ou de baisse des impôts) permet alors de ramener la croissance du PIB à son niveau potentiel et de contenir ainsi la hausse du chômage.

Document 2

Le tableau de l'Insee permet d'analyser l'action des pouvoirs publics en matière de lutte contre le chômage : les chiffres donnent des indications sur le nombre de personnes qui bénéficient des politiques de l'emploi, sur la période 2007-2010 qui couvre le moment de la crise financière et de la « grande récession » qui a touché les grandes économies de l'OCDE. On voit en particulier l'importance de certains dispositifs comme les aides à l'emploi marchand (aides à la création d'entreprise, contrats en alternance, etc.) qui cherchent bien souvent à abaisser le coût du travail de certaines catégories de main-d'œuvre (jeunes, seniors, chômeurs de longue durée, etc.). On observe également l'effort de la politique de l'emploi en matière de formation des chômeurs et de lutte contre le chômage structurel (« formation des demandeurs d'emploi »), dont le nombre de bénéficiaires augmente de 2007 à 2010. Le tableau évoque aussi, à travers les « retraits d'activité », ce que les économistes appellent le « traitement social du chômage » (avec les dispositifs de préretraites notamment), même si le nombre de bénéficiaires est en diminution sur la période.

Document 3

Ce document peut être mobilisé pour étayer l'argumentation sur le thème des politiques de l'emploi ciblées sur la lutte contre le chômage structurel : le tableau statistique présente le statut d'emploi et le type de contrat en 2011 selon le diplôme et la durée depuis la sortie de formation initiale (en pourcentage). Il peut être utilisé pour montrer que la durée des études et l'acquisition de diplômes de l'enseignement supérieur peuvent permettre une insertion différenciée sur le marché du travail : on constate par exemple que 1 à 4 ans après la formation initiale, les diplômés de l'enseignement supérieur sont 56,6 % à être titulaires d'un contrat à durée indéterminée (CDI), tandis que les titulaires d'un BEP, d'un CAP ou sans diplôme sont 45,6 % à être titulaires d'un CDI dans le secteur privé.

Problématiser le sujet

La problématique doit faire apparaître la complexité du phénomène étudié, le chômage de masse, et permettre d'ouvrir sur un plan qui retient les trois causes principales : le chômage « classique » (dont l'origine est un coût du travail excessif), le chômage « keynésien » (dû à l'insuffisance de la demande) et le chômage « structurel » (qui s'explique par des problèmes d'adaptation de la qualification des travailleurs aux emplois proposés, les économistes évoquant des problèmes d'appariement). On peut donc pour cette dissertation retenir trois grandes parties qui structureront le devoir et évoqueront ces différents aspects du phénomène et justifieront des politiques de l'emploi adaptées. On peut notamment choisir des sous-parties qui présenteront le diagnostic théorique sur chaque forme de chômage et les politiques proposées.

Proposition de plan

I. La lutte contre le chômage « classique » : les politiques d'allègement du coût du travail

A. L'analyse néoclassique du chômage sur le marché du travail

B. Les bienfaits attendus de la baisse du coût du travail

II. La lutte contre le chômage « keynésien » : les politiques de soutien à la demande globale

A. L'analyse keynésienne du chômage de masse

B. Une politique de l'emploi ciblée sur la stimulation de la demande

III. La « flexisécurité » et la lutte contre le chômage structurel

A. Un chômage lié à l'inadaptation entre l'offre et la demande de travail

B. La recherche d'une « flexisécurité » sur le marché du travail

Corrigé

Les textes en bleu apparaissant dans ce corrigé ne doivent pas figurer dans votre devoir. Nous les avons insérés pour vous guider et vous conseiller.

Les conseils du professeur

Introduction

Parmi les enjeux majeurs auxquels la France doit faire face, le chômage et l'emploi constituent sans doute des priorités fondamentales : le chômage français se situe à un niveau élevé et persistant. Élu en 2017, le président

Ouvrir le sujet sur les enjeux de l'actualité.

Emmanuel Macron a fait de la réduction du taux de chômage une priorité de sa politique économique.

Les politiques de l'emploi désignent l'ensemble des politiques visant à assurer le plein emploi : elles comprennent les dispositifs de soutien aux chômeurs (indemnisation du chômage, formation) et de stimulation de la création d'emplois. Mais le déploiement de ces politiques de l'emploi dépend en premier lieu du diagnostic posé quant aux origines du chômage de masse, afin d'adapter la thérapie aux origines du chômage, lesquelles sont plurielles.

Définir les notions du sujet.

La lutte contre le chômage articule les politiques conjoncturelles (monétaire et budgétaire) à court terme afin de réduire la composante « keynésienne » du chômage (associée à une demande globale insuffisante) et les interventions structurelles à moyen ou long terme sur les institutions du marché du travail, afin d'en diminuer sa composante « classique » (liée à un coût du travail excessif).

Poser la problématique.

Les politiques de l'emploi récentes exercent souvent une action sur le coût du travail par le biais de différents dispositifs (comme les contrats aidés et les exonérations de cotisations sociales), en particulier sur le coût relatif du travail non qualifié, afin de stimuler la demande de travail de cette catégorie de main-d'œuvre, très touchée par le chômage. Mais elles cherchent également à agir sur la demande globale (consommation, investissement) et à lutter contre le chômage structurel souvent dû à des problèmes de formation de la main-d'œuvre.

Pour répondre à la question posée, nous procéderons en trois temps. Nous montrerons d'abord comment faire baisser la composante classique du chômage. Ensuite, nous présenterons les moyens de réduire la partie conjoncturelle et keynésienne du chômage. Enfin, nous développerons les arguments permettant de légitimer et de mettre en œuvre la lutte contre le chômage structurel.

Annoncer le plan.

I. La lutte contre le chômage « classique » : les politiques d'allègement du coût du travail

A. L'analyse néoclassique du chômage sur le marché du travail

L'approche néoclassique revient à expliquer la rigidité du taux de salaire réel, qui empêche la baisse de l'offre de travail et l'augmentation de la demande de travail, par l'existence de rigidités institutionnelles (salaire minimum, rôle des syndicats, droit du travail trop protecteur). L'absence de flexibilité du taux de salaire réel conduit à un ajustement par les quantités (chômage) au lieu d'un ajustement par les prix (baisse du salaire).

Présenter les mécanismes de l'analyse néoclassique du marché du travail.

Dans le cadre de l'analyse néoclassique, la flexibilisation du marché du travail doit rétablir l'équilibre. Mais si des rigidités empêchent la libre négociation sur le marché du travail, le chômage persiste car le coût du travail est structurellement supérieur à son niveau d'équilibre. Pour le réduire, il faut donc agir sur les institutions du marché du travail. À long terme, la hausse du prix relatif du travail incite les entreprises à substituer du capital au travail et les combinaisons productives des entreprises deviennent de plus en plus économes en facteur travail.

B. Les bienfaits attendus de la baisse du coût du travail

La baisse du coût relatif du travail pourrait avoir de nombreux avantages et stimulerait le volume de l'emploi pour plusieurs raisons :

Premiers enseignements de la réflexion et de l'analyse des documents.

– en incitant les entreprises à substituer du travail au capital : la baisse du coût du travail pourrait inciter les entreprises à rendre la combinaison productive plus intensive en travail ;

– en créant un effet de « compétitivité » puisque la baisse du coût réel du travail (une part importante des coûts des entreprises) autorise une amélioration de la compétitivité-prix sur les marchés internationaux favorable aux exportations ;

– en générant un effet de « profitabilité » puisque la baisse du coût du travail permet la hausse de la part des profits dans la valeur ajoutée, contribue à l'amélioration de la situation financière des entreprises et favorise l'investissement productif ;
– en favorisant la désinflation car la baisse du coût du travail incite les entreprises à diminuer leurs prix de vente, ce qui permet une hausse du pouvoir d'achat disponible pour la consommation.

Afin d'abaisser le coût du travail pour l'employeur, plusieurs pays ont ainsi introduit des dispositifs d'exonération partielle des cotisations sociales, en particulier en bas de l'échelle des salaires. Le document 2 montre ainsi qu'en 2010, les pouvoirs publics ont aidé 64 000 personnes touchées par le chômage de longue durée (CLD) à travers des mécanismes d'exonération de charges sociales et de primes à l'embauche.

Utiliser les documents. Inutile d'indiquer le titre complet ni l'intégralité de la source.

L'idée sous-jacente à cette politique de l'emploi est que, dans les pays développés, la structure du coût du travail demeure défavorable à l'emploi : le prix du travail non qualifié est relativement élevé en raison du niveau du salaire minimum légal ou des minima conventionnels (fixés parfois au niveau des branches), alors même que la demande de travail des entreprises tend à s'orienter vers le travail plus qualifié.

La lutte contre le chômage « classique » ne suffit pas à réduire le chômage puisqu'une composante de ce dernier, plus ou moins importante, peut être liée à une dégradation de la conjoncture qui s'explique par une faiblesse de la demande globale. La politique de l'emploi doit donc également être orientée vers la lutte contre le chômage « keynésien ».

Transition pour annoncer la partie II.

II. La lutte contre le chômage « keynésien » : les politiques de soutien à la demande globale

A. L'analyse keynésienne du chômage de masse

En référence aux travaux de John Maynard Keynes (1883-1946), dans une perspective macroéconomique, le chômage

Présenter l'analyse keynésienne du marché du travail.

résulte d'une insuffisance de la demande anticipée par les entrepreneurs. Cette approche diffère fondamentalement de l'analyse néoclassique qui considère que c'est l'insuffisante rentabilité des entreprises, en raison des rigidités institutionnelles et d'un coût du travail excessif (et non l'absence de débouchés potentiels), qui freine l'embauche. Aujourd'hui encore, les débats restent vifs dans le champ scientifique de la macroéconomie sur les origines du chômage. Selon Keynes, l'intervention de l'État est indispensable pour empêcher les dépressions et maintenir l'économie proche du plein emploi (ce qu'il appelle le « boom économique ») afin de stabiliser les fluctuations conjoncturelles.

Dans les économies modernes, la réactivité de la politique économique et sociale est déterminante pour maintenir le plein emploi selon la théorie keynésienne, et la recherche de l'équilibre budgétaire est présentée comme dangereuse et contreproductive lorsque la récession se prolonge.

B. Une politique de l'emploi ciblée sur la stimulation de la demande

Premiers enseignements de la réflexion et de l'analyse des documents.

L'État doit mobiliser les instruments de la politique conjoncturelle de relance :

– la politique monétaire qui, par la baisse du taux d'intérêt directeur de la Banque centrale, peut stimuler l'offre de crédit et l'investissement des entreprises ;

– la politique budgétaire qui, dans le cadre d'une politique d'investissements publics par exemple, permet à l'État, en contrepartie d'un creusement du déficit budgétaire, de compenser par la dépense publique l'atonie de la dépense privée. Par ailleurs, même si elle est de nature plus structurelle, la politique de redistribution des revenus (par l'impôt progressif et les dépenses sociales) peut également contribuer à la croissance en soutenant la demande globale et les bas revenus (qui ont une plus forte propension à consommer). Selon Keynes, ce sont les anticipations des entrepreneurs (la demande effective) qui déterminent le niveau de l'emploi. Si ces derniers sont optimistes, ils investissent et embauchent, et les revenus distribués valident les décisions de production. Si leurs prévisions sur l'évolution des débouchés deviennent pessimistes, l'incitation à investir décroît, ainsi que la production et les revenus distribués. Contrairement à l'analyse néoclassique qui postule l'équilibre de plein emploi, Keynes démontre qu'il existe une multiplicité d'équilibres de sous-emploi aux différents niveaux de demande effective ; rien n'assure alors que cet équilibre sera celui du plein emploi (où toute la population active disponible est embauchée). Le document 1 montre ainsi que les États des économies du G20 ont mis en œuvre d'ambitieux plans de relance budgétaires pour lutter contre la dépression économique et la déflation en 2009, évalués par le FMI à 1,5 % de leur PIB, et qui ont eu pour effet d'atténuer les conséquences sur l'emploi.

Enfin, la politique de l'emploi peut chercher à réduire le chômage qui s'explique par l'inadaptation de la formation des travailleurs aux emplois proposés par les entreprises, dans un contexte où il faut assurer une certaine flexibilité du marché du travail, tout en assurant la sécurisation des parcours professionnels. Il s'agit notamment de permettre aux travailleurs de pouvoir disposer de formations adaptées (maintenir leur « employabilité ») pour retrouver plus rapidement un emploi.

Transition pour annoncer la partie III.

III. La « flexisécurité » et la lutte contre le chômage structurel

A. Un chômage lié à l'inadaptation entre l'offre et la demande de travail

La formation tout au long de la vie a également un rôle important à jouer dans le domaine de l'emploi. On peut tout d'abord renforcer « l'employabilité » des travailleurs les plus jeunes, soit leur capacité à retrouver rapidement un emploi, par davantage de formation initiale, la qualification apportant toujours une plus forte protection

Premiers enseignements de la réflexion et de l'analyse des documents.

relative contre le chômage. On peut également renforcer l'employabilité des seniors par la formation continue. Enfin, les pouvoirs publics peuvent mettre l'accent sur la formation professionnelle et l'accompagnement des chômeurs afin de faciliter leur retour à l'emploi et pour lutter contre ce chômage structurel (qui est dû à une inadéquation de l'offre et de la demande de travail).
Le document 3 montre ainsi que la formation initiale des travailleurs a un impact important sur leur exposition au risque de chômage et leur insertion sur le marché du travail dans un emploi stable. On constate par exemple que 1 à 4 ans après la formation initiale, les diplômés de l'enseignement supérieur sont 56,6 % à être titulaires d'un contrat à durée indéterminée (CDI), tandis que les titulaires d'un BEP, d'un CAP ou sans diplôme sont 45,6 % à être titulaires d'un CDI dans le secteur privé.

B. La recherche d'une « flexisécurité » sur le marché du travail

Présenter la complémentarité entre flexibilité de l'emploi et sécurité des revenus.

Les évolutions de l'emploi liées à une flexibilité accrue sur le marché du travail peuvent parfois aggraver la précarité des parcours professionnels (individualisation de la relation de travail, chômage récurrent, instabilité des revenus, etc.). Néanmoins, la précarité n'est pas nécessairement la contrepartie de la flexibilité du marché du travail : le système dit de « flexisécurité », inspiré de l'expérience danoise, combine ainsi une faible protection de l'emploi, une indemnisation généreuse du chômage et une politique d'activation vigoureuse axée sur la formation des demandeurs d'emploi. Ce système vise à concilier une réallocation très dynamique des emplois et un fort sentiment de sécurité professionnelle des salariés. Néanmoins, de nombreux débats persistent entre les économistes sur les avantages et les effets pervers de la flexibilisation du marché du travail, dans un contexte de chômage élevé et d'instabilité de l'emploi.

Conclusion

Courte synthèse et ouverture.

La complexité de la lutte contre le chômage persistant et de masse, notamment en France, nécessite de combiner diverses actions en matière de politique de l'emploi, en articulant les politiques conjoncturelles de stimulation de la demande globale avec une action plus structurelle sur le marché du travail. Les vifs débats récents sur la Loi Travail portée par Myriam El Khomri, sous la présidence de François Hollande, et la réforme du code du travail initiée par Emmanuel Macron, dans un contexte de taux de chômage des jeunes et de précarité de l'emploi élevés, montrent la difficulté à concilier la flexibilité du marché du travail avec la stabilité de l'emploi des travailleurs.

SUJET 10

BAC 2021
Autres centres étrangers

Comment lutter contre le chômage ?

ÉPREUVE COMPOSÉE (PARTIE 1)

Distinguez taux de chômage et taux d'emploi.

Travail préparatoire

Analyser le sujet

Le sujet conduit le candidat à réfléchir aux indicateurs de la situation du marché du travail puis à définir et comparer deux indicateurs globaux et fondamentaux (le taux d'emploi et le taux de chômage) afin d'en indiquer la pertinence relative et leur complémentarité.

Corrigé

Les textes en bleu apparaissant dans ce corrigé ne doivent pas figurer dans votre devoir. Nous les avons insérés pour vous guider et vous conseiller.

Les conseils du professeur

Définir les concepts fondamentaux.

Pour analyser la situation du marché du travail, on utilise divers instruments de mesure, en particulier le taux d'activité, le taux d'emploi et le taux de chômage.
Parmi les habitants d'un pays, on peut distinguer la population en âge de travailler de celle qui ne l'est pas, et la population active de la population inactive.

La population en âge de travailler est composée des personnes âgées de 15 à 64 ans. Elle correspond à la « population active disponible » ou « population active potentielle ».
La population active réunit l'ensemble des personnes occupant un emploi ou en cherchant un et qui sont disponibles rapidement pour travailler. La population inactive rassemble les personnes aux caractéristiques contraires (les jeunes scolarisés, les femmes ou hommes au foyer, les retraités, etc.).
Tous les actifs sont en âge de travailler. Les inactifs peuvent être en âge de travailler ou non.
Le taux d'emploi est le plus souvent calculé en fonction de la population en âge de travailler ou à une sous-catégorie de la population en âge de travailler (femmes de 25 à 29 ans…). Il mesure la part (%) des personnes en âge de travailler qui occupent un emploi (donc, qui travaillent). Il donne une indication partielle du degré de gaspillage de la capacité de notre force de travail et donc de production.

Définir et relier les concepts à comparer.

Le taux d'emploi est une partie du taux d'activité, comme la population active occupée (par un emploi) est une partie de la population active. Le taux d'activité (appelé aussi « taux de participation » au marché du travail) mesure la participation, la propension à l'activité d'une population.
Enfin, parmi les indicateurs du marché du travail, le taux de chômage est un enjeu politique majeur. Il mesure la part des chômeurs (en pourcentage) dans la population active totale, qui n'est qu'une partie de la population en âge de travailler.
Taux d'emploi et taux de chômage sont deux indicateurs fondamentaux et complémentaires de la situation du marché du travail.

$$\text{Taux d'emploi} = \frac{\text{Population en emploi}}{\text{Population en âge de travailler}} \times 100$$

$$\text{Taux de chômage} = \frac{\text{Chômeurs}}{\text{Population active}} \times 100$$

SUJET 11

BAC 2021
France métropolitaine

Comment lutter contre le chômage ?

ÉPREUVE COMPOSÉE (PARTIE 2)

Vous expliquerez la corrélation entre le taux de chômage et le taux de croissance entre 2010 et 2017.

Questions

1. À l'aide des données du document, vous présenterez l'évolution du taux de croissance du PIB entre 2010 et 2017.

2. À l'aide des données du document et de vos connaissances, vous expliquerez la corrélation entre le taux de chômage et le taux de croissance du PIB de 2010 à 2017.

DOCUMENT • *Taux de croissance du PIB (en %) et taux de chômage (en % de la population active) en France*

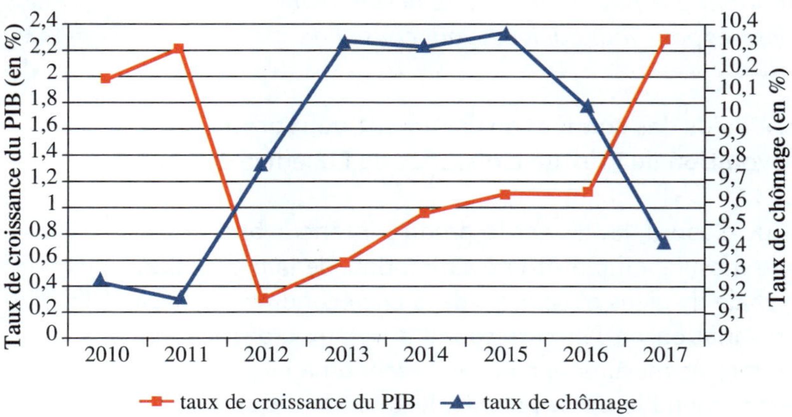

Source : OCDE, 2020.

Travail préparatoire

Analyser le sujet

L'étude de ce graphique doit permettre au candidat de montrer qu'il sait lire avec pertinence et précision les indicateurs statistiques et qu'il est capable de donner du sens aux données et à leurs variations entre deux dates.
Il doit être aussi capable de montrer qu'il fait la différence entre corrélation et causalité et qu'il sait distinguer corrélation positive (deux grandeurs varient dans le même sens) de corrélation négative (deux grandeurs varient en sens contraire).

Corrigé

Les textes en bleu apparaissant dans ce corrigé ne doivent pas figurer dans votre devoir. Nous les avons insérés pour vous guider et vous conseiller.

Les conseils du professeur

1. À l'aide des données du document, vous présenterez l'évolution du taux de croissance du PIB entre 2010 et 2017.

Tout d'abord, le PIB est le produit intérieur brut. Il est une mesure, ou plutôt une estimation, de la production globale de biens et services dans une économie. Le taux de variation du PIB correspond aux taux croissance et permet de mesurer la croissance économique.

Définir les concepts fondamentaux.

Sur l'ensemble de la période, le taux de croissance du PIB augmente de 0,4 point de pourcentage, passant de 1,9 % à 2,3 %.

Proposer des lectures pertinentes des statistiques.

Entre 2010 et 2011, le taux de croissance du PIB passe d'environ 1,9 % à 2,2 %, soit une hausse de 0,3 point de %.

Entre 2011 et 2012, le taux de croissance du PIB baisse de 1,9 point de %, passant de 2,2 % à 0,3 %.
Entre 2012 et 2016, le taux de croissance du PIB augmente de 0,8 point de %, passant de 0,3 % à 1,1 %.
Enfin, entre 2016 et 2017, le taux de croissance du PIB augmente de 1,2 point de %, passant de 1,1 % à 2,3 %.

Bien distinguer % et points de %.

2. À l'aide des données du document et de vos connaissances, vous expliquerez la corrélation entre le taux de chômage et le taux de croissance du PIB de 2010 à 2017.

Le taux de chômage mesure la part des chômeurs (en pourcentage) dans la population active totale.
Toutes choses égales par ailleurs *(ceteris paribus)*, il est logique d'observer une corrélation négative entre ces deux variables. Quand l'une augmente, l'autre baisse.
En effet, *ceteris paribus*, une hausse du chômage se traduit, par une moindre capacité de production et donc une croissance plus faible. *A contrario*, une baisse du chômage se traduit, par une plus grande capacité de production et donc une croissance plus forte.
De manière analogue, une croissance plus faible provoque des destructions nettes d'emplois et une hausse du chômage et, *a contrario*, une croissance plus soutenue entraine des créations nettes d'emplois et une baisse du chômage. Nous pouvons souvent observer cela sur le graphique.

Rappeler les différents types de corrélation.

Ainsi, entre 2010 et 2011, le taux de croissance du PIB passe d'environ 1,9 % à 2,2 %, tandis que le taux de chômage baisse de 9,3 % à 9,2 %.
Symétriquement, en 2011, le taux de croissance baisse fortement de 1,9 point de %, passant de 2,2 % à 0,3 % et le taux de chômage augmente nettement, de 9,2 % à 10,3 % (+ 1,1 point de %).
Enfin, entre 2016 et 2017, le taux de croissance du PIB augmente de 1,2 point de %, passant de 1,1 % à 2,3 % et le taux de chômage baisse de 10 % à 9,4 %.

Proposer des lectures pertinentes et distinguer % et points de %.

Cependant, entre 2012 et 2015, la faible hausse du taux de croissance, qui reste à un niveau bas (inférieure ou égal à 1 %), s'accompagne d'une hausse du taux de chômage et de son maintien à un niveau élevé. Cette corrélation positive s'explique, *ceteris paribus*, par le niveau très faible ou faible du taux de croissance, insuffisante pour favoriser de fortes créations nettes d'emplois.

Exposer brièvement les mécanismes de causalité.

En résumé, le taux de croissance du PIB et le taux de chômage sont étroitement liés, corrélés négativement, mais ce n'est pas toujours le cas, étant donné que la croissance économique n'est pas la seule explication du niveau et des variations du chômage.

SUJET 12

Comment lutter contre le chômage ?

ÉPREUVE COMPOSÉE (PARTIE 3)

À l'aide de vos connaissances et du dossier documentaire, vous montrerez comment les politiques macroéconomiques conjoncturelles peuvent influencer le niveau d'emploi et de chômage.

DOCUMENT 1 • *L'évolution du taux de chômage en France*

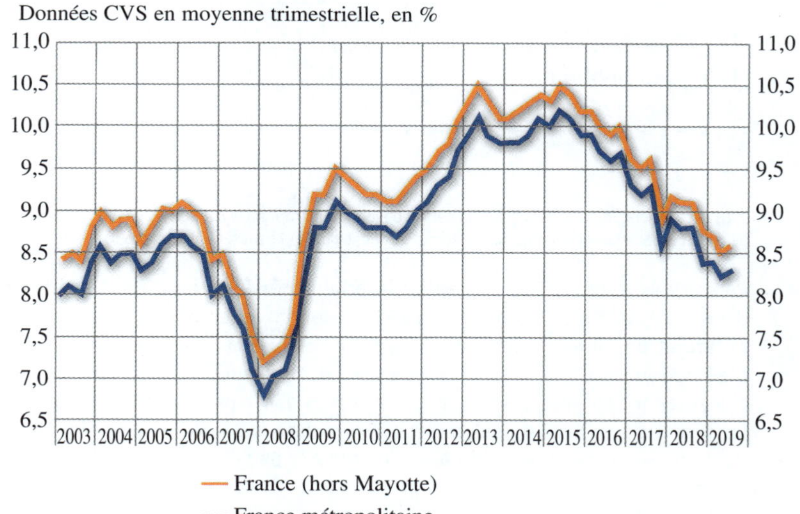

Source : Insee, 2020.

DOCUMENT 2 • *Les principaux ratios de finances publiques*

	2014	2015	2016	2017
En % du PIB				
Déficit public	– 3,9	– 3,6	– 3,4	– 2,6
Dette publique (brute)	94,9	95,6	96,6	97,0
Dette publique nette[1]	85,6	86,4	87,5	87,7
Recettes publiques	53,3	53,2	53,2	53,9
Dépenses publiques	57,2	56,8	56,6	56,5
Prélèvements obligatoires	44,8	44,5	44,6	45,4
Évolution en %				
Dépenses publiques	1,5	1,5	1,0	2,5
Dépenses publiques hors charge d'intérêt	1,7	1,8	1,2	2,7

Source : Insee, 2019.

1. La dette publique nette est égale à la dette publique brute moins les dépôts, les crédits et les titres de créance négociables détenus par les administrations publiques sur les autres secteurs.

Remarque : Après 2,6 % du produit intérieur brut (PIB) en 2018, le déficit public devrait s'établir à 3,2 % du PIB en 2019, selon un amendement du gouvernement au projet de loi de finances (PLF) pour 2019, examiné en décembre à l'Assemblée nationale. C'est davantage que les 2,8 % attendus auparavant, ce nouveau calcul tenant compte des mesures annoncées par le président Emmanuel Macron. Le déficit pour 2018 a également été rehaussé à 2,7 % (+ 0,1 point) en raison de « prévisions de recettes fiscales ajustées à la baisse » pour la TVA et l'impôt sur les sociétés.

DOCUMENT 3

Lorsque l'économie ralentit, les banques centrales essaient généralement d'abaisser les taux d'intérêt (le coût du capital emprunté). Si les taux sont faibles, les entreprises et les consommateurs seront plus susceptibles d'emprunter et, par conséquent, de dépenser ou d'investir cet argent, ce qui génèrera de l'activité économique. À l'inverse, augmenter les taux d'intérêt accroît le coût de l'emprunt, ce qui peut aider à tempérer une économie en surchauffe. Les banques centrales ne fixent pas directement les taux auxquels la plupart d'entre nous empruntent aux banques. Elles déterminent en fait le taux à court terme – au jour le jour – auquel elles prêtent aux autres banques, ce qui influe sur les taux fixés par les autres institutions bancaires [...]. L'acuité du ralentissement économique a conduit à des réductions sans précédent des taux directeurs dans la zone de l'OCDE : début 2010, ils se situaient entre 0 % et 0,25 % aux États-Unis, au Japon et au Royaume-Uni, contre 1 % dans la zone euro, ce qui est historiquement extrêmement faible. Fixer les taux d'intérêt constitue une arme-clé de l'arsenal économique, mais elle a des limites évidentes : une fois qu'ils ont atteint 0 %, on ne peut plus vraiment les abaisser. C'est pourquoi certaines banques centrales utilisent d'autres moyens pour soutenir le système financier et lui donner un coup de fouet, en recourant à des mesures de politique monétaire aussi peu conventionnelles que l'injection de liquidités et l'achat d'actifs financiers.

Source : B. Keeley, P. Love, *De la Crise à la reprise*, Publications de l'OCDE, 2011.

Travail préparatoire

Analyser le sujet

Après avoir défini avec précision les notions d'emploi, de chômage et de politiques macroéconomiques conjoncturelles, le candidat devra montrer par quels mécanismes ces notions permettent d'influencer le niveau d'emploi et celui du chômage.

Les politiques macroéconomiques conjoncturelles regroupent l'ensemble des instruments monétaires (politiques monétaires des banques centrales) et budgétaires (politiques budgétaires des États) qui permettent de réguler (soutenir, maintenir, stabiliser) le niveau de la demande globale (consommation finale des ménages, investissement productif des entreprises...) à court terme, afin de stimuler la croissance, les créations d'emploi et, finalement, de faire baisser le chômage.

Analyser les documents

Document 1

Ce document est un graphique sur l'évolution du taux de chômage de 2003 à 2019, qui peut être mobilisé pour montrer que l'objectif majeur des politiques macroéconomiques conjoncturelles demeure la stimulation du volume de l'emploi et la réduction du chômage. On peut notamment citer la période de la « grande récession » de 2009 qui a vu la remontée brutale du taux de chômage et justifié des plans de relance budgétaires de la part des États.

Document 2

Ce tableau statistique porte sur les principaux indicateurs des finances publiques qui peuvent être cités pour illustrer la politique budgétaire comme levier de la politique macroéconomique conjoncturelle. On peut l'évoquer pour montrer que la relance budgétaire peut venir buter sur le risque de dérapage des déficits publics et des dettes publiques.

Document 3

Ce texte est utile si l'on veut rappeler les mécanismes de la politique monétaire (étudiés en spécialité SES en classe de Première). Il permet notamment de montrer qu'en période de ralentissement de la croissance économique, les banques centrales ont un rôle important à jouer dans le soutien au crédit et à la demande globale par la baisse de leurs taux d'intérêt directeurs.

Problématiser le sujet

Le sujet porte sur les effets attendus et observés des politiques macroéconomiques conjoncturelles sur les niveaux (liés) de l'emploi et du chômage. Par quels mécanismes de causalité et comment les politiques macroéconomiques conjoncturelles peuvent-elles avoir des incidences sur le niveau de l'emploi et celui du chômage ?

Proposition de plan

I. La politique macroéconomique conjoncturelle permet d'augmenter l'emploi et réduire le chômage

A. Les justifications keynésiennes des politiques macroéconomiques conjoncturelles

B. Les effets controversés des politiques macroéconomiques conjoncturelles à court terme et à long terme

II. Les mécanismes de transmission des effets des politiques macroéconomiques conjoncturelles sur l'emploi et le chômage

A. Les effets des politiques monétaires et budgétaires sur l'emploi et le chômage

B. Les avantages de la rigueur budgétaire et monétaire

Corrigé

Les textes en bleu apparaissant dans ce corrigé ne doivent pas figurer dans votre devoir. Nous les avons insérés pour vous guider et vous conseiller.

Les conseils du professeur

Introduction

Face à l'épidémie de Coronavirus et ses effets délétères sur l'activité économique et l'emploi, les États pourraient décider de soutenir la croissance économique en mettant en œuvre des plans de relance, tandis que les banques centrales auraient la possibilité de stimuler la création monétaire pour doper le crédit bancaire.

Rédiger une accroche dans l'introduction.

De 2007 à 2009, dans un contexte de récession suite à la crise financière et face à la remontée du taux de chômage en France (de 7,2 % à 9,5 % de la population active) que l'on observe dans le document 1, les pouvoirs publics avaient déjà décidé d'un plan de soutien à l'activité.

Les politiques macroéconomiques conjoncturelles regroupent l'ensemble des instruments monétaires et budgétaires qui régulent la demande globale à court terme. Leurs effets transitent principalement par les variations des composantes de la demande globale : consommation et investissement essentiellement. La politique macroéconomique conjoncturelle a une fonction de régulation du cycle économique.

Définir les termes du sujet.

Quels sont alors les mécanismes qui permettent à ces leviers conjoncturels de soutenir l'emploi et de lutter contre le chômage ?

Poser l'enjeu central du sujet.

Dans une première partie, on montrera pourquoi la politique macroéconomique conjoncturelle permet d'augmenter l'emploi et de réduire le chômage. Dans une seconde partie, on verra comment se transmettent les effets des politiques macroéconomiques conjoncturelles sur l'emploi et le chômage.

Annoncer le plan.

I. La politique macroéconomique conjoncturelle permet d'augmenter l'emploi et de réduire le chômage

Cette approche de l'intervention de l'État dans l'économie diffère fondamentalement de l'analyse néoclassique qui considère que c'est l'insuffisante rentabilité des entreprises, en raison des rigidités institutionnelles et d'un coût du travail excessif (et non l'absence de débouchés potentiels), qui freine l'embauche. Aujourd'hui encore, les débats restent vifs dans le champ scientifique de la macroéconomie sur les origines du chômage.

A. Les justifications keynésiennes des politiques macroéconomiques conjoncturelles

Citer la théorie économique qui justifie la mobilisation de la politique conjoncturelle.

En référence aux travaux de John Maynard Keynes (1883-1946), dans une perspective macroéconomique, le chômage résulte d'une insuffisance de la demande anticipée par les entrepreneurs. Selon Keynes, l'intervention de l'État est indispensable pour empêcher les dépressions et maintenir l'économie proche du plein emploi (ce qu'il appelle le « boom économique ») afin de « lisser » les fluctuations conjoncturelles. Selon lui, ce sont les anticipations des entrepreneurs (la demande effective) qui déterminent le niveau de l'emploi. Si ces derniers sont optimistes, ils investissent et embauchent, et les revenus distribués valident les décisions de production. Si leurs prévisions sur l'évolution des débouchés deviennent pessimistes, l'incitation à investir décroît, ainsi que la production et les revenus distribués. Contrairement à l'analyse néoclassique qui postule l'équilibre de plein emploi, Keynes démontre qu'il existe une multiplicité d'équilibres de sous-emploi aux différents niveaux de demande effective ; rien n'assure alors que cet équilibre sera celui du plein emploi (où toute la population active disponible est embauchée).

En résumé, les politiques macroéconomiques conjoncturelles (monétaire et budgétaire) agissent, à court terme, afin de réduire la composante « keynésienne » du chômage, associée à une demande globale insuffisante.

B. Les effets controversés des politiques macroéconomiques conjoncturelles à court terme et à long terme

Dans le court terme, un déficit budgétaire accroît la demande et la production globales afin d'entraîner un retour de la production à son niveau potentiel et un retour au plein emploi. Dans le long terme, la politique budgétaire influence le niveau de production potentiel. Dans le cas d'une politique budgétaire restrictive, un investissement public plus faible peut ainsi conduire à un stock de capital réduit, donc à un niveau de production

plus faible de l'économie. Ce qui éloigne durablement l'économie du plein emploi.
Ainsi, dans une perspective néoclassique, à long terme, la politique conjoncturelle doit plutôt rester neutre pour ne pas perturber le fonctionnement des marchés : la stimulation de la demande peut entraîner une accélération de l'inflation, qui détériore le pouvoir d'achat des ménages et s'accompagne d'un endettement public cumulatif, ce qui peut peser durablement sur la croissance, l'emploi et favoriser une hausse du chômage.
La hausse des déficits budgétaires et de la dette publique pourrait entraîner une hausse des taux d'intérêt exigés par les investisseurs dans les titres de dette souveraine et provoquer un effet d'éviction de l'investissement privé. Cette baisse d'une composante de la demande globale réduirait les effets expansionnistes espérés de la relance budgétaire.
La théorie économique pertinente à retenir dépendra du diagnostic sur l'origine du chômage : insuffisance de la demande ou faiblesse structurelle de l'offre ?

II. Les mécanismes de transmission des effets des politiques macroéconomiques conjoncturelles sur l'emploi et le chômage

Dans les économies modernes, la réactivité de la politique économique et sociale est déterminante pour maintenir le plein emploi selon la théorie keynésienne, et la recherche de l'équilibre budgétaire est présentée comme dangereuse et contreproductive lorsque la récession se prolonge. Face à la montée du chômage, les pouvoirs publics (États et banques centrales) doivent plutôt mobiliser les instruments de la politique conjoncturelle de relance.

Expliquer les mécanismes de la politique macroéconomique conjoncturelle.

A. Les effets des politiques monétaires et budgétaires sur l'emploi et le chômage

La politique budgétaire expansionniste, dans le cadre d'une politique d'investissements publics par exemple, permet à l'État, en contrepartie d'un creusement du déficit budgétaire, de compenser par la dépense publique l'atonie de la dépense privée. Ce soutien public est favorable à une accélération de la croissance, de l'emploi et à une baisse du chômage.

Par ailleurs, même si elle est de nature plus structurelle, la politique de redistribution des revenus (par l'impôt progressif et les dépenses sociales) peut également contribuer à la croissance en soutenant la demande globale et les bas revenus (qui ont une plus forte propension à consommer), et donc à la hausse durable de l'emploi et à une baisse significative du chômage.

La politique monétaire expansionniste, par la baisse du taux d'intérêt directeur de la Banque centrale, peut stimuler l'offre de crédit et l'investissement des entreprises, comme le note le document 3 : « si les taux sont faibles, les entreprises et les consommateurs seront plus susceptibles d'emprunter et, par conséquent, de dépenser ou d'investir cet argent, ce qui génèrera de l'activité économique ».

B. Les avantages de la rigueur budgétaire et monétaire

Dans une perspective néoclassique, la neutralité de la politique conjoncturelle peut permettre de soutenir l'investissement des entreprises : la réduction du déficit budgétaire peut entraîner une détente des taux d'intérêt qui incite les entreprises à l'accumulation du capital. En effet, la réduction des déficits budgétaires et de la dette publique pourrait entraîner une baisse des taux d'intérêt exigés par les investisseurs dans les titres de dette souveraine et éviter tout effet d'éviction de l'investissement privé. La hausse de cette composante de la demande globale alimenterait les effets expansionnistes espérés de la rigueur budgétaire.

La rigueur budgétaire a donc un effet expansionniste sur l'activité économique. C'est ce qu'expliquent certains économistes qui préconisent une réduction du déficit public comme la France l'a effectuée de 2014 à 2017. On voit dans le document 2 que ce dernier est passé de 3,9 % du PIB à 2,6 % du PIB.

Sur le plan monétaire, la stratégie de lutte contre l'inflation peut favoriser le pouvoir d'achat des ménages, soutenir la consommation et stabiliser les anticipations des entreprises sur leurs niveaux de profit.

Conclusion

En conclusion, la politique macroéconomique conjoncturelle peut agir sur le niveau de l'emploi et le chômage, mais elle ne peut pas avoir une action décisive sur certaines composantes structurelles du chômage. En effet, le chômage peut s'expliquer aussi par d'autres facteurs liés au fonctionnement du marché du travail, comme l'inadaptation de la formation des travailleurs aux emplois proposés par les entreprises, dans un contexte où il faut maintenir une certaine flexibilité du marché du travail, tout en assurant la sécurisation des parcours professionnels. Il s'agit notamment de permettre aux travailleurs de pouvoir disposer de formations adaptées (maintenir leur « employabilité ») pour retrouver plus rapidement un emploi.

Répondre à la question centrale du sujet.

Ouvrir le sujet sur des perspectives plus larges.

Sociologie et science politique

SUJET 13

Comment est structurée la société française actuelle ?

DISSERTATION

Pourquoi les frontières entre les classes sociales ont-elles tendance à se brouiller ?

DOCUMENT 1 • *Le sentiment d'appartenance à une classe sociale (en %)*

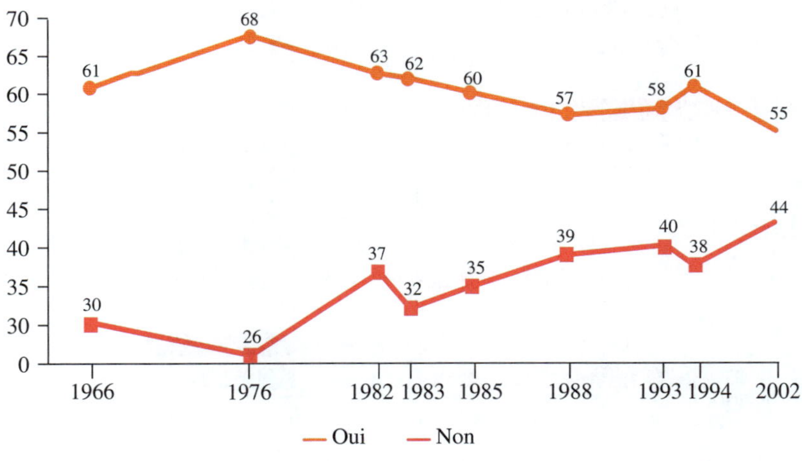

Source : Serge Bosc, *Stratification et classes sociales*, © Éditions Armand Colin, 2013.

Lecture : En 2002, 55 % des personnes interrogées ont déclaré avoir le sentiment d'appartenir à une classe sociale.

Remarque : Le total ne fait pas 100 % car certaines personnes interrogées ne se prononcent pas.

DOCUMENT 2 • *Le temps hebdomadaire consacré aux écrans selon le sexe, l'âge, le niveau de diplôme[1] et le milieu social, sur 100 personnes de chaque groupe*

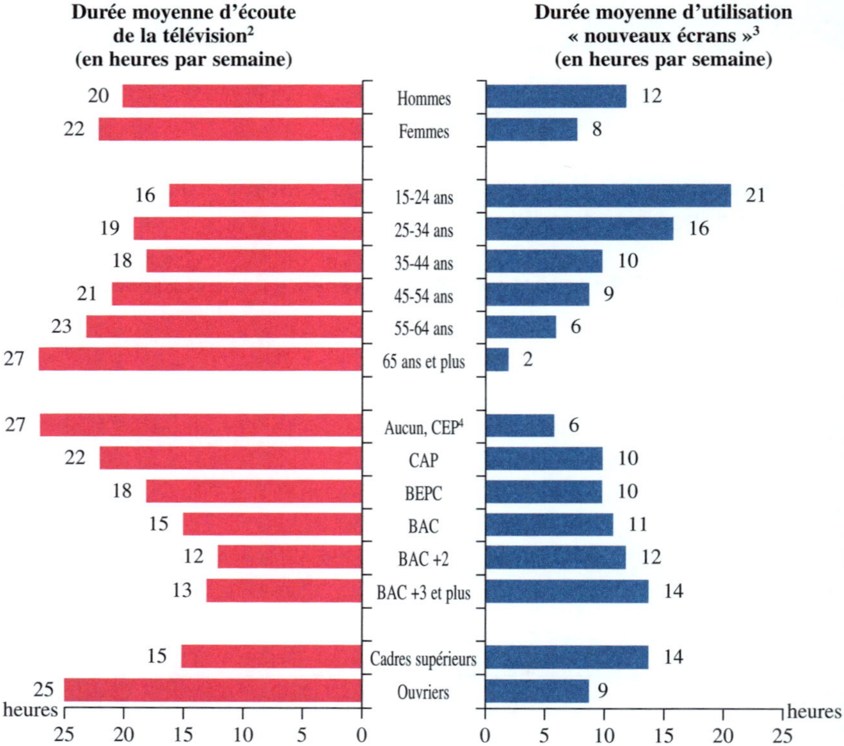

Source : Département des études, de la prospective et des statistiques, ministère de la Culture et de la Communication, *Pratiques culturelles* 2009.

1. Élèves et étudiants exclus.
2. Temps passé devant les programmes télévisés en direct.
3. Temps passé devant un ordinateur ou une console de jeux et à regarder des vidéos, quel que soit l'écran.
4. CEP : certificat d'études primaires ; CAP : certificat d'aptitude professionnelle ; BEPC : brevet d'études du premier cycle remplacé par le diplôme national du brevet.

DOCUMENT 3 • *La répartition de l'emploi par catégorie socioprofessionnelle de 1962 à 2007 (en %)*

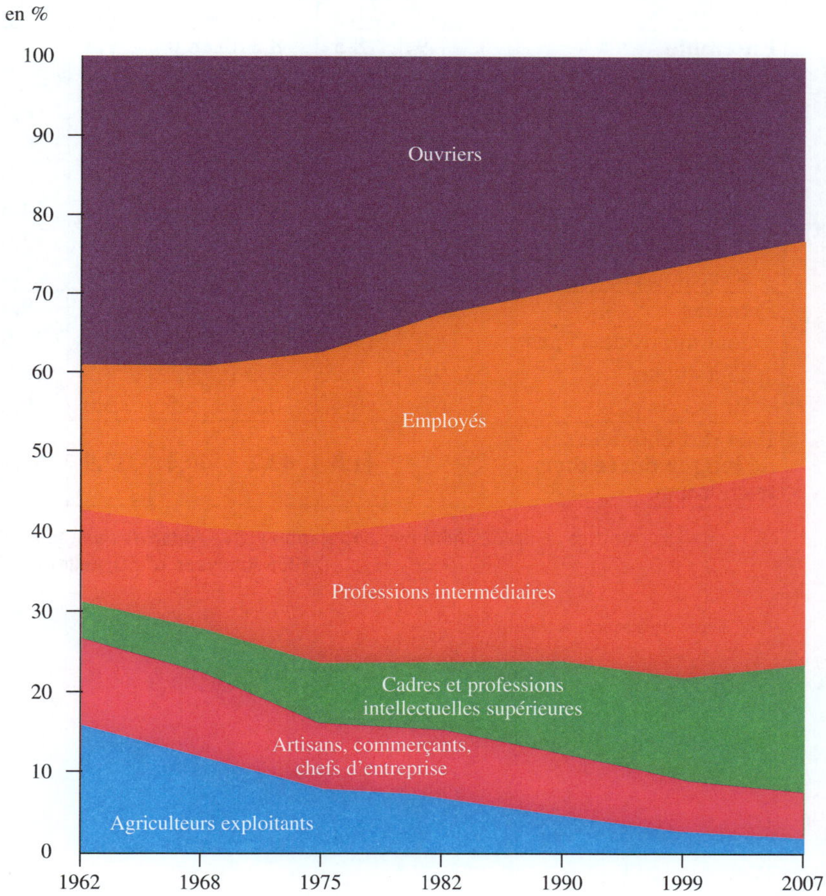

Source : Insee Première, *50 ans de mutations de l'emploi*, septembre 2010.

Champ : actifs ayant un emploi, France métropolitaine.

Lecture : En 1962, la part des agriculteurs exploitants dans l'emploi était de 16 % ; en 2007, elle n'est plus que de 2 %.

DOCUMENT 4 • *Le taux de chômage au sens du BIT[1] par sexe et par âge et part des chômeurs de longue durée*

En %	1990	2003	2006	2007	2008	2009
Ensemble	**7,9**	**8,5**	**8,8**	**8,0**	**7,4**	**9,1**
dont moins de 25 ans	15,4	18,8	22,3	19,5	19,1	23,7
25 à 49 ans	7,0	7,9	8,0	7,3	6,6	8,2
50 ans ou plus	5,6	5,9	5,9	5,3	4,9	6,1
Hommes	**6,2**	**7,6**	**8,1**	**7,5**	**6,9**	**8,9**
dont moins de 25 ans	13,1	18,1	21,0	18,8	19,1	24,6
25 à 49 ans	5,2	6,8	7,0	6,6	5,8	7,6
50 ans ou plus	4,8	5,5	5,7	5,2	4,9	5,9
Femmes	**10,2**	**9,5**	**9,7**	**8,6**	**7,9**	**9,4**
dont moins de 25 ans	18,3	19,8	23,9	20,4	19,1	22,5
25 à 49 ans	9,4	9,2	9,0	8,1	7,5	8,8
50 ans ou plus	6,8	6,4	6,2	5,5	5,0	6,2
Part des chômeurs de longue durée dans le chômage	–	**41,0**	**42,2**	**40,4**	**37,9**	**35,4**

Source : *Emploi, chômage, population active : bilan de l'année 2009*, DARES Analyses, n° 50, juillet 2010.

1. BIT : Bureau international du travail.

Champ : population des ménages de France métropolitaine.

Travail préparatoire

Analyser le sujet

Le sujet invite à s'interroger sur la stratification sociale et sur les causes qui ont entraîné un certain effacement des différences entre les classes sociales dans les sociétés où domine le primat de l'individu. Il ne s'agit donc pas de présenter un débat mais d'analyser des mécanismes qui ont conduit à un brouillage des frontières entre les groupes sociaux aux intérêts divergents. La montée des classes moyennes salariées au XXe siècle a fait éclater le vieux schéma marxiste d'un conflit de classes entre la bourgeoisie et le prolétariat, alors que le sentiment d'appartenance à une classe sociale a reflué. Il s'agit ici d'envisager en détail, grâce à vos connaissances et au dossier documentaire, et en mobilisant les différentes notions du programme, les causes économiques (transformation du système productif et du salariat) et sociales (mouvement de « moyennisation ») de cette difficulté à comprendre la société française contemporaine en termes de classes sociales.

Analyser les documents

Document 1

Le document 1 montre, dans le cadre d'une enquête, une diminution du sentiment d'appartenance à une classe sociale des personnes interrogées. Il constitue donc une référence intéressante pour illustrer par des chiffres le constat d'un certain effacement des frontières entre les classes sociales, et ce sur une longue période (1966-2002).

effacement classe sociale

Document 2

Le document 2 montre les écarts de temps hebdomadaire consacré aux écrans selon différentes caractéristiques sociales. Ce document statistique peut être mobilisé pour illustrer l'argument des différences sociales entre les groupes sociaux en termes de styles de vie, d'âge, de niveau de diplôme atteint (qui accompagne la montée des classes moyennes salariées), ainsi que la persistance de certaines inégalités entre les milieux sociaux (comme ici entre les cadres et les ouvriers) dans ce domaine.

Document 3

Le graphique du document 3 montre les transformations de l'emploi et invite à mobiliser la notion de professions et catégories socioprofessionnelles (PCS) de l'Insee pour décrire les évolutions sur une longue période, de 1962 à 2007, dues aux transformations de l'appareil productif. On pourra citer quelques évolutions en s'appuyant sur les chiffres du document pour montrer que la hausse de la part de certaines PCS durant cette période (en particulier les professions intermédiaires et les employés) a puissamment contribué au mouvement de « moyennisation » de la société.

Document 4

Le document 4 indique les différences de taux de chômage entre les catégories sociales et pourra être utilisé pour montrer les différences sociales d'exposition des groupes sociaux au chômage (selon l'âge, le genre), en citant des chiffres pertinents (ou des écarts exprimés en points).

Problématiser le sujet

Dans le cadre de ce sujet, le choix de la problématique peut se focaliser sur la pluralité des causes explicatives (nécessairement économiques et sociales) d'un certain effacement entre les classes sociales dans la société française contemporaine : quelles sont les causes économiques et sociales de l'affaiblissement relatif des clivages entre les classes sociales ?

Proposition de plan

I. La société française a connu une phase de « moyennisation » sociale par la modification de la structure sociale

A. La montée des classes moyennes salariées contredit l'analyse marxiste des classes sociales

B. L'analyse en termes de « moyennisation » de la société française

II. La société française a connu un brouillage des frontières des classes sociales en raison des transformations économiques et sociales

A. D'importantes transformations économiques ont complexifié la structure sociale

B. Les facteurs socio-culturels à l'origine du brouillage des frontières entre les classes sociales

Corrigé

Les textes en bleu apparaissant dans ce corrigé ne doivent pas figurer dans votre devoir. Nous les avons insérés pour vous guider et vous conseiller.

Les conseils du professeur

Introduction

La société française reste marquée par un certain nombre d'inégalités entre les groupes sociaux. Pourtant, après 1945, avec le développement économique et la croissance, de profondes transformations économiques et sociales ont entraîné une montée en puissance des classes moyennes salariées ainsi qu'une complexification de la structure sociale.

Faire une accroche à dominante historique pour ancrer le sujet.

Dès lors, l'analyse bipolaire de Marx entre les classes sociales en conflit, la bourgeoisie et la classe ouvrière, semble contredite puisque les classes sociales sont nettement moins marquées aujourd'hui et plus difficilement repérables par l'analyse sociologique. Quelles sont les causes économiques et sociales de l'affaiblissement relatif des clivages entre les classes sociales ?

Définir la notion-clé du sujet.

Reformuler l'intitulé pour le rendre plus clair.

Il s'agira de montrer, dans un premier temps, que la société française a été profondément transformée par un processus de « moyennisation », avant d'évoquer, dans un second temps, les principaux déterminants économiques et sociaux qui expliquent ce phénomène.

Annoncer l'argumentation et le plan.

I. La société française a connu une phase de « moyennisation » sociale par la modification de la structure sociale

A. La montée des classes moyennes salariées contredit l'analyse marxiste des classes sociales

Concernant les classes sociales, dans la pensée sociologique marxiste traditionnelle, la société est censée évoluer vers un conflit central entre une classe dominante qui détient les moyens de production, et une classe dominée qui ne possède que sa force de travail pour s'intégrer dans le salariat, dans le cadre de la loi de la bipolarisation de Karl Marx. L'analyse multidimensionnelle de Max Weber (groupes de statut, partis politiques) conçoit la stratification sociale sur la base de différents ordres : l'ordre économique (les chances d'avoir des conditions matérielles d'existence similaires), l'ordre social (échelle de prestige et de reconnaissance sociale) et l'ordre politique (échelle de détention d'un pouvoir politique dans les sociétés démocratiques). Cette théorie a enrichi la vision bipolaire et a longtemps constitué la référence en matière d'intelligibilité des sociétés. Mais, au XXe siècle, la croissance économique a entraîné un mouvement de progression du niveau de vie moyen et de réduction des inégalités (jusqu'aux années 1980). Cette tendance, anticipée par Alexis de Tocqueville dès le XIXe siècle, a entraîné une démocratisation des sociétés portée par la « passion pour l'égalité » et la montée des classes moyennes salariées. Après 1945, la structure sociale se modifie avec la montée de la part de certaines professions et catégories socioprofessionnelles (cadres, professions intermédiaires, employés) et la baisse d'autres professions et catégories socioprofessionnelles (ouvriers, professions indépendantes). On constate en particulier une forte progression du salariat, c'est-à-dire de la part des travailleurs salariés dans la population active.

Présenter les théories fondatrices de Marx et Weber et mettre en évidence les différences fondamentales.

Rappeler les grands mouvements structurels à l'origine des mutations de la structure socioprofessionnelle.

B. L'analyse en termes de « moyennisation » de la société française

L'analyse de nombreux sociologues montre une complexification des sociétés contemporaines et une difficulté plus grande à « lire » la stratification sociale, avec des individus plus libres et autonomes. L'appartenance des individus à une classe sociale se construit sur la base de critères multiples ou sur le sentiment d'appartenance, comme dans le cadre de l'analyse de William Warner menée à Yankee City (États-Unis). Le « modèle cosmographique » d'Henri Mendras montre que la constellation centrale a progressé aux côtés d'une constellation populaire : les individus se positionnent dans des constellations qui sont juxtaposées les unes aux autres et ne constituent plus des classes sociales structurées au sens marxiste du terme. La conscience des intérêts en commun et la position dans les rapports sociaux de production s'estompent, tandis que les conflits sociaux deviennent moins nombreux entre les classes sociales et surtout s'institutionnalisent dans le cadre de négociations collectives sur les enjeux matériels (temps de travail, salaires).

> Mise en perspective de la tendance à la « moyennisation ».

> Présenter la théorie fondatrice de la « moyennisation » de Mendras.

Les analyses de Louis Chauvel et d'autres études sociologiques ont montré que le sentiment d'appartenance à une classe sociale bien déterminée a eu tendance à s'estomper depuis les années 1970. Le document 1 montre ainsi que ce sentiment d'appartenance s'est affaibli entre 1966 (61 %) et 2002 (55 %). Les mutations du système productif et de l'emploi ont également entraîné la montée en puissance de certaines professions et catégories socioprofessionnelles (PCS) comme les cadres, les professions intermédiaires, les employés, en termes d'effectifs et de part dans la population active. Le document 3 permet de constater la croissance très forte de la part des professions intermédiaires et des employés entre 1962 et 2007, alors que les parts des ouvriers et des agriculteurs exploitants diminuent sur la même période.

> Évoquer les autres théories relatives à la « moyennisation ».

> Exploiter les documents pour illustrer les arguments théoriques en donnant du sens aux statistiques.

Si la société française contemporaine a connu un incontestable mouvement de « moyennisation », surtout perceptible durant la période de croissance des Trente Glorieuses, les facteurs explicatifs de ce phénomène sont à la fois économiques, sociaux et culturels.

Transition pour annoncer la partie II.

II. La société française a connu un brouillage des frontières des classes sociales en raison des transformations économiques et sociales

A. D'importantes transformations économiques ont complexifié la structure sociale

Poursuivre l'analyse du sujet dans une perspective historique.

Après 1945, la croissance économique s'est accompagnée d'un mouvement de tertiarisation de l'économie française, avec l'émergence de nombreux métiers liés aux classes moyennes salariées, dans le cadre de ce que certains analystes appellent une « société de services ». Malgré la persistance de nombreuses inégalités économiques et sociales (inter et intra-catégorielles), les métiers de services se sont développés et ont brouillé le clivage entre la bourgeoisie qui détient le capital et les travailleurs qui ne posséderaient que leur force de travail dans la grande industrie. La montée du niveau de vie a conduit à une uniformisation des modes de consommation.

Mettre en évidence la tendance au brouillage des frontières entre « classes » malgré la multiplication des inégalités économiques.

En effet, si des inégalités subsistent, les individus ont tendance, à l'heure actuelle, à consommer des biens et des services très proches, de telle manière qu'on évoque parfois un « standard de consommation » (automobile, appareils électroménagers, hifi, vidéo, téléphone portable, ordinateur personnel...). Cette hausse du pouvoir d'achat depuis 1945 a conduit à une croissance de la quantité de biens et de services consommés par toutes les classes sociales, certes à des degrés variables. On peut noter que les inégalités de consommation persistent aujourd'hui en termes de qualité des produits notamment.

B. Les facteurs socio-culturels à l'origine du brouillage des frontières entre les classes sociales

La société contemporaine se caractérise par divers facteurs de différenciation sociale, davantage que par des critères d'inégalités économiques, comme les styles de vie, les différences d'âge et de génération, les inégalités de genre, etc. Ces différences sociales se développent dans une société où les écarts entre les classes sociales traditionnelles sont moins importants. Par ailleurs, la démocratisation scolaire a entraîné une élévation du niveau de diplôme moyen et un allongement de la durée moyenne des études. À partir des années 1970, l'enseignement secondaire et universitaire s'est ouvert aux enfants issus de toutes les classes sociales. Ainsi, davantage d'enfants d'ouvriers et d'employés ont pu avoir accès au lycée et à l'université notamment, même si l'inégalité des chances scolaires persiste.

Mettre en évidence la multiplication des formes d'inégalités sociales.

Les pratiques culturelles ont également connu un mouvement de rapprochement dans certains domaines (notamment les biens culturels) malgré la persistance de certaines inégalités entre les classes sociales comme le montre le document 2. Celui-ci révèle des écarts importants entre les ouvriers et les cadres supérieurs, ou entre les non diplômés et les titulaires d'un bac + 3 et plus, en termes de temps passé devant un écran de télévision.

Illustration de l'aspect cumulatif des inégalités sociales.

Conclusion

En conclusion, la société française est toujours caractérisée par une grande stabilité de sa structure sociale, avec un poids très important des classes populaires mais également des classes moyennes salariées. Dans une société fondée sur les services, les frontières entre les classes sociales sont néanmoins plus difficiles à percevoir car un rapprochement s'est opéré entre les groupes sociaux dans différents domaines (la culture, la consommation, etc.). De nombreuses inégalités économiques et sociales (lesquelles ont tendance à se cumuler) subsistent toutefois, encore aggravées par la crise depuis 2008.

Courte synthèse et ouverture.

SUJET 14

Comment est structurée la société française actuelle ?

ÉPREUVE COMPOSÉE (PARTIE 1)

Qu'est-ce qui distingue l'approche des classes sociales chez Marx et Weber ?

Travail préparatoire

Analyser le sujet

Le sujet nécessite de bien connaître les théories sociologiques des deux auteurs cités (qui figurent dans les programmes) et de préciser, en mobilisant leurs concepts, en quoi l'apport de Max Weber a complété, contredit ou nuancé l'éclairage de Karl Marx sur le thème des rapports sociaux et des inégalités dans les sociétés.

Au sens général, les classes sociales constituent un groupe social de grande taille dont les membres partagent des positions similaires dans le système productif et qui ont des conditions de vie, des comportements et des valeurs proches, mais qui n'ont pas d'existence officielle ou légale.

Karl Marx évoque les classes sociales dans le cadre de sa conception des sociétés humaines traversées par des rapports de domination, d'aliénation et d'exploitation, et notamment dans la société capitaliste : elles ont une consistance réelle et un conflit central oppose les détenteurs des moyens de production (la bourgeoisie) et les travailleurs qui ne disposent que de leur force de travail (le prolétariat).

Sans nier l'existence des classes sociales, il faut montrer que Max Weber propose une analyse nominaliste et multidimensionnelle, où la structure sociale est établie par le chercheur en sciences sociales, qui propose un découpage de la société entre différents ordres (économique, social et politique).

Corrigé

Les textes en bleu apparaissant dans ce corrigé ne doivent pas figurer dans votre devoir. Nous les avons insérés pour vous guider et vous conseiller.

Les conseils du professeur

Karl Marx (1818-1883) et Max Weber (1864-1920) ont défini les classes sociales à partir de critères économiques, mais leurs analyses divergent sur un certain nombre de points. Selon Karl Marx, les classes sociales sont des collectifs structurés et actifs qui se définissent dans le système productif. On parle d'approche « réaliste » car la classe sociale d'appartenance d'un individu dépend objectivement de sa situation réelle d'existence (il est propriétaire ou non des moyens de production). Marx parle de « classe en soi » pour désigner le groupe d'individus occupant la même place dans le système économique et de « classe pour soi » pour qualifier un groupe dont les membres ont pris conscience de leur appartenance collective et sont entrés en conflit avec une autre classe dans le cadre de la lutte des classes. Dans ce schéma, seules comptent les deux classes antagonistes : c'est la loi de la bipolarisation.

Définir la notion de classe sociale selon Marx.

Max Weber défend au contraire une approche « nominaliste » des classes sociales qui résulte d'une construction élaborée par le sociologue, comme outil de classement. Celui-ci décide arbitrairement de poser, par exemple, des critères de revenus afin de définir des classes sociales, telles que la classe populaire, la classe moyenne et la classe supérieure. Pourtant, comme l'a noté Weber, la dimension économique n'est pas la seule à structurer la vie sociale : les pratiques, le statut social (groupes de statut), le pouvoir (partis politiques) sont des critères qu'il faut prendre en compte. Max Weber distingue trois types de stratification sociale dans une approche multidimensionnelle : les classes sociales fondées sur les bases d'une hiérarchie économique, les groupes de statut fondés sur

Définir la notion de classe sociale selon Weber.

le prestige social, et enfin la hiérarchie des partis politiques. Cette théorie d'un espace social multidimensionnel a enrichi la vision bipolaire de la structure sociale et a longtemps constitué la référence en matière de compréhension des sociétés.

SUJET 15

Comment est structurée la société française actuelle ?

ÉPREUVE COMPOSÉE (PARTIE 2)

L'évolution des professions et catégories socioprofessionnelles (PCS) depuis les années 1960

Questions

1. Quels sont les critères de construction de la nomenclature des professions et catégories socioprofessionnelles (PCS) ?

2. Comment les PCS ont-elles évolué en termes de parts dans la population active depuis 1962 ?

DOCUMENT • *L'évolution des professions et catégories socioprofessionnelles dans la population active de 1962 à 2016 (en %)*

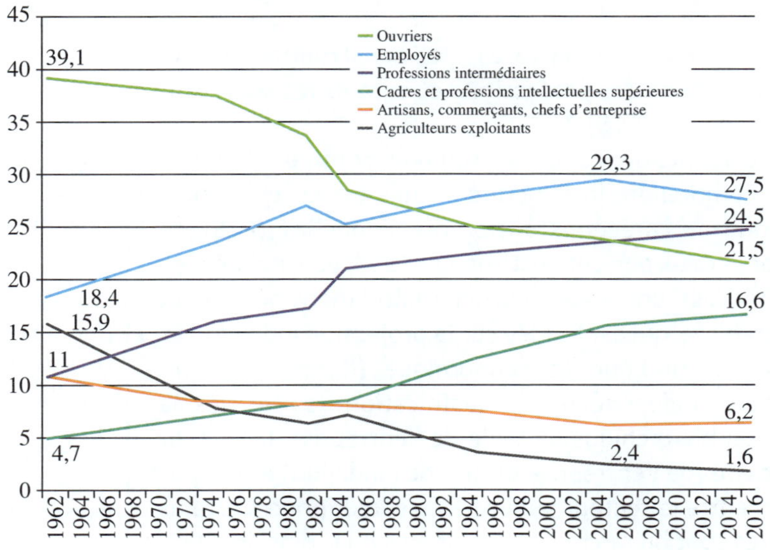

Source : Insee.

Travail préparatoire

Analyser le sujet

Le sujet nécessite de mobiliser la grille de lecture des professions et catégories socioprofessionnelles de l'Insee présente dans le document 1, qui permet de comprendre l'évolution de la structure sociale et de réaliser des enquêtes sociologiques sur différents sujets. L'unité du graphique (en termes de parts en pourcentage) nécessite de distinguer les évolutions en valeurs absolues et en valeurs relatives, et de s'y tenir dans le cadre des réponses aux questions.

Corrigé

Les textes en bleu apparaissant dans ce corrigé ne doivent pas figurer dans votre devoir. Nous les avons insérés pour vous guider et vous conseiller.

Les conseils du professeur

1. Quels sont les critères de construction de la nomenclature des professions et catégories socioprofessionnelles (PCS) ?

Une classification souvent retenue comme référence pour comprendre la structure sociale est celle des professions et catégories socioprofessionnelles (PCS) de l'Insee, créée par cet institut en 1954 et modifiée en 1982. C'est une classification multidimensionnelle et hiérarchisée, qui est fondée sur la profession individuelle, le statut juridique et économique (différence entre salarié et indépendant), la qualification des salariés, la position hiérarchique, la taille de l'entreprise, le secteur d'activité (de l'entreprise et non de l'individu) et l'opposition entre le secteur public et le secteur privé. Certains critères sont hiérarchiques (avoir plus ou moins de qualification), d'autres ne le sont pas (travailler dans le public

Rappeler l'origine historique et l'importance de la grille des PCS.

Insister sur la logique de construction de la grille des PCS en lien avec la structure de l'emploi et du système productif.

ou le privé). Dans la grille des PCS de l'Insee, on distingue 8 grands groupes : les agriculteurs exploitants ; les artisans, commerçants et chefs d'entreprise ; les cadres et professions intellectuelles supérieures (CPIS) ; les professions intermédiaires (PI) ; les employés ; les ouvriers ; les retraités ; les autres personnes sans activité professionnelle.

Rappeler les grandes PCS traditionnelles.

2. Comment les PCS ont-elles évolué en termes de parts dans la population active depuis 1962 ?

Le document de l'Insee retrace les évolutions des PCS en termes d'évolution des parts que représentent chaque PCS dans la population active. Si l'on utilise cette nomenclature pour « lire » ces transformations sociales, on observe :

Insister sur les évolutions les plus marquantes.

Exploiter les données chiffrées du document.

– une baisse considérable et continue de la part des « agriculteurs exploitants ». Ils représentent 16 % de la population active en 1962 contre seulement 1,6 % en 2016. Contrairement à certaines idées reçues, cette diminution n'est pas vraiment nouvelle : commencée dès la fin de Première Guerre mondiale, elle s'est fortement accélérée après la Seconde Guerre mondiale ;

– une diminution de la part des « artisans commerçants » et des professions indépendantes qui passent de 11 % en 1962 à 6,2 % en 2016. Le déclin de ces groupes sociaux, qui paraissait pourtant inéluctable aux observateurs d'après-guerre, ne s'est donc pas produit. Leur nombre baisse régulièrement jusqu'en 1975, avant de diminuer plus lentement, voire de s'accroître dans certains cas ;

– une très nette diminution de la part des « ouvriers » : 39,1 % de la population active au début de la période, ils n'en constituent plus que 21,5 % en fin de période. Leur nombre a baissé substantiellement ces quinze dernières années dans un contexte de désindustrialisation et de révolution technologique. Leur déclin est donc un phénomène récent ;

– une augmentation considérable de la part des « cadres supérieurs » (qui passent de 4,7 % à 16,6 %), de celle des

« professions intermédiaires » (de 11 % à 24,5 %), ainsi que celle des « employés » (avec le passage des « cols bleus » peu qualifiés aux « cols blancs » qualifiés). C'est le signe d'un passage d'une économie industrielle à une économie de services.

Ces mutations de la structure sociale se sont accompagnées d'une montée des « classes moyennes » et d'un « glissement vers le haut » de la pyramide sociale, avec la réduction de la part des ouvriers et des employés, et la montée de la part des cadres et des professions intermédiaires. Le statut social moyen de la population s'est amélioré et la pyramide sociale s'est comprimée.

Conclure par une phrase courte.

SUJET 16

BAC 2022
France métropolitaine

Comment est structurée la société française actuelle ?

ÉPREUVE COMPOSÉE (PARTIE 3)

À l'aide de vos connaissances et du dossier documentaire, vous montrerez que certaines évolutions de l'emploi ont pu affaiblir le rôle intégrateur du travail.

DOCUMENT 1

La polarisation de l'emploi et la hausse des inégalités de salaire s'expliquent d'abord par la nature du changement technologique récent. La révolution numérique et ses applications dans l'informatique et l'Internet ont révolutionné l'organisation des entreprises et par ricochet le monde du travail. Comme les précédentes révolutions technologiques, ces innovations ont produit des gagnants et des perdants mais jamais le gouffre entre les deux n'a été aussi béant. [...] Au fur et à mesure que leur coût baissait et que leurs capacités augmentaient, les ordinateurs ont progressivement remplacé le travail humain dans les emplois composés en majorité de tâches routinières. Or les tâches routinières étaient fréquentes dans les emplois intermédiaires du secteur industriel. Un ordinateur peut commander un robot dans l'industrie, établir des feuilles de paye, ou distribuer de l'argent. [...]

Au contraire, les professions les mieux payées qui exigent du travail abstrait non-routinier sont les gagnantes du progrès technologique. Le progrès technologique a rendu plus productifs les diplômés du supérieur qui occupent les professions à hauts salaires. Les problèmes à traiter dans ces emplois ne pouvant être anticipés ou décomposés en une série d'actes élémentaires, ce type de travail ne peut donc être facilement programmé à l'avance sur des ordinateurs. Ils n'ont donc pas subi la concurrence des ordinateurs. [...]

Enfin, la croissance des professions à bas salaires provient du fait que les ordinateurs n'ont que peu influencé la demande de ce type de travail qui est composé en grande partie de tâches manuelles non-routinières. Bien que simples à effectuer pour du travail humain, les tâches manuelles non-routinières réclament de la flexibilité difficile à fournir pour une machine.

Source : Gregory Verdugo, « La polarisation des marchés du travail », SES-ENS, 2020.

DOCUMENT 2 • *Temps de travail et statut d'emploi en France entre 1982 et 2019 (en % de l'emploi total)*

	1982	1992	2002	2012	2019
Temps de travail					
Temps complet	90,6	87,1	83,4	81,9	81,9
Temps partiel	9,4	12,9	16,6	18,1	18,1
Ensemble	**100**	**100**	**100**	**100**	**100**
Statut d'emploi					
Non-salariés	18	16,1	11,7	11,5	12,1
Salariés	82	83,8	88,2	88,5	87,8
Dont :					
– contrat à durée indéterminée	*76,7*	*76,3*	*77,3*	*76,3*	*74,6*
– contrat à durée déterminée	*4,1*	*6,2*	*8,4*	*8,7*	*9,1*
– intérimaires	*0,4*	*0,7*	*1,6*	*2*	*2,4*
– apprentis	*0,8*	*0,6*	*0,9*	*1,5*	*1,7*
Ensemble	**100**	**100**	**100**	**100**	**100**

Source : D'après INSEE, 2019.

Champ : France hors Mayotte, personnes âgées de 15 ans et plus.

DOCUMENT 3 • *Évolution du taux de chômage en France entre 1975 et 2020 (en %)*

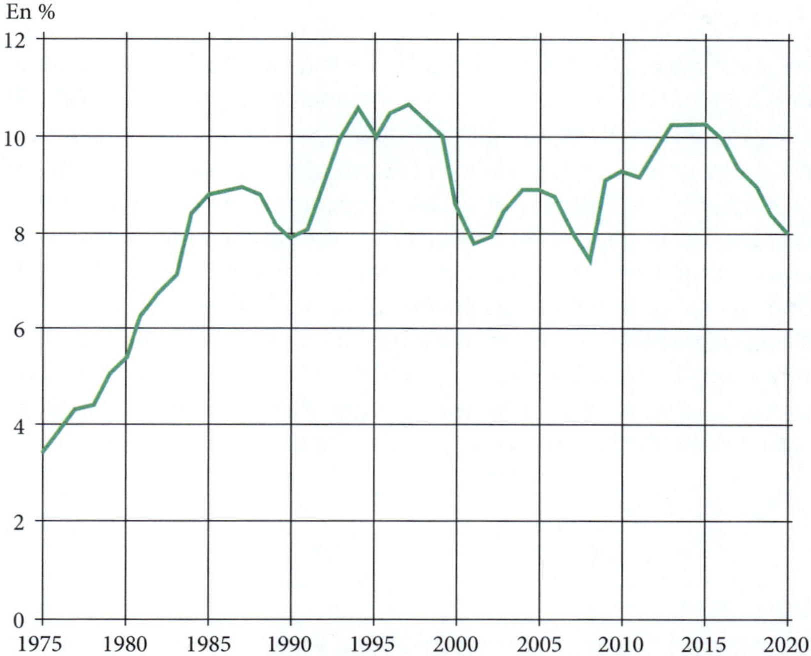

Source : D'après INSEE, 2020.

Champ : France hors Mayotte.

Travail préparatoire

Analyser le sujet

Le sujet nécessite d'expliquer les mécanismes qui ont conduit à une fragilisation du travail comme instance d'intégration sociale. Il s'agit principalement de décrypter trois phénomènes : l'impact du chômage persistant sur les liens sociaux des individus, l'effet de la précarisation de l'emploi, et les conséquences de la polarisation des emplois sur le marché du travail. Notamment dans un contexte où le numérique se diffuse au sein du monde de l'entreprise. On peut donc ici articuler l'argumentation autour de deux axes : un premier sur la dégradation du marché du travail et ses conséquences délétères sur l'intégration sociale, avant de développer un second axe portant sur les risques de baisse de la qualité de l'emploi et d'aggravation des inégalités (polarisation) dans le monde du travail.

Analyser les documents

Document 1

Le document 1 décrit les mécanismes à l'origine de la polarisation de l'emploi et des effets de la diffusion des technologies numériques dans le système productif : il est utile pour décortiquer dans le devoir les inégalités qui se déploient entre les travailleurs qualifiés et les travailleurs non qualifiés, tant en termes de volume de l'emploi que de qualité de l'emploi.

Document 2

Le document 2 offre une photographie du marché du travail avec de multiples données statistiques, notamment pour illustrer le phénomène de précarisation d'une partie du marché du travail. On peut y puiser des chiffres concernant la progression, de 1982 à 2019, des contrats à durée déterminée, ainsi que du travail à temps partiel, qui est bien souvent subi.

Document 3

Le document 3, qui montre l'évolution du taux de chômage en France depuis le milieu des années 1970, permet de constater que celui-ci demeure à un niveau élevé en 2020, à 8 %. Il sera ainsi utile d'illustrer ses raisonnements dans la partie du devoir où l'on montre l'impact du chômage sur l'intégration sociale, par quelques chiffres sur la persistance d'un chômage de masse.

Problématiser le sujet

On peut ici cerner la question posée en s'interrogeant principalement sur la signification des termes « d'évolutions de l'emploi », et de « rôle intégrateur du travail » dans ce sujet. Ainsi, une problématisation efficace du sujet serait : « Quels sont les impacts négatifs de la dégradation du marché du travail et de la polarisation de l'emploi sur le rôle du travail en tant qu'instance d'intégration ? »

Proposition de plan

I. La dégradation du marché du travail à partir des années 1980 a déstabilisé le pouvoir intégrateur du travail

A. La montée d'un chômage persistant a fragilisé le travail en tant qu'instance d'intégration

B. La précarisation d'une partie de l'emploi a fragilisé l'intégration sociale

II. La polarisation de l'emploi et du marché du travail a accru l'insécurité professionnelle

A. Les risques de détérioration de la qualité de l'emploi

B. La révolution numérique au péril d'une polarisation de l'emploi

Corrigé

Les textes en bleu apparaissant dans ce corrigé ne doivent pas figurer dans votre devoir. Nous les avons insérés pour vous guider et vous conseiller.

Les conseils du professeur

Introduction

Le président de la République réélu le 24 avril 2022, Emmanuel Macron, a fixé comme objectif le retour au plein emploi à la fin de son quinquennat, car le taux de chômage demeure encore à un niveau relativement élevé en France.

Rédiger une entrée en matière.

Les sociétés modernes ont fait du travail et de l'emploi le fondement de leur fonctionnement : l'individu conquiert son statut social à travers son activité professionnelle et sa participation à la production. Cette dernière apporte à l'individu un revenu, une insertion dans un réseau de relations sociales, et une reconnaissance sociale : le travail est aussi une instance d'intégration cruciale.

Poser les enjeux du sujet.

La société salariale qui s'est construite après 1945 a permis les progrès du droit du travail et la mise en œuvre d'un système de protection sociale largement financé par les cotisations des travailleurs. Toutefois, à partir des années 1970, on assiste à un effritement de la société salariale. La montée d'un chômage de masse, surtout celui de longue durée, a fragilisé l'intégration d'un nombre croissant d'individus et compromis leurs liens sociaux. De plus, la forte progression des emplois précaires a plongé un nombre croissant de salariés dans une situation d'insécurité professionnelle et sociale qui ne leur permet pas de participer pleinement à la vie de la société.

Quel est l'impact négatif de la dégradation du marché du travail et de la polarisation de l'emploi sur le rôle du travail en tant qu'instance d'intégration ?

Annoncer la problématique.

Dans cette perspective, il s'agira de montrer que la dégradation du marché du travail (montée du taux de

Annoncer le plan.

chômage, précarisation de l'emploi) a fragilisé l'intégration sociale d'un nombre croissant d'individus, puis d'analyser l'impact des transformations de l'emploi (notamment avec l'usage du numérique) sur la qualité et la polarisation de l'emploi.

I. La dégradation du marché du travail à partir des années 1980 a déstabilisé le pouvoir intégrateur du travail

A. La montée d'un taux de chômage persistant a fragilisé le travail en tant qu'instance d'intégration

Illustrer par les données statistiques des documents.

Durant les Trente Glorieuses (1945-1973), la norme d'emploi stable, soit le contrat à durée indéterminée (CDI), est devenue le principal moyen d'intégration au salariat, dans un contexte de plein-emploi où le taux de chômage demeurait extrêmement faible (2-3 %). Mais depuis les années 1970, la montée cumulée à la persistance du chômage à un niveau élevé et la pénurie d'emplois stables ont conduit à associer chômage et exclusion. Le document 3 montre que le taux de chômage en France était de 3,5 % en 1975, et qu'il est passé à 8 % en 2020.

Expliciter les conséquences du chômage sur l'intégration.

L'expérience du chômage entraîne pour des millions de personnes une baisse du revenu, affaiblit souvent leurs liens sociaux, et peut détériorer les relations familiales. Le chômage peut ainsi entraîner un phénomène d'exclusion. L'exclusion est un processus de fragilisation du lien social, de désintégration sociale, qui se traduit par des difficultés d'intégration à la société d'un nombre croissant d'individus. L'exclusion peut aboutir à une rupture du lien social, du fait d'une exclusion de l'emploi, de la consommation, des relations sociales et familiales, etc. Dans la mesure où les ruptures professionnelles et le chômage sont des facteurs de réduction des revenus, la pauvreté peut exclure les individus de la norme de consommation. Le chômage accroit en effet le risque de pauvreté, même si les prestations sociales et le système de redistribution atténuent ce risque.

B. La précarisation d'une partie de l'emploi a fragilisé l'intégration sociale

On assiste simultanément à une précarisation d'une partie du salariat quand celui-ci prend des formes non choisies, mal rémunérées ou en inadéquation avec la formation reçue, avec le développement de l'emploi dit « atypique » (contrats de travail à durée déterminée, stages, intérim, contrats aidés par l'État, etc.).

Préciser la notion de précarisation de l'emploi.

On remarque, à la lecture du document 2, que la part des contrats à durée déterminée est passée de 4,1 % en 1982 à 9,1 % de l'emploi total en 2019. Sur la même période, on note que le temps partiel est passé de 9,4 % à 18,1 % de l'emploi total.

La flexibilité du travail pour les entreprises comme mode de gestion peut correspondre parfois à la précarité pour les travailleurs, spécialement les ouvriers et les employés. Avec la montée de l'insécurité professionnelle et l'instabilité de l'emploi, c'est la structure même de la relation salariale qui est alors fragilisée. Une frange importante du salariat est aujourd'hui confrontée à l'insécurité professionnelle et à l'incertitude quant à la pérennité de son emploi, avec l'angoisse (et la réalité) du déclassement social. Si le marché du travail joue toujours un rôle majeur de cohésion économique et sociale (les titulaires de CDI restent majoritaires au sein du salariat), sa fonction intégrative est aujourd'hui fragilisée et son fonctionnement reste marqué en France par de fortes inégalités.

Rappeler l'enjeu central du sujet.

Ainsi, à partir des années 1980, la montée d'un chômage de masse et le développement d'emplois précaires ont affaibli les possibilités d'intégration par le travail. Par ailleurs, il existe aussi des inquiétudes sur la qualité et la polarisation de l'emploi, notamment dans le cadre des mutations technologiques en cours.

Rédiger une transition.

II. La polarisation de l'emploi et du marché du travail a accru l'insécurité professionnelle

A. Les risques de détérioration de la qualité de l'emploi

Le progrès technique et les mécanismes de la « destruction créatrice », pourraient bien affecter à moyen-long terme non pas tant le volume de l'emploi, mais surtout la structure de l'emploi, avec à la clé une bipolarisation croissante du marché du travail. En effet, au lieu de ne favoriser que les gains de productivité et la création d'emplois de meilleure qualité, plus productifs et mieux rémunérés, cette montée en gamme des emplois espérée ne semble guère aujourd'hui au rendez-vous.

Il pourrait alors se produire une déformation du marché du travail vers des emplois peu sophistiqués et peu productifs dans les services, avec une descente en gamme de la qualité de l'emploi, accompagnée d'une raréfaction des emplois de qualification intermédiaire.

Expliciter la baisse de la qualité de l'emploi.

Ces évolutions, perceptibles dans les pays avancés, ne permettent pas la professionnalisation progressive des salariés du bas de l'échelle, et risquent d'enfermer un nombre croissant d'entre eux dans le piège de la pauvreté, avec des rémunérations faibles et stagnantes.

Un phénomène récent vient par ailleurs impacter tous les secteurs de l'économie des services dans le monde du travail : celui de « l'ubérisation », néologisme formé à partir d'Uber, entreprise technologique qui développe et exploite des applications mobiles de mise en contact d'utilisateurs avec des conducteurs réalisant des services de transport.

Pour certains économistes, l'ubérisation conduit à une dérégulation du salariat et à une certaine régression du travail, dans la mesure où cette économie collaborative permet à des individus de travailler, mais sans pour autant les rémunérer à la hauteur du service rendu, et sans les protections apportées par un contrat de travail stable.

Mobiliser un exemple tiré de l'actualité économique.

Pour autant, les consommateurs tirent avantage du développement de ce type de services : on se dirigerait alors davantage vers une économie d'usage, centrée sur la fonctionnalité et non la quantité.

B. La révolution numérique au péril d'une polarisation de l'emploi

La polarisation des emplois peut être définie comme un processus d'accroissement simultané de la part des métiers les plus qualifiés et de celle des moins qualifiés, induisant une baisse de la part des emplois moyennement qualifiés qui sont les plus nombreux. La diffusion des technologies du numérique est considérée comme un des facteurs principaux de ce phénomène. L'automatisation favorise en effet le recours aux travailleurs qualifiés que la machine ne peut pas encore remplacer comme des ingénieurs, médecins ou dirigeants d'entreprises.

Comme l'explique le document 1, « le progrès technologique a rendu plus productifs les diplômés du supérieur qui occupent les professions à hauts salaires ».

Citer un extrait d'un document du dossier.

Il favorise aussi le recours aux travailleurs peu qualifiés que la machine, là aussi, ne peut pas encore remplacer comme les aides à domicile, aides-soignants, vendeurs ou coiffeurs.

Ces évolutions transforment la structure des emplois, et ceci dans toutes les professions, quel que soit le niveau d'éducation.

Ce phénomène, d'abord mis en avant aux États-Unis, touche aujourd'hui les pays européens, et en particulier la France.

Par ailleurs, les transformations technologiques accroissent la production de biens mais nécessitent également des tâches plus complexes dans l'entreprise, exigeantes en qualification des travailleurs (maintenance, gestion financière, comptabilité, etc.).

La structure de l'emploi évolue alors avec une augmentation progressive de la part des travailleurs qualifiés par rapport à celle des travailleurs non qualifiés dans la population employée, ainsi que dans le revenu total.

Le besoin des entreprises en travail qualifié s'explique aussi par la rapidité des mutations technologiques qui nécessite pour les entreprises, dans la concurrence, de posséder le capital humain pour comprendre les évolutions, les utiliser et les intégrer rapidement au processus de production.

Conclusion

Les transformations de l'emploi et la dégradation du marché du travail ont affaibli le pouvoir intégrateur du travail dans nos sociétés. Pourtant, la révolution numérique pourrait accélérer les gains de productivité et permettre une montée en gamme de l'emploi, à condition de mener des politiques publiques adaptées pour lutter contre les inégalités, « l'ubérisation » et la polarisation de l'emploi.

Répondre à la problématique.

Les enjeux autour du travail glisseraient alors peut-être, dans le futur, vers le partage du temps libéré par la robotisation, et sur la manière dont on tient compte dans nos sociétés de la question des inégalités économiques (faut-il instaurer un revenu universel ?), notamment entre les travailleurs qualifiés et les travailleurs moins qualifiés (quelle formation ?), pour concilier la compétitivité économique et la cohésion sociale.

Rédiger une ouverture.

SUJET 17

Quelle est l'action de l'école sur les destins individuels et sur l'évolution de la société ?

DISSERTATION

Dans quelle mesure l'école détermine-t-elle l'égalité des chances ?

DOCUMENT 1 • *Les diplômes de l'enseignement supérieur des jeunes âgés de 25 à 29 ans en fonction du milieu social (en 2003-2005 et 2013-2015)*

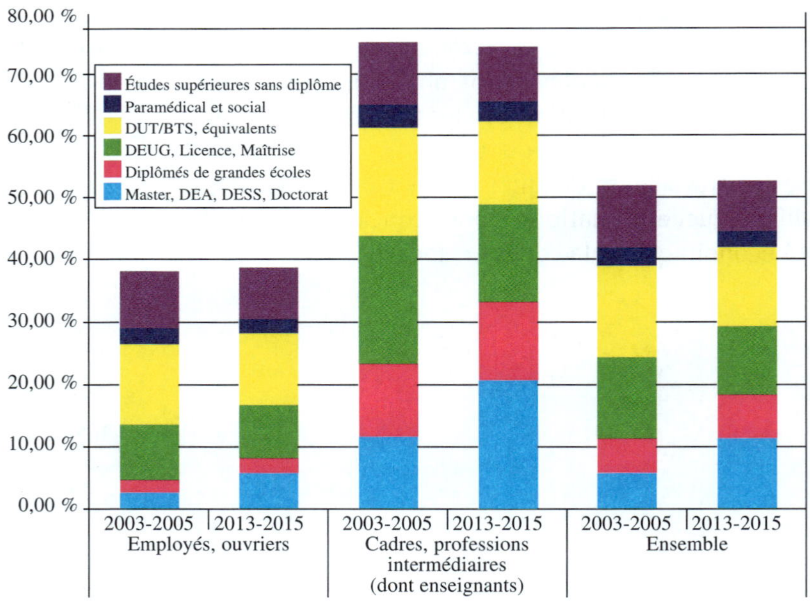

Source : d'après Insee, *Enquête Emploi*, 2017.

Champ : France métropolitaine.

Lecture : En moyenne sur 2013, 2014 et 2015, 30 % des enfants d'employés et d'ouvriers âgés de 25 à 29 ans, déclarent détenir un diplôme de l'enseignement supérieur, contre 65 % des enfants de cadres et de professions intermédiaires (dont enseignants) ; 3 % des premiers déclarent un diplôme d'une grande école contre 13 % des seconds.

DOCUMENT 2 • *La catégorie socioprofessionnelle des personnes en 2014-2015 et de leurs parents en France (en %)*

	Ensemble	Femmes	Hommes	Mère	Père
Agriculteurs exploitants	1,7	0,9	2,5	5,5	7,8
Artisans et commerçants	6,0	3,7	8,4	5,9	11,1
Cadres et assimilés[1]	16,5	13,5	19,7	3,8	14,4
Professions intermédiaires	24,5	24,7	24,2	10,6	14,5
Employés et ouvriers qualifiés	31,1	29,0	33,3	22,8	33,9
Employés et ouvriers non qualifiés	18,9	25,7	11,6	25,2	13,0
N'a jamais travaillé ou profession inconnue	1,5	2,5	0,3	26,1	5,3
Ensemble	100,0	100,0	100,0	100,0	100,0

Source : Insee, *Enquête sur la formation et la qualification professionnelle*, 2014-2015.

1. Cadres et assimilés : il s'agit des cadres, des professions intellectuelles supérieures et des chefs d'entreprise de 10 salariés ou plus.

Champ : France métropolitaine, personnes de 30 à 59 ans.

Lecture : En 2014-2015, 24,5 % des personnes de France métropolitaine âgées de 30 à 59 ans sont ou étaient professions intermédiaires, alors que ce n'était le cas que pour 14,5 % de leurs pères.

DOCUMENT 3 • *Le niveau de diplôme selon la catégorie sociale en 2014 (en %)*

	Diplôme supérieur à bac + 2	Bac + 2	Bac ou brevet professionnel ou autre diplôme de ce niveau	CAP[1], BEP[2] ou autre diplôme de ce niveau	Brevet des collèges	Aucun diplôme ou CEP[3]	Total
Agriculteurs exploitants	4	13	24	39	6	14	100
Artisans, commerçants, chefs d'entreprise	14	12	22	33	6	13	100
Cadres supérieurs	68	15	10	5	2	1	100
Professions intermédiaires	25	32	21	14	3	4	100
Employés	8	12	26	31	7	16	100
Ouvriers	2	4	17	42	7	28	100
Ensemble	21	16	20	25	5	13	100

Source : Insee, Observatoire des inégalités, 2016.

1. Certificat d'aptitude professionnelle.
2. Brevet d'études professionnelles.
3. Certificat d'études primaires.

Champ : population active de 15 ans et plus, France entière.

Travail préparatoire

Analyser le sujet

Dans les sociétés démocratiques, où le changement de position dans la structure sociale devient possible, et ce quel que soit son milieu social d'origine, l'école est l'instrument privilégié de la mobilité sociale. Le système éducatif est fondé sur le principe de l'égalité des chances et contribue, en fonction du travail et du mérite de chacun, à légitimer le statut social des individus dans la hiérarchie sociale. Le sujet suppose donc de montrer que l'école est incontestablement un déterminant puissant de la mobilité sociale dans la société française contemporaine, mais qu'il n'est en aucun cas le seul, dans la mesure où des déterminants économiques et des déterminants liés au milieu social d'origine jouent également un rôle fondamental.

Analyser les documents

Document 1

Ce document est tiré de l'*Enquête emploi* de l'Insee publiée en 2017. Il détaille les diplômes de l'enseignement supérieur des jeunes âgés de 25 à 29 ans en fonction du milieu social, pour deux périodes : en 2003-2005 et en 2013-2015. L'intérêt est de mesurer le poids de l'origine sociale dans la réussite scolaire des enfants. On voit ainsi que la part des diplômés des grandes écoles en France est nettement plus élevée dans les familles de cadres supérieurs et professions intermédiaires, à la fois en 2003-2005 qu'en 2013-2015. Cette part a même eu tendance à augmenter. La part des diplômés des grandes écoles reste très faible dans la catégorie des employés et ouvriers. On constate également que les écarts restent très importants en termes de parts des diplômés de Master, DEA, DESS, Doctorat entre les cadres supérieurs (21 % en 2013-2015) et les employés et ouvriers (5 % en 2013-2015).

Document 2

Ce tableau statistique publié par l'Insee en 2014-2015 est tiré de l'*Enquête sur la formation et la qualification professionnelle*. Il permet de mesurer la mobilité sociale des personnes par rapport à leurs parents selon leur profession et catégorie socioprofessionnelle. Ainsi, on peut lire qu'en 2014-2015, 24,5 % des personnes de France métropolitaine âgées de 30 à 59 ans sont ou étaient professions intermédiaires, alors que ce n'était le cas que pour 14,5 % de leurs pères et 10,6 % de leurs mères. Ce document permet de mesurer le phénomène de reproduction sociale, ainsi que la répartition des professions et catégories socioprofessionnelles (PCS) selon le genre (hommes/femmes). Il pourra ainsi être utilisé pour illustrer les raisonnements sur la mobilité intergénérationnelle, soit pour constater l'évolution de la part des PCS occupées par les individus par rapport à l'époque de leurs parents.

Document 3

Ce document est un tableau statistique publié en 2016, issu des travaux de l'Insee et de l'Observatoire des inégalités. Il montre le niveau de diplôme selon la PCS en 2014. On pourra y puiser des éléments pour montrer par exemple que la PCS « cadres et assimilés » compte une très forte proportion de diplômés bac + 2 et plus, tandis que cette part est extrêmement faible pour les employés (8 %) et pour les ouvriers (2 %). À l'inverse, on constate que la part des ouvriers n'ayant aucun diplôme ou CEP est extrêmement forte (28 %), tandis qu'elle est très faible chez les cadres supérieurs (1 %). Ce document peut être utile pour appuyer le fait que le diplôme reste indispensable pour acquérir le statut de cadre supérieur, le bac n'étant plus suffisant (seuls 10 % des cadres supérieurs ont le niveau bac ou un brevet professionnel ou un autre diplôme de ce niveau).

Problématiser le sujet

Le sujet nécessite de s'interroger sur le rôle de l'école dans la mobilité sociale, soit le passage d'un individu ou d'un groupe social d'une catégorie sociale à une autre. Il s'agit de construire une problématique qui permette d'englober à la fois les facteurs explicatifs multiples de la mobilité sociale et les déterminants liés à la démocratisation de l'école, mais aussi la persistance des inégalités scolaires et l'impact des autres déterminants, qu'ils soient économiques ou liés à la socialisation familiale. Dès lors, on peut retenir la problématique suivante : quels sont les facteurs explicatifs de la mobilité sociale dans une société démocratique ?

Proposition de plan

I. L'école est un déterminant puissant de l'égalité des chances de réussite dans une société fondée sur le principe du mérite
   A. L'école est l'instrument privilégié de l'égalité des chances dans une société démocratique
   B. La démocratisation scolaire vise à favoriser la mobilité sociale ascendante malgré une persistance du poids de l'origine sociale dans la réussite scolaire

II. Le rôle crucial de l'école est difficilement séparable des autres déterminants de l'égalité des chances de réussite
   A. Les transformations structurelles du système productif et de l'emploi modifient les conditions de l'égalité des chances de mobilité sociale
   B. L'institution familiale demeure incontournable pour améliorer l'égalité des chances de réussite scolaire, professionnelle et sociale

Corrigé

Les textes en bleu apparaissant dans ce corrigé ne doivent pas figurer dans votre devoir. Nous les avons insérés pour vous guider et vous conseiller.

Les conseils du professeur

Introduction

Rédiger une accroche.

Dans l'analyse sociologique, l'école est traditionnellement considérée comme un des principaux déterminants de l'égalité des chances de réussite professionnelle et sociale, et donc de la mobilité sociale, soit la possibilité pour un individu de s'affranchir de sa situation sociale d'origine. Dans nos sociétés contemporaines, le statut social n'est plus transmis mais acquis, et l'institution scolaire, en délivrant des diplômes, a un rôle central dans cette acquisition des diverses positions sociales.

Cependant, il existe en réalité une pluralité de déterminants de l'égalité des chances de réussite et de la mobilité sociale. Cette dernière n'est pas un phénomène purement individuel, car elle dépend aussi des transformations du système économique, parmi lesquelles les changements historiques de la structure socio-professionnelle et les mutations permanentes de la composition de l'emploi. On sait aussi que la famille joue également un rôle central dans la transmission des différentes formes de capitaux indispensables à l'ascension sociale. Dès lors, quels sont les facteurs explicatifs de la mobilité sociale dans une société démocratique ?

Définir les termes principaux du sujet.

Reformuler l'intitulé du sujet pour le rendre plus clair.

Il s'agira, dans un premier temps, de montrer par quels mécanismes l'école constitue un déterminant puissant de la mobilité sociale, avant d'étudier, dans un second temps, en quoi ce phénomène complexe doit être cerné en faisant intervenir de multiples facteurs explicatifs.

Annoncer la structure de l'argumentation et le plan.

I. L'école est un déterminant puissant de l'égalité des chances de réussite dans une société fondée sur le principe du mérite

L'école est un déterminant puissant de l'égalité des chances de réussite professionnelle et sociale, donc de la mobilité sociale, dans une société fondée sur le principe du mérite.

Courte phrase introductive.

A. L'école est l'instrument privilégié de l'égalité des chances dans une société démocratique

Proposer des titres et des sous-titres qui donnent du sens et éviter les titres courts.

Dans les sociétés à stratification sociale rigide, la mobilité sociale est impossible. Ce fut le cas en France avant 1789, puisque la hiérarchie sociale était fondée sur des ordres héréditaires, alors que l'école et la transmission du savoir était réservée à une élite bourgeoise. Dans les sociétés à stratification sociale fluide, c'est l'école, accessible au plus grand nombre, qui a pour fonction de rendre possible la mobilité ascendante des enfants issus de milieux défavorisés en permettant une plus grande égalité des chances de réussite professionnelle et sociale.

Une brève histoire de l'école explique la contradiction que vit l'institution entre son objectif de démocratisation et le maintien des inégalités scolaires : au XIXe siècle, à l'époque des lois Ferry, l'école cherche à donner une instruction minimale aux classes populaires. Seule une minorité d'élèves accèdent au bac, et jusqu'à la fin des années 1960, à peine un cinquième des élèves environ obtient le bac. Dans les décennies 1970 et 1980, l'école connaît une augmentation forte et continue des effectifs scolarisés, notamment au lycée.

Poursuivre l'analyse du sujet dans une perspective historique.

La possibilité de faire des études ne garantit pas automatiquement d'obtenir un statut social gratifiant et un emploi stable, mais être dépourvu de diplôme interdit de fait toute mobilité sociale. Dans les sociétés contemporaines, le diplôme est souvent le sésame pour s'intégrer sur le marché du travail et connaître une promotion dans le monde de l'entreprise. Pendant la période de l'après-guerre, marquée par un certain dynamisme de la mobilité sociale, dans un contexte d'intenses changements dans la structure des emplois, c'est en grande partie l'école qui a permis de sélectionner, parmi les enfants d'ouvriers ou d'employés, ceux qui étaient les plus aptes à exercer ces nouveaux emplois qualifiés et qui a donc permis une ascension sociale.

Mise en évidence de la contribution de l'école à la réduction de l'inégalité des chances de réussite et de mobilité sociale.

Le nombre de bacheliers augmente alors rapidement et la population étudiante augmente fortement : on parle d'une période de « massification scolaire » où l'école n'est plus réservée à une élite. Mais ce processus s'accompagne toutefois d'un maintien (paradoxal) des inégalités scolaires. Les variations de la fluidité sociale apparaissent faibles au regard de cette explosion scolaire. En réalité, la démocratisation « égalisatrice » selon laquelle les moins favorisés rattrapent les taux de scolarisation des plus favorisés, cache une démocratisation « ségrégative ». Cela signifie que les inégalités d'accès aux diplômes sont en fait déplacées mais n'ont pas disparu.

Distinction des concepts-clés : massification, démocratisation et fluidité sociale.

Le document 1 montre ainsi qu'en moyenne sur 2013, 2014 et 2015, 30 % des enfants d'employés et d'ouvriers (âgés de 25 à 29 ans) obtiennent un diplôme d'enseignement supérieur, contre 65 % des enfants de cadres et de professions intermédiaires (dont les enseignants).

Exploitation du document pour illustrer les arguments théoriques.

B. La démocratisation scolaire vise à favoriser la mobilité sociale ascendante malgré une persistance du poids de l'origine sociale dans la réussite scolaire

Tout au long du XXe siècle, le nombre d'enfants scolarisés a augmenté. La proportion de bacheliers a fortement progressé mais le nombre de postes de cadres ou de professions intermédiaires n'ayant pas augmenté dans le même temps de la même façon, une partie des nouveaux diplômés n'a pas pu trouver un emploi à un niveau auquel ils auraient dû pouvoir prétendre.

Poursuivre l'analyse du sujet dans une perspective historique.

Les sociologues appellent « paradoxe d'Anderson » (car identifié par le sociologue Charles Anderson en 1961) le phénomène selon lequel les enfants qui ont des diplômes plus élevés que leurs parents n'ont pas nécessairement une position sociale plus favorable. La baisse de la valeur relative des diplômes sur le marché du travail ne doit pas conduire à penser que la massification scolaire était une erreur d'un point de vue économique, car elle a permis d'accroître le stock de capital humain et le niveau de formation de la main-d'œuvre, la rendant ainsi plus productive. Mais elle a entraîné une certaine désillusion face aux capacités du système scolaire à permettre une mobilité sociale ascendante. Le niveau général d'instruction s'élève mais les inégalités ne se réduisent pas pour autant. Tout se passe comme si les inégalités s'étaient déplacées « vers le haut » : l'étude du système scolaire fait apparaître le maintien d'inégalités car la réussite et l'échec scolaire sont inégalement partagés. Au fur et à mesure que les études s'allongent, les enfants de cadres supérieurs sont surreprésentés alors que les enfants d'ouvriers sont sous-représentés. Malgré l'idéal de l'égalité des chances et le principe méritocratique qui

Présentation du « paradoxe d'Anderson » et des effets limités de l'école en matière d'égalité des chances.

la fondent, l'école n'a guère pu empêcher la persistance de l'inégalité des chances scolaires et les phénomènes de reproduction sociale.

Pour le sociologue Pierre Bourdieu, l'école transforme les inégalités sociales en inégalités scolaires et a une fonction de sélection sociale. Cette sélection sociale est naturalisée (rendue légitime) à travers une domination symbolique qui transforme les jugements sociaux en jugements scolaires. Ainsi, l'école impose un arbitraire culturel et les enfants des classes défavorisées sont doublement exclus : par l'échec scolaire et par le sentiment que leur échec est dû au manque de don et de mérite. L'école légitime en réalité la reproduction de la domination culturelle des classes favorisées.

Présentation de l'approche théorique de Bourdieu de l'importance de la reproduction sociale et du poids du capital culturel.

Le sociologue Raymond Boudon s'attaque lui aussi à la question de l'inégalité des chances scolaires : selon lui, la plus faible réussite scolaire des classes défavorisées tient à un calcul économique rationnel. Il explique que la décision de poursuivre ou non des études tient à un calcul d'investissement (calcul coût/avantage) purement individualiste. Les études ont un coût (en temps et en argent) et une rentabilité (le diplôme). Or Boudon explique que dans les classes populaires, on surestime le coût des études et on sous-estime les avantages. Les classes populaires valorisent peu les études longues et demandent une forte rentabilité de l'investissement scolaire (incitent les jeunes à suivre des filières plus courtes, plus professionnelles). Raymond Boudon pense que depuis la Seconde Guerre mondiale, on assiste à une incontestable réduction de l'inégalité des chances scolaires (il s'oppose à Bourdieu). Pourtant, il reconnaît que la mobilité sociale a peu augmenté et que les progrès de la scolarisation affectent très peu la hiérarchie sociale. La réduction de l'inégalité des chances scolaires ne s'accompagne pas d'une réduction des inégalités sociales.

Présentation de l'approche théorique de Boudon et du poids des choix des familles.

Ainsi, l'école, en valorisant le mérite et l'égalité des chances, est incontestablement un déterminant majeur de la mobilité sociale et de la légitimité des positions dans la hiérarchie sociale. Mais pour cerner réellement

Transition pour annoncer la partie II.

les mécanismes de la mobilité sociale, il convient d'intégrer dans le raisonnement d'autres déterminants, et de comprendre que l'école interagit avec le système économique et le milieu familial qui apporte plus ou moins de ressources favorables.

II. Le rôle crucial de l'école est difficilement séparable des autres déterminants de l'égalité des chances de réussite

Le rôle majeur de l'école est difficilement séparable des autres déterminants de la mobilité sociale, c'est-à-dire des chances de réussite professionnelle et sociale.

Courte phrase introductive.

A. Les transformations structurelles du système productif et de l'emploi modifient les conditions de l'égalité des chances de mobilité sociale

Depuis l'après-guerre, les structures socio-professionnelles et les emplois ont profondément évolué : une partie de la mobilité sociale s'explique donc par les modifications de la structure des emplois entre deux générations. On note, durant cette période des Trente Glorieuses (1945-1973), le développement de la catégorie des cadres et professions intellectuelles supérieures et celle des professions intermédiaires, parallèlement au déclin des catégories des agriculteurs, des artisans, commerçants et chefs d'entreprise, et des ouvriers. L'expansion des classes moyennes salariées et des catégories populaires engendre mécaniquement de la mobilité sociale ascendante. Il s'agit donc ici d'une mobilité largement imposée par l'évolution des structures économiques et sociales.

Poursuivre l'analyse du sujet dans une perspective historique.

On parle de mobilité structurelle lorsque le changement de position sociale est dû aux changements des structures économiques et sociales. Cette mobilité structurelle représente une part importante de la mobilité. Lorsque certains secteurs détruisent massivement des emplois, de nouveaux secteurs se développent, et ce sont eux qui favorisent la mobilité sociale ascendante. Cette

Présentation du concept-clé de mobilité structurelle.

mobilité est donc forcée, poussée par les transformations des structures économiques, même si l'on remarque la persistance d'une certaine immobilité sociale.

Exploitation des documents.

Le document 2 montre qu'en 2014-2015, 16,5 % des personnes de France métropolitaine âgés de 30 à 59 ans sont « cadres et assimilés », alors que c'était le cas pour 14,4 % de leurs pères, tandis que 18,9 % des personnes sont « employés et ouvriers non qualifiés », alors que c'était le cas pour 13 % de leurs pères.

À partir des années 1970, le ralentissement économique et la dégradation du marché du travail ont entraîné un accroissement de la mobilité sociale descendante. On a pu évoquer alors une « panne de l'ascenseur social ». Les difficultés croissantes des jeunes diplômés et la persistance d'un chômage de masse ont aggravé les inégalités entre les générations et alimenté un sentiment de frustration face à des espoirs d'ascension sociale déçus.

Présentation du concept-clé de déclassement.

Selon le sociologue Camille Peugny, est déclassé tout individu qui ne parvient pas à maintenir la position sociale de ses parents. L'analyse sociologique retient donc l'angle de la mobilité intergénérationnelle : devenir employé ou ouvrier lorsque son père est cadre constitue une mobilité sociale descendante et une forme de déclassement social. Si l'augmentation de la mobilité intergénérationnelle descendante est au final assez limitée, elle alimente les angoisses collectives des familles, qui surestiment en partie le risque encouru de voir leur enfant déclassé. Cette crainte est liée au risque de la perte d'un emploi dans le secteur privé, à la dégradation des conditions de travail dans le secteur public et aux difficultés d'insertion professionnelle rencontrées par les jeunes.

Présentation de l'actualisation du concept de déclassement.

Le terme de déclassement a aussi été utilisé pour désigner le fait que certains individus sont surdiplômés par rapport au niveau de qualification requis pour le poste qu'ils occupent (déclassement à l'embauche). Si le diplôme reste le meilleur rempart contre le chômage, la valeur économique des diplômes a, quant à elle, diminué : être bachelier ne suffit plus pour accéder à des emplois de cadres ou même à des professions intermédiaires.

Toutefois, le document 3 montre qu'en 2014, les cadres supérieurs étaient 68 % à disposer d'un diplôme supérieur à bac + 2, tandis que les ouvriers n'étaient que 2 % dans ce cas.

Exploitation des documents.

B. L'institution familiale demeure incontournable pour améliorer l'égalité des chances de réussite scolaire, professionnelle et sociale

Présentation de l'interaction entre famille et école en matière d'égalité des chances.

L'analyse sociologique montre aussi que l'amélioration de l'égalité des chances et la mobilité sociale résultent de l'interaction de deux instances de socialisation fondamentales : l'école et la famille. Selon Bourdieu, les étudiants sont avant tout les héritiers d'un capital culturel (connaissances, maîtrise de la langue, diplômes) : depuis leur plus tendre enfance, les jeunes des milieux favorisés ont baigné dans un milieu cultivé, où la pratique de la langue est très proche du français enseigné à l'école. Dans la famille « cultivée », le jeune apprend la maîtrise de la parole, il est ouvert à l'art, à la lecture, à la musique, bref il acquiert lentement un capital culturel. Or, l'habitus des classes dominantes est très proche de la culture scolaire : les enfants de ces classes vont baigner dans la culture scolaire de manière très naturelle. Ils n'auront pas de peine à suivre à l'école puisque celle-ci va valider leurs dispositions acquises dans le milieu familial. Donc, pour Bourdieu, les aptitudes scolaires d'un jeune ne dépendent pas de ses dons naturels mais de l'affinité des habitudes culturelles de son milieu social avec les exigences de l'école. Les enfants des autres catégories sociales doivent faire plus d'efforts que les autres. L'échec scolaire n'est rien d'autre que l'exclusion progressive des classes sociales à faible capital culturel. On voit donc que la famille, par le fait qu'elle transmet des normes, des valeurs, mais aussi des capitaux, est d'abord reproductrice. Elle contribue donc à l'immobilité sociale. Mais elle peut aussi rendre possible la mobilité sociale : elle peut être le lieu de comportements rationnels et stratégiques, à la fois pour favoriser la réussite scolaire des enfants, mais aussi pour transmettre des capitaux indispensables à l'intégration économique et sociale.

Rappel de l'approche théorique de Bourdieu et du poids du capital culturel.

De plus, à résultats scolaires équivalents, l'origine sociale a une influence sur les vœux d'orientation. Certains sociologues mettent en avant le retour du rôle de l'héritage du capital économique dans la réussite scolaire, en raison du coût des études, et du rôle du capital social, soit schématiquement l'ensemble des relations sociales et donc la capacité de pouvoir faire intervenir ces « relations » et un carnet d'adresses pour bénéficier d'avantages divers (emplois, stages, etc.). En effet, on sait que les réseaux sociaux jouent un rôle important dans la rentabilité des diplômes acquis. Dès lors, on « hérite » d'un capital social ou d'un capital culturel comme d'un capital économique, et cet ensemble de capitaux peut s'accumuler au fil des générations et garantir (ou non) une ascension sociale. Les individus disposent donc d'une quantité inégale de ressources pour espérer une mobilité sociale (verticale) ascendante.

Présentation des approches théoriques qui insistent sur l'impact du capital économique et du capital social.

Conclusion

Pour résumer, l'école est bien une institution centrale au sein de nos sociétés, où la légitimité des positions sociales est fondée sur le diplôme plutôt que sur l'hérédité comme sous l'Ancien Régime. À l'heure où l'angoisse du déclassement social s'empare du cœur des classes moyennes, la persistance de l'inégalité des chances scolaires constitue une question politique-clé pour préserver les chances d'ascension sociale des enfants des classes les plus défavorisées.

Courte synthèse des principaux développements du devoir.

Ouvrir sur des perspectives plus larges.

Le confinement et la continuité pédagogique, liés à la pandémie de Covid-19, ont mis en lumière les différents aspects, aux effets cumulatifs, des inégalités de chance de réussite scolaire selon les milieux d'origine. La question posée est plus que jamais d'actualité et actualisée.

SUJET 18

Quelle est l'action de l'école sur les destins individuels et sur l'évolution de la société ?

ÉPREUVE COMPOSÉE (PARTIE 1)

Quelle relation peut-on établir entre déclassement et paradoxe d'Anderson ?

Travail préparatoire

Analyser le sujet

Le sujet invite à s'interroger sur le lien entre le déclassement social, soit la mobilité sociale descendante, et l'écart qui peut exister entre le niveau de diplôme des individus et le niveau d'emploi qu'ils occupent. Le sujet implique d'évoquer une certaine désillusion liée à la démocratisation scolaire : l'élévation de la durée moyenne des études et la délivrance d'un nombre croissant de diplômes n'ont pas empêché le déclassement lié à cette inflation scolaire. Cette déception a été mise en lumière par les travaux du sociologue Charles Anderson qui a montré le lien entre le diplôme relatif et le statut social relatif du fils par rapport au père. Un fils ayant un diplôme plus élevé que son père devrait avoir un statut social plus élevé or il n'en est pas toujours ainsi, d'où le terme de « paradoxe ». Ce phénomène est lié à la dévalorisation relative des diplômes : le nombre de diplômes a augmenté plus vite que le nombre de positions sociales élevées. Il ne faut pas confondre massification scolaire et démocratisation scolaire.

Corrigé

Les textes en bleu apparaissant dans ce corrigé ne doivent pas figurer dans votre devoir. Nous les avons insérés pour vous guider et vous conseiller.

Les conseils du professeur

Le déclassement correspond au fait de descendre l'échelle sociale, pour un individu, un groupe ou une catégorie sociale. On parle alors de mobilité sociale descendante. Le terme « déclassement » est employé à la fois pour traiter une perte d'emploi, de statut social, ou une situation dans laquelle l'emploi occupé n'est pas au niveau de celui promis par le niveau de formation. Au niveau collectif et intergénérationnel, il renvoie au fait, pour une partie des représentants d'une génération, de ne pas parvenir à un emploi, une position sociale, une qualification ou seulement un niveau de vie au moins égal à celui des parents. À partir des années 1970, le ralentissement économique et la dégradation du marché du travail (hausse durable du chômage et précarisation accrue de l'emploi) ont entraîné un accroissement de la mobilité sociale descendante : on a pu évoquer une « panne de l'ascenseur social ». Les difficultés croissantes des jeunes diplômés et la persistance d'un chômage de masse ont aggravé les inégalités entre les générations et alimenté un sentiment de frustration face à des espoirs d'ascension sociale déçus. Selon le sociologue Camille Peugny, est déclassé tout individu qui ne parvient pas à maintenir la position sociale de ses parents.

Définir le premier terme-clé du sujet.

Relier la notion de déclassement à celle de mobilité sociale.

L'analyse sociologique retient donc l'angle de la mobilité intergénérationnelle : devenir employé ou ouvrier lorsque son père est cadre constitue une mobilité sociale descendante et une forme de déclassement social. Tout au long du XXe siècle, le nombre d'enfants scolarisés a été en augmentation. On parle d'un phénomène de massification scolaire pour désigner le fait que l'école n'est plus réservée à une élite. La proportion de bacheliers parmi les jeunes est ainsi passée de 10 % à 79 % entre les années 1960 et aujourd'hui. Le nombre de postes de cadres ou de professions intermédiaires n'ayant pas augmenté dans le même temps de la même façon, une partie des nouveaux diplômés n'a pas pu trouver d'emplois à des niveaux auxquels ils auraient dû pouvoir prétendre. Les sociologues appellent « paradoxe d'Anderson » (car identifié par le sociologue Charles Anderson en 1963) le phénomène selon lequel les enfants qui ont des diplômes plus élevés que leurs parents n'ont pas nécessairement une position sociale plus favorable. Si le diplôme reste le meilleur rempart contre le chômage, la valeur économique des diplômes a, quant à elle, diminué : être bachelier ne suffit plus pour accéder à des emplois de cadres ou à des professions intermédiaires.

Relier la notion de déclassement aux limites de la démocratisation scolaire.

Évoquer en le définissant le second terme du sujet.

SUJET 19

Quelle est l'action de l'école sur les destins individuels et sur l'évolution de la société ?

ÉPREUVE COMPOSÉE (PARTIE 2)

Le taux d'accès à un diplôme ou à un type de formation

Questions

1. Distinguez les processus de massification et de démocratisation scolaires.

2. En quoi le document montre-t-il la persistance d'inégalités dans l'accès à l'enseignement supérieur ?

DOCUMENT • *Le taux d'accès à l'enseignement supérieur selon l'origine sociale*

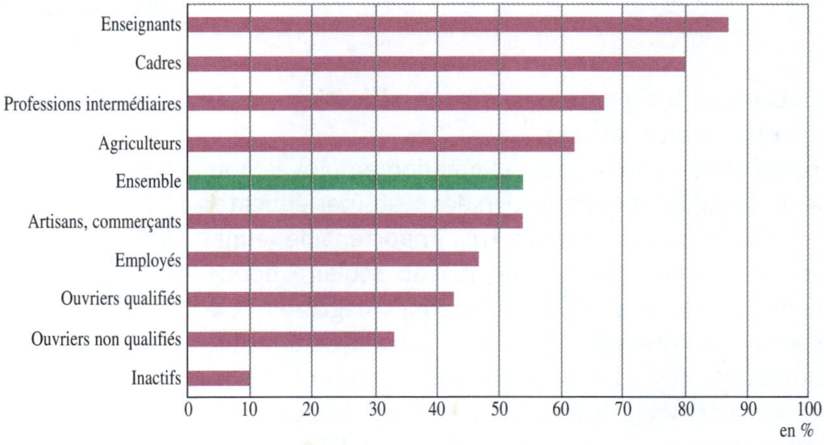

Source : DEPP, *Suivi après le baccalauréat des élèves entrés en sixième en 1995*.

Champ : France métropolitaine, personnes ayant réussi leur baccalauréat.

Lecture : 54 % des jeunes d'une génération accèdent à l'enseignement supérieur à la rentrée suivant leur réussite au baccalauréat, ou pour certains, un an plus tard. Ce taux est de plus de 80 % pour les enfants d'enseignants.

Travail préparatoire

Analyser le sujet

Le document est lié au thème de la démocratisation de l'école et permet d'observer des données statistiques sur les taux d'accès aux formations de l'enseignement supérieur en fonction du milieu social d'origine (la PCS ou certains métiers des parents). Il s'agit en particulier de raisonner par rapport à la donnée relative à l'ensemble de la population, afin de faire le constat précis d'un certain nombre d'inégalités liées à l'origine sociale des individus.

Corrigé

Les textes en bleu apparaissant dans ce corrigé ne doivent pas figurer dans votre devoir. Nous les avons insérés pour vous guider et vous conseiller.

Les conseils du professeur

1. Distinguez les processus de massification et de démocratisation scolaires.

La massification scolaire est l'expression employée pour désigner l'évolution quantitative des systèmes éducatifs dans lesquels un pourcentage très important de jeunes d'une génération accède à un niveau scolaire donné. En France, c'est l'ouverture du premier degré de l'enseignement secondaire à tous les élèves avec le « collège unique » dès les années 1970 qui a amorcé le phénomène. La démocratisation scolaire quant à elle peut se définir comme la réduction de l'effet de l'origine sociale sur la réussite scolaire : dans un système d'enseignement démocratique, l'accès aux niveaux les plus élevés ou aux filières les plus prestigieuses ne devrait dépendre que du talent ou des performances individuelles, en

Définir le phénomène et le situer dans le temps.

Distinguer la massification et la démocratisation.

vertu d'un principe méritocratique. Les sociologues distinguent généralement la démocratisation quantitative, lorsque la scolarité s'allonge et les inégalités se déplacent, et la démocratisation qualitative, lorsque la liaison entre l'origine sociale et la destinée scolaire s'affaiblit.

Distinguer les différentes formes de démocratisation scolaire.

2. En quoi le document montre-t-il la persistance d'inégalités dans l'accès à l'enseignement supérieur ?

Le document montre tout d'abord que le taux d'accès à l'enseignement supérieur est à un niveau relativement élevé : 54 %. Il précise aussi que le taux d'accès à l'enseignement supérieur des enfants de cadres est de 80 %, alors qu'il s'établit à seulement 32 % pour les enfants d'ouvriers non qualifiés, soit un écart de 48 points. On peut noter que les enfants de cadres, de professions intermédiaires et aussi d'agriculteurs, se situent au-dessus de la moyenne. On constate en particulier que le taux d'accès à l'enseignement supérieur des enfants d'enseignants est le plus élevé, à 87 %, tandis que celui des enfants d'employés n'est que de 47 %, et celui des enfants d'inactifs de seulement 10 %. On peut estimer, à travers ce document, que plus le niveau de diplôme des parents s'élève, plus le taux d'accès à l'enseignement supérieur des enfants est élevé. On peut remarquer également que les écarts peuvent être importants au sein d'une même catégorie : ainsi, le taux d'accès à l'enseignement supérieur présente un écart de 10 points entre les enfants des ouvriers qualifiés et les enfants des ouvriers non qualifiés, à la faveur des premiers.

Analyser les données fournies par le document.

Insister sur les écarts les plus importants entre les catégories représentées.

SUJET 20

Quelle est l'action de l'école sur les destins individuels et sur l'évolution de la société ?

ÉPREUVE COMPOSÉE (PARTIE 3)

À l'aide de vos connaissances et du dossier documentaire, vous montrerez quels sont les différents facteurs explicatifs de l'inégalité des chances de réussite scolaire et sociale.

DOCUMENT 1 • *La proportion de bacheliers dans une génération selon la voie en France (en %)*

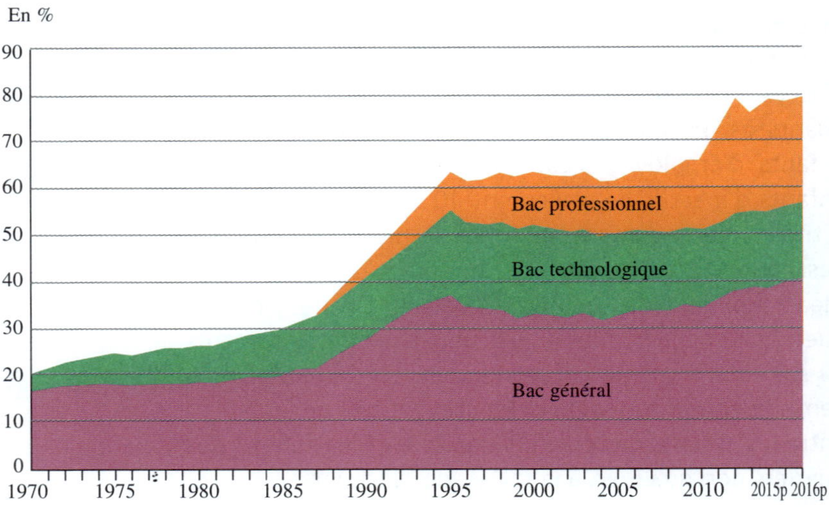

Source : ministère de l'Éducation nationale, *Repères et références statistiques*, 2016.

p : données provisoires.

Lecture : En 2016, la proportion de bacheliers dans une génération est de 78,8 %, avec 40,5 % de bacheliers généraux, 15,7 % de bacheliers technologiques et 22,6 % de bacheliers professionnels.

DOCUMENT 2

On peut poser que la position sociale visée pour son enfant est définie par référence à la position actuelle de la famille, l'ambition ayant un caractère fondamentalement relatif (thèse défendue par Boudon, 1973). Dans ce cas, des familles situées dans des positions inégales vont viser pour leur enfant des positions inégales. Ces visées inégales, les familles disposent de ressources inégales pour les faire aboutir. Elles sont de plus, dans leurs décisions, inégalement sensibles au risque et au coût attachés aux diverses alternatives. Le modèle de l'acteur rationnel formalisé par Boudon (1973), qui réalise un arbitrage entre un « bénéfice » escompté et des coûts (et des risques), s'est imposé depuis [...] pour comprendre les choix scolaires. Dans cette perspective, le principal facteur d'inégalité est donc la différenciation, en fonction de la position sociale, des champs de décision des acteurs.

Parmi les constats qui confortent ce modèle du stratège, il y a celui, régulièrement avéré, de l'existence, aux paliers d'orientation successifs, d'une auto-sélection socialement différenciée ; celle-ci résulterait de la valeur, inégale selon les milieux sociaux, de paramètres tels que le rendement des études (le niveau éducatif « suffisamment rentable » étant inégal selon les points de départ), le degré objectif de risque (inégal, dès lors que des inégalités sociales de réussite subsistent) ou encore la sensibilité plus ou moins grande aux coûts encourus dans les études envisagées.

Mais si, au vu des approches statistiques externes, « tout se passe comme si » les individus faisaient des choix rationnels, cela n'exclut pas qu'interviennent, dans les prises de décision concrètes, des différences dans le niveau d'information, les préférences, les visions du monde...

Source : Marie Duru-Bellat, « Les causes sociales des inégalités à l'école », *Comprendre*, octobre 2003.

DOCUMENT 3 • *La table de destinée : catégorie socioprofessionnelle du fils en fonction de la catégorie socioprofessionnelle du père (en %) en 2014-2015*

Catégorie socioprofessionnelle du père	Catégorie socioprofessionnelle du fils						
	Agriculteur	Artisan, commerçant, chef d'entreprise	Cadre et profession intellectuelle supérieure	Profession intermédiaire	Employé	Ouvrier	Ensemble
Agriculteur	25	8	8,8	18,6	7,1	32,5	100
Artisan, commerçant, chef d'entreprise	0,8	20,3	22,2	22,9	9,5	24,3	100
Cadre et profession intellectuelle supérieure	0,2	8	47	25,7	9,1	10	100
Profession intermédiaire	0,7	7,9	25,5	31,5	11,3	23,1	100
Employé	0,5	6,8	16,3	26,1	16,6	33,6	100
Ouvrier	0,5	7,4	9,4	22,9	12,3	47,6	100
Ensemble	2,6	9,2	19,3	24,5	11,3	33	100

Source : Insee, juillet 2017.

Champ : France métropolitaine, hommes âgés de 30 à 59 ans qui travaillent ou ont déjà travaillé à la date de l'enquête.

Travail préparatoire

Analyser le sujet

Le sujet invite le candidat à montrer que l'inégalité des chances de réussite scolaire, professionnelle et sociale s'explique par de nombreux facteurs complémentaires. Il conviendra également de rappeler que cette inégalité des chances a baissé, dans le long terme, avec la massification scolaire et l'accès obligatoire à l'école pour tous. Cependant, il ne faudra pas oublier de mentionner que des inégalités de chance persistent selon l'origine sociale et d'en présenter les principales explications. La massification scolaire ne se traduit pas automatiquement par une démocratisation scolaire. Enfin, le candidat ne devra pas omettre d'établir le lien logique qui existe entre la problématique de l'inégalité des chances et celle de la mobilité sociale.

Analyser les documents

Document 1

Le document 1 présente l'évolution de la proportion de bacheliers dans une génération selon la voie (série générale, série technologique ou cursus professionnel) en France (en pourcentage) entre 1970 et 2016. On peut observer que la proportion de bacheliers dans une génération a nettement augmenté, passant d'environ 20 % en 1970 à environ 80 % en 2016, soit une hausse de 60 points. Dans le détail, on peut noter que la proportion de bacheliers est passée de 16 % à environ 40 % pour l'enseignement général, de 4 % à environ 15 % pour l'enseignement technologique, de 0 % en 1985 (création du bac pro en décembre 1985) à environ 23 % pour l'enseignement professionnel en 2016. Le processus de massification scolaire est clairement validé par les évolutions statistiques. On peut distinguer trois grandes périodes :

– une hausse lente des proportions de bacheliers entre 1970 et 1985 ;
– une accélération très nette entre 1985 et 1995 ;
– une stabilisation entre 1995 et 2010.

Enfin, on peut noter une forte hausse de la part des bacheliers professionnels depuis 2010.
Le processus de massification scolaire est donc un processus non linéaire. Les changements de tendance dans ces évolutions s'expliquent par les différentes réformes de l'école qui ont été menées afin d'adapter l'offre scolaire à la demande de l'économie.

Document 2

Le document 2 est un extrait d'un texte rédigé par une sociologue spécialisée sur les questions relatives à l'école. Marie Duru-Bellat décrypte la théorie des choix rationnels de Raymond Boudon selon laquelle la persistance de l'inégalité des chances de réussite scolaire est due aux décisions des familles. En effet, lors des différents seuils d'orientation, les enfants effectuent des choix de poursuite d'études socialement différenciés en fonction d'un calcul coût/bénéfice de ces études, et de la valorisation plus ou moins grande des études en fonction de leur rendement escompté. Ainsi, selon l'analyse de Raymond Boudon, « des familles situées dans des positions inégales vont viser pour leurs enfants des positions inégales ». L'explication de ce phénomène de désillusion face à l'école et à sa promesse d'égalité des chances tient à la dévalorisation relative des diplômes et au paradoxe d'Anderson : la demande scolaire a fortement augmenté tandis que le nombre de postes de cadres sur le marché du travail est, lui, resté stable. La compétition scolaire s'est par ailleurs intensifiée et les stratégies des familles se sont développées pour favoriser la réussite des enfants.

Document 3

Le document 3 est une table de destinée, un tableau à double entrée qui croise la catégorie socioprofessionnelle du fils en fonction de la catégorie socioprofessionnelle du père (en pourcentage) en 2014-2015. En France, la mobilité sociale est étudiée à partir des enquêtes FQP (formation, qualification professionnelle) de l'Insee, effectuées tous les 7 à 8 ans. L'étude porte sur un échantillon représentatif d'hommes actifs dont l'âge est compris entre 30 et 59 ans. Ceux-ci déclarent la position qu'occupaient leurs pères au moment de la fin de leurs propres études : on détermine ainsi leur origine sociale. La position des personnes interrogées au moment de l'enquête constitue leur position sociale (ou destinée sociale). Pour mesurer la mobilité sociale, on utilise des tables de mobilité : les tables d'origine ou de recrutement et les tables de destinée. Les tables mesurant les flux de mobilité intergénérationnelle sont des tableaux croisés à double entrée où sont représentés en colonne le groupe socioprofessionnel du fils et en ligne celui du père. Seuls les actifs occupés, c'est-à-dire les hommes âgés de 30 à 59 ans qui travaillent ou ont déjà travaillé à la date de l'enquête (ou plus récemment les femmes actives) classés par PCS (professions et catégories socioprofessionnelles), sont pris en compte. Les chômeurs, les retraités ou les préretraités (inactifs) sont classés dans leur dernière position d'activité.

La table de destinée du document 3 permet d'indiquer ce que deviennent, ou sont devenus, les individus (fils de leur père) d'une PCS donnée. Une table de destinée permet de savoir ce que deviennent ou sont devenus les fils des pères d'une catégorie donnée. Elle permet donc d'apporter une réponse à la question des chances des individus, issus d'un milieu social donné, d'accéder aux différentes positions sociales. Dans une table de destinée, la diagonale mesure l'importance de l'hérédité sociale et l'immobilité sociale intergénérationnelle. Autrement dit, elle indique le pourcentage de fils qui appartiennent à la même PCS que leur père. Ainsi, on peut observer qu'en France en 2015 :
– 25 % des fils d'agriculteurs sont devenus ou restés agriculteurs ;
– 20,3 % des fils d'artisans, de commerçants et de chefs d'entreprise sont devenus ou restés artisans, commerçants et chefs d'entreprise ;
– 47 % des fils de cadres sont devenus ou restés cadres ;
– 31,5 % des fils des professions intermédiaires sont devenus ou restés des professions intermédiaires ;
– 16,6 % des fils d'employés sont devenus ou restés employés ;
– 47,6 % des fils d'ouvriers sont devenus ou restés ouvriers.

On peut donc constater que l'hérédité sociale est très élevée pour les fils de cadres (47 %) et d'ouvriers (47,6 %). Environ un fils de cadre sur deux reste cadre et un fils d'ouvrier sur deux reste ouvrier. Ce sont des PCS plutôt fermées du point de vue de la destinée. L'égalité

des chances et la fluidité sociale y sont probablement faibles. Par exemple, seulement 10 % (1 sur 10) des fils de cadres deviennent ouvriers. Les « chances » de déclassement social sont faibles. De même, seulement 9,4 % (quasiment 1 sur 10) des fils de d'ouvriers deviennent cadres. Les chances de promotion sociale sont faibles.
En revanche, les autres PCS sont beaucoup plus ouvertes. L'hérédité sociale est bien plus faible dans les autres PCS. Ainsi, environ un fils d'employé sur six (16,6 %) reste employé, un fils d'artisan, de commerçant ou de chef d'entreprise sur 5 (20,3 %) reste dans la même PCS, un fils d'agriculteur sur 4 (25 %) reste agriculteur et un fils de profession intermédiaire sur 3 (31,5 %) reste dans une profession intermédiaire. Dans ces PCS, l'égalité des chances et la fluidité sociale y sont probablement plus fortes. Par exemple, 33,6 % (1 sur 3) des fils d'employés deviennent ouvriers, illustrant une mobilité plutôt horizontale. De plus, 26,1 % (1 sur 4) des fils d'employés deviennent des professions intermédiaires et 16,3 % (1 sur 6) deviennent cadres. Les chances de promotion sociale sont assez significatives.

Problématiser le sujet

Le sujet invite le candidat à s'interroger sur les déterminants qui expliquent la persistance des inégalités de réussite à l'école entre les groupes sociaux. Il s'agira de montrer que l'école a connu une phase de démocratisation avec un meilleur accès de tous les groupes sociaux aux études secondaires et supérieures, mais avec un poids toujours important du milieu social d'origine, dans l'accès aux filières les plus prestigieuses notamment.

Proposition de plan

I. La démocratisation scolaire permet d'améliorer l'égalité des chances de réussite scolaire

A. La démocratisation quantitative permet d'améliorer l'égalité des chances de réussite scolaire

B. La démocratisation qualitative permet d'améliorer l'égalité des chances de réussite scolaire

II. L'égalité des chances de réussite scolaire est limitée par l'hérédité sociale qui renforce les inégalités de chance de réussite professionnelle et sociale

A. Le « paradoxe d'Anderson » illustre le décalage entre massification et démocratisation scolaire

B. Le poids de l'origine sociale dans la réussite scolaire…

C. … réduit l'ampleur de la fluidité sociale

Corrigé

Les textes en bleu apparaissant dans ce corrigé ne doivent pas figurer dans votre devoir. Nous les avons insérés pour vous guider et vous conseiller.

Les conseils du professeur

Introduction

Les effets combinés de la pandémie de Covid-19 et du confinement qui en a découlé en France, entre le 17 mars et le 11 mai 2020, ont renvoyé chez eux professeurs et élèves. Cet arrêt des enseignements dans des conditions normales, dans les établissements, s'est accompagné de la mise en place d'une continuité pédagogique s'appuyant sur la mobilisation d'outils numériques divers. Logiquement, ce qu'il est convenu d'appeler la fracture numérique (les inégalités d'accès à un ordinateur, à Internet, aux différents supports proposés par les professeurs…) s'est manifestée avec force tant les inégalités sont grandes entre les élèves provenant de milieux sociaux si hétérogènes.

Rédiger une accroche à dominante historique pour ancrer le sujet.

L'école, entendue comme l'ensemble des systèmes de formation initiale, de la maternelle à l'enseignement supérieur, occupe une place centrale et joue un rôle majeur dans le fonctionnement de nos sociétés et de nos économies.

Définir les termes principaux du sujet.

Cette inégalité des chances de réussite scolaire, constatée et admise, entraîne des inégalités de chance de réussite professionnelle et sociale. Il est donc légitime de se demander quels sont les différents facteurs explicatifs de l'inégalité des chances de réussite scolaire.

Reformuler l'intitulé du sujet pour le rendre plus clair.

Dans une première partie, nous montrerons que les processus de massification et de démocratisation scolaires ont permis d'améliorer sensiblement l'égalité des chances de réussite scolaire. Puis, dans une seconde partie, nous verrons que cette égalisation des chances de réussite scolaire est limitée par l'hérédité sociale et qu'elle entraîne des inégalités de réussite professionnelle et sociale.

Annoncer la structure de l'argumentation et le plan.

I. La démocratisation scolaire permet d'améliorer l'égalité des chances de réussite scolaire

L'école est un déterminant puissant de l'égalité des chances de réussite professionnelle et sociale, donc de la mobilité sociale, dans une société fondée sur le principe du mérite.

Court paragraphe introductif.

A. La démocratisation quantitative permet d'améliorer l'égalité des chances de réussite scolaire

Au XIXe siècle, à l'époque des lois Ferry, l'école cherche à donner une instruction minimale aux classes populaires. Seule une minorité d'élèves accèdent au bac. Jusqu'à la fin des années 1960, à peine un cinquième des élèves environ obtient le bac. Dans les décennies 1970 et 1980, on assiste à une augmentation forte et continue des effectifs scolarisés, notamment au lycée. Le nombre de bacheliers augmente rapidement et la population étudiante progresse fortement : on parle de « massification scolaire » ou de « démocratisation quantitative », dans la mesure où l'école n'est plus réservée à une élite.

Placer l'analyse du sujet dans une perspective historique.

Définition du concept-clé de massification ou de démocratisation quantitative.

On peut observer, dans le document 1, l'évolution de la proportion (en pourcentage) de bacheliers dans une génération selon la voie suivie, en France, entre 1970 et 2016. La proportion de bacheliers dans une génération a nettement augmenté, passant d'environ 20 % en 1970 à

Exploitation du document en donnant du sens aux données statistiques.

environ 80 % en 2016 (soit une hausse de 60 points). Le processus de massification scolaire est clairement validé par les évolutions statistiques. Enfin, on peut noter une forte hausse de la part des bacheliers professionnels depuis 2010.

Ce processus de massification scolaire, ou de démocratisation quantitative, s'est accompagné d'un processus de démocratisation au sens qualitatif, c'est-à-dire de réduction des inégalités de chance de réussite scolaire.

Court paragraphe de transition.

B. La démocratisation qualitative permet d'améliorer l'égalité des chances de réussite scolaire

Au cours du XXe siècle, le nombre d'enfants scolarisés a été en augmentation. La proportion de bacheliers parmi les jeunes a fortement progressé mais le nombre de postes de cadres ou de professions intermédiaires n'ayant pas augmenté dans le même temps de la même façon, une partie des nouveaux diplômés n'a pas pu trouver d'emplois à des niveaux auxquels ils auraient pu prétendre. Ainsi, pendant la période de l'après-guerre, marquée par un certain dynamisme de la mobilité sociale dans un contexte d'intenses changements dans la structure des emplois, c'est en grande partie l'école qui a permis de sélectionner, parmi les enfants d'ouvriers ou d'employés, ceux qui étaient les plus aptes à exercer ces nouveaux emplois qualifiés et qui a donc permis une ascension sociale.

Poursuivre l'analyse du sujet dans une perspective historique.

Dans les sociétés contemporaines, le diplôme est souvent le sésame pour intégrer le marché du travail et connaître une promotion dans le monde de l'entreprise. La possibilité de faire des études et de décrocher un diplôme de niveau de plus en plus élevé facilite l'obtention d'un emploi plus qualifié et plus stable, et permet l'accession à un statut social plus élevé. En revanche, être dépourvu de diplôme réduit les chances de trouver un emploi qualifié et interdit de fait toutes les chances d'atteindre une position sociale plus favorable.

Évoquer la contribution de l'école et du diplôme dans la réduction de l'inégalité des chances de réussite.

Pour autant, ce processus de démocratisation scolaire s'accompagne paradoxalement d'un maintien des inégalités de chance de réussite scolaire.

Courte phrase pour annoncer la partie II.

II. L'égalité des chances de réussite scolaire est limitée par l'hérédité sociale qui renforce les inégalités de chance de réussite professionnelle et sociale

Si les inégalités d'accès à l'école se sont réduites, les inégalités d'accès aux diplômes se sont déplacées mais elles n'ont pas disparu.

Courte phrase introductive.

A. Le « paradoxe d'Anderson » illustre le décalage entre massification et démocratisation scolaire

Le « paradoxe d'Anderson » est une situation identifiée par le sociologue Charles Anderson en 1961. Il désigne le phénomène selon lequel les enfants qui ont des diplômes plus élevés que leurs parents n'ont pas nécessairement une position sociale plus favorable. Le niveau général d'instruction s'élève mais les inégalités ne se réduisent pas pour autant. Cela signifie que les inégalités d'accès aux diplômes se sont en fait déplacées mais n'ont pas disparu. La possibilité de faire des études ne garantit pas automatiquement l'obtention d'un statut social gratifiant et d'un emploi stable, mais être dépourvu de diplôme interdit de fait toute mobilité sociale. La baisse de la valeur relative des diplômes sur le marché du travail a entraîné une certaine désillusion face aux capacités du système scolaire à permettre une mobilité sociale ascendante. Au fur et à mesure que les études s'allongent, les enfants de cadres supérieurs sont surreprésentés alors que les enfants d'ouvriers sont sous-représentés.

Présentation du « paradoxe d'Anderson » et des effets limités de l'école en matière d'égalité des chances.

B. Le poids de l'origine sociale dans la réussite scolaire...

Selon le sociologue Pierre Bourdieu, la famille est le lieu privilégié de la transmission d'un héritage à la fois économique, social et culturel. L'habitus, l'ensemble des manières de faire et de penser qui permet aux individus de se comporter « naturellement » dans l'espace social (et qui leur donne le « sens pratique »), transmis depuis la naissance, pèse lourd dans la réussite scolaire. L'habitus est générateur de pratiques, notamment culturelles. Si

Présentation de la thèse de Bourdieu : le rôle de l'habitus et du capital culturel pour expliquer les inégalités de chance de réussite scolaire.

cette domination symbolique est cachée, elle n'en a pas moins des effets puissants. L'école transmet et légitime ainsi le capital culturel des familles favorisées et les chances de réussite scolaire, qui légitiment la hiérarchie sociale, sont très inégalement réparties entre les classes sociales. La famille, par le biais de l'école, conduit de ce fait à reproduire les inégalités sociales. Les réseaux sociaux familiaux peuvent également jouer un rôle important en termes de capital social et d'insertion professionnelle, afin de garantir la rentabilité des diplômes.

Dans le document 2, Marie Duru-Bellat décrypte la théorie des choix rationnels de Raymond Boudon selon laquelle la persistance de l'inégalité des chances de réussite scolaire est due aux décisions des familles. En effet, lors des différents seuils d'orientation, les enfants effectuent des choix de poursuite d'études socialement différenciés en fonction d'un calcul coût/bénéfice de ces études, et de la valorisation plus ou moins grande des études en fonction de leur rendement escompté. L'explication de ce phénomène de désillusion face à l'école et à sa promesse d'égalité des chances tient à la dévalorisation relative des diplômes : la demande scolaire a fortement augmenté tandis que le nombre de postes de cadres sur le marché du travail est, lui, resté stable. La compétition scolaire s'est par ailleurs intensifiée et les stratégies des familles se sont développées pour favoriser la réussite des enfants.

Présentation de la thèse de Boudon : le rôle des stratégies familiales et du calcul coût/bénéfice des études pour expliquer les inégalités de chance de réussite scolaire.

Ces inégalités de chance de réussite scolaire vont se traduire par des inégalités de chance de réussite professionnelle et sociale, qui s'observeront notamment dans les tables de mobilité, plus précisément de destinée sociale.

Courte phrase de transition.

C. ... réduit l'ampleur de la fluidité sociale

La table de destinée du document 3 indique ce que deviennent, ou sont devenus, les individus (fils de leur père) d'une profession et catégorie socioprofessionnelle (PCS) donnée. Cette table de mobilité permet de mesurer les chances des individus, issus d'un milieu social donné, d'accéder aux différentes positions sociales. On peut

Exploitation du document en donnant du sens aux données.

observer qu'en France, l'hérédité sociale est très élevée pour les fils de cadres (47 %) et d'ouvriers (47,6 %). Environ un fils de cadre sur deux reste cadre et un fils d'ouvrier sur deux reste ouvrier. Ce sont des PCS fermées du point de vue de la destinée. L'égalité des chances et la fluidité sociale y sont faibles. Seulement 10 % (1 sur 10) des fils de cadres deviennent ouvriers. Les « chances » de déclassement social sont faibles. De même, seulement 9,4 % (quasiment 1 sur 10) des fils d'ouvriers deviennent cadres. Les chances de promotion sociale sont faibles.
En revanche, les autres PCS sont plus ouvertes, et l'hérédité sociale y est plus faible. Ainsi, environ un fils d'employé sur six (16,6 %) reste employé, un fils d'artisan, de commerçant ou de chef d'entreprise sur 5 (20,3 %) reste dans la même PCS, un fils d'agriculteur sur 4 (25 %) reste agriculteur et un fils de profession intermédiaire sur 3 (31, 5%) reste dans une profession intermédiaire.
Mais, en définitive, la fluidité sociale apparaît bien faible au regard des processus de démocratisation scolaire.

Conclusion

Nous avons pu constater que l'école occupe une position centrale dans de nos sociétés. Les impacts de la pandémie de Covid-19 et du confinement nous l'ont rappelé avec force. L'école est un facteur-clé du processus de détermination des positions professionnelles et sociales. Si les processus conjugués de massification et de démocratisation scolaires ont permis de réduire les inégalités de chance de réussite scolaire, celles-ci persistent et peuvent même se renforcer lors de graves crise économiques et sociales. Le poids de la famille et de l'hérédité sociale, déjà très lourd, s'est accru.

Courte synthèse des principaux développements du devoir.

Dans ces conditions, il semble impératif de repenser la place de l'école dans l'organisation de notre économie et de notre société, et de revoir en profondeur son fonctionnement pour réduire davantage les inégalités de chance de réussite scolaire, professionnelle et sociale.

Ouvrir sur des perspectives plus larges.

SUJET 21

BAC 2021
France métropolitaine
Candidats libres, sujet 2

Quels sont les caractéristiques contemporaines et les facteurs de la mobilité sociale ?

DISSERTATION

Quels sont les facteurs explicatifs de la mobilité sociale ?

DOCUMENT 1 • *Évolution de la structure des emplois entre 1977 et 2015*

En %	1977		1993		2015	
	Pères	Fils	Pères	Fils	Pères	Fils
Agriculteurs exploitants	25,4	10,3	15,8	4,7	8,3	2,8
Artisans, commerçants et chefs d'entreprise	16,0	11,5	13,1	10,5	13,0	9,1
Cadres et professions intellectuelles supérieures	5,0	10,6	8,2	18,0	13,9	20,4
Professions intermédiaires	7,5	20,2	11,4	23,6	15,9	25,3
Employés et ouvriers qualifiés	26,0	33,0	34,1	34,3	35,6	32,4
Employés et ouvriers non qualifiés	20,0	14,3	17,4	8,9	13,1	10,1
Ensemble	100,0	100,0	100,0	100,0	100,0	100,0

Source : INSEE, *enquêtes Formation et qualification professionnelle 1977, 1993, 2015.*

Lecture : En 2015, 2,8 % des hommes et 8,3 % de leurs pères sont agriculteurs exploitants ; en 1977, ils étaient respectivement 10,3 % et 25,4 % à exercer cette profession.
Champ : France métropolitaine, femmes et hommes français actifs occupés ou anciens actifs occupés, âgés de 35 à 59 ans au 31 décembre de l'année d'enquête.

DOCUMENT 2 • *Évolution du nombre de personnes en emploi par niveau de diplôme entre 1982-1984 et 2012-2014 (en millions)*

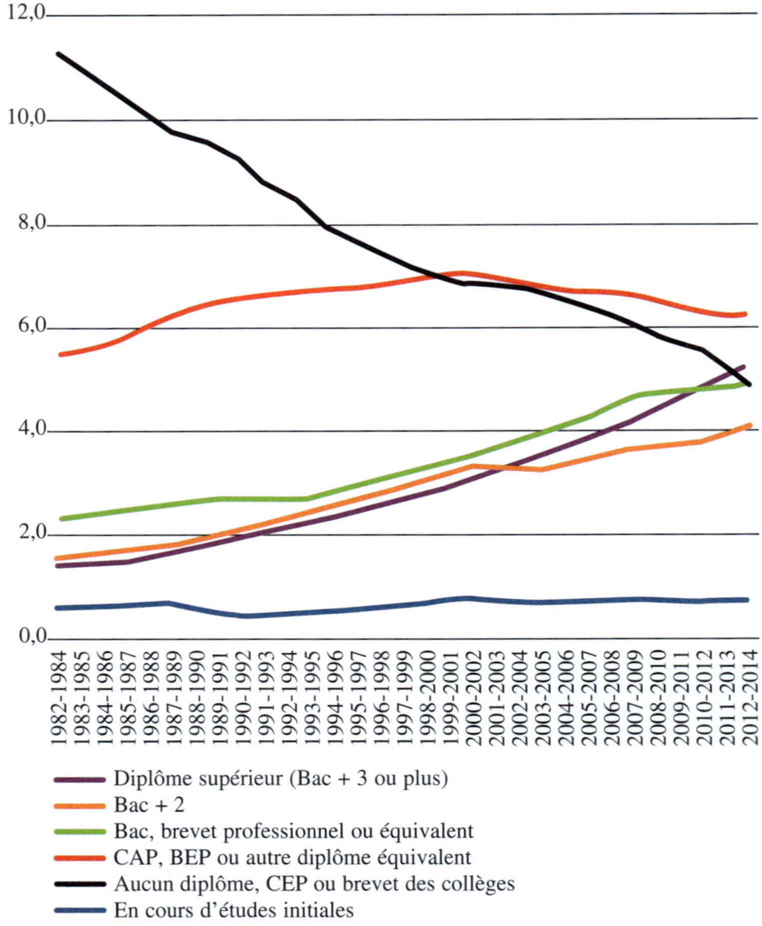

Source : D'après enquêtes Emploi, *DARES analyses*, INSEE, janvier 2017.

Champ : Actifs occupés de France métropolitaine.

DOCUMENT 3 • *Destinées par groupes sociaux d'origine selon le nombre de frères et sœurs (en %)*

Destinée		Agriculteur	Artisan, commerçant, chef d'entreprise	Cadre, profession intellectuelle supérieure	Profession intermédiaire	Employé	Ouvrier
Groupe social du père	Nombre de frères et sœurs						
Cadre, profession intellectuelle supérieure	2 ou moins	0,2	5,7	56,4	25,8	6,5	5,5
	3 ou plus	0,8	8,0	49,5	22,0	7,9	11,5
Employé	2 ou moins	0,4	5,5	25,3	27,4	19,5	21,9
	3 ou plus	0,3	5,7	17,8	32,1	12,6	31,5
Ouvrier	2 ou moins	0,9	6,2	15,2	26,4	14,1	37,2
	3 ou plus	0,5	6,6	7,4	21,2	12,6	51,7
Ensemble[1]	2 ou moins	5,2	8,4	25,1	26,0	11,4	24,0
	3 ou plus	3,8	8,1	14,2	3,3	11,2	39,4

Source : D'après l'INSEE, *Portrait social*, 2007.

1. La ligne « Ensemble » regroupe l'ensemble des catégories socioprofessionnelles.

Champ : France métropolitaine, Français de naissance âgés de 40 à 59 ans en 2003, ayant déjà travaillé.

Lecture : 17,8 % des fils d'employés, qui ont trois frères ou sœurs ou plus, sont devenus cadres et professions intellectuelles supérieures. Cette proportion est de 25,3 % pour les fils d'employés qui ont deux frères ou sœurs ou moins.

DOCUMENT 4

Mathilde a 5 ans et sept mois au moment de l'enquête. [...] Les parents de Mathilde, Isabelle (36 ans) et Renaud (38 ans), sont tous deux fonctionnaires d'État catégorie A. Ils travaillent comme inspecteurs de la concurrence, de la consommation et de la répression des fraudes (DGCCRF) dans deux départements différents, mais géographiquement proches. Leur activité professionnelle suppose une connaissance du droit, notamment la rédaction de procès-verbaux et de lettres aux juges.

[...] Du côté de la branche maternelle, l'histoire montre une ascension sociale continue. Si Isabelle ne sait rien des professions de ses grands-parents paternels, ses grands-parents maternels en revanche étaient contremaître et ouvrière dans une usine de fabrication de chaussures. Sortant de leur milieu par la voie scolaire, ses parents étaient tous deux enseignants. Sa mère a une licence d'espagnol et a été institutrice dans le privé ; son père a un diplôme d'instituteur dans le privé, mais exerçait de fait comme enseignant vacataire dans un collège privé.

[...] Mathilde a toujours été baignée dans une culture livresque et a très tôt été attirée par les livres : « Elle a été bercée à ça, comme j'en ai toujours lu à son frère... » [...] Les enfants n'ont par ailleurs pas accès à Internet, et les parents veillent de façon générale à limiter les temps passés devant les écrans. [...] Elle emmène aussi les enfants dans des musées en privilégiant une approche didactique. Pour ce faire, refusant de les inscrire sur les temps d'activités périscolaires du vendredi après-midi, elle « pédagogise » les sorties : « Alors, on est pas mal allés au musée d'Arts parce que c'est long, du coup comme ils saturent quand même relativement vite au-delà d'une heure, voilà donc on y est allés trois-quatre fois et on n'a pas encore fini, il nous reste la peinture à partir des impressionnistes. Ils aiment bien, mais voilà, faut pas y passer trop longtemps. Ils avaient demandé à voir une exposition sur le cinéma, donc on y est allés, ils avaient demandé un musée avec des automates donc on y est allés, on les a emmenés dans différents musées historiques, scientifiques et techniques. »

Source : D'après Bernard LAHIRE, *Enfances de classe*, Le Seuil, 2019.

Travail préparatoire

Analyser le sujet

Le sujet invite à présenter la pluralité des facteurs qui déterminent la mobilité sociale dans une société démocratique. En plus de connaître les diverses formes de la mobilité sociale, il nécessite de préciser le rôle joué par les transformations du système productif et les mutations de l'emploi qui engendrent une mobilité structurelle qui contraint les individus. Mais il suppose aussi de comprendre le rôle joué par l'école et le milieu familial en ce qui concerne la probabilité de changer de position sociale.

Analyser les documents

Document 1

Le document décrit les trajectoires sociales des individus sur longue période par rapport à la position sociale de leurs pères, exprimée en termes de professions et catégories socioprofessionnelles. Il permet de mesurer à la fois l'évolution de la structure des emplois (baisse des effectifs de certaines PCS, hausse de certains autres) de 1977 à 2015, mais aussi d'observer le destin social des fils par rapport à leur père par catégorie sociale. On constate ainsi qu'en 2015, 2,8 % des hommes et 8,3 % de leurs pères sont agriculteurs exploitants. En 1977, ils étaient respectivement 10,3 % et 25,4 % à exercer cette profession. Par contre, toujours en 2015, 20,4 % des hommes et 13,9 % de leurs pères sont cadres et professions intellectuelles supérieures. En 1977, ils étaient respectivement 10,6 % et 5,0 % à s'inscrire dans cette catégorie sociale.

Document 2

Ce document informe le candidat sur l'insertion en emploi des personnes selon le niveau de diplôme sur longue période, soit de 1982 à 2014. On constate ainsi de fortes inégalités, qui se creusent d'ailleurs au fil du temps : le nombre de personnes en emploi sans diplôme chute continuellement, et il était ainsi de 11,5 millions environ en 1982, pour diminuer à environ 5 millions en 2014. Par contre, on constate qu'il y avait 1,8 millions de personnes d'un diplôme supérieur à Bac + 3 ou plus en 1982, mais que ce nombre a augmenté régulièrement pour passer à 5 millions de personnes en emploi en fin de période.

Document 3

Ce document nous donne des éléments d'information sur la mobilité sociale en fonction de la taille des fratries : la mobilité sociale y est exprimée en fonction du nombre de frères et sœurs, et donc de la configuration familiale. On constate ainsi que 17,8 % des fils d'employés, qui ont trois frères ou sœurs ou plus, sont devenus cadres et professions intellectuelles supérieures. Cette proportion est de 25,3 % pour les fils d'employés qui ont deux frères ou sœurs ou moins.

Document 4

Ce document, tiré d'un ouvrage du sociologue Bernard Lahire, permet de montrer en quoi les configurations familiales et le rôle des parents dans la socialisation familiale, influencent la réussite scolaire et par là, la mobilité sociale des individus. On y perçoit notamment l'importance de certaines pratiques comme les habitudes de lecture et la fréquentation de certains lieux culturels, dès l'enfance, pour favoriser l'acquisition de la culture scolaire. Ce texte pourra opportunément être rattaché aux analyses du sociologue Pierre Bourdieu sur la reproduction sociale.

Problématiser le sujet

Le sujet invite le candidat à évoquer les différentes causes explicatives de l'évolution de la mobilité sociale, avec à la fois les effets structurels des mutations de l'emploi et l'impact des choix individuels et des parcours scolaires des personnes.

Proposition de plan

I. L'impact des transformations du système productif sur la mobilité sociale

- **A.** Les mutations de la structure de l'emploi
- **B.** Les effets du ralentissement de la croissance économique

II. L'école et la famille influencent également la mobilité sociale

- **A.** La compétition scolaire : reproduction sociale et choix rationnels
- **B.** L'impact des configurations familiales sur les destinées sociales

Corrigé

Les textes en bleu apparaissant dans ce corrigé ne doivent pas figurer dans votre devoir. Nous les avons insérés pour vous guider et vous conseiller.

Les conseils du professeur

Introduction

Dans le débat public, le thème de la « panne de l'ascenseur social » revient régulièrement pour questionner la capacité de la société française à atteindre l'objectif de l'égalité des chances.

Formuler une phrase d'accroche.

La mobilité sociale est la circulation des individus entre différentes positions de la hiérarchie sociale. Elle dépend d'une pluralité de facteurs explicatifs. Il ne s'agit pas d'un phénomène lié seulement à la trajectoire des individus car la mobilité sociale dépend aussi des transformations structurelles du système économique, parmi lesquelles les changements historiques de l'emploi et de la structure socioprofessionnelle. De plus, dans nos sociétés contemporaines, le statut social n'est plus transmis mais acquis, et l'institution scolaire, en délivrant des diplômes, a un rôle central dans cette acquisition des positions sociales.

Définir les mots-clés du sujet.

Quelle est la multiplicité des déterminants de la mobilité sociale ?

Énoncer la problématique.

Il s'agira de montrer que la mobilité sociale évolue sous l'impact des transformations structurelles de l'emploi, mais aussi de l'interaction entre la famille et l'école, dans une société démocratique où les statuts sociaux sont construits plutôt qu'acquis dès la naissance.

Annoncer le plan.

I. L'impact des transformations du système productif sur la mobilité sociale

A. Les mutations de la structure de l'emploi

Depuis l'après-guerre, les structures socioprofessionnelles et les emplois ont profondément évolué : une partie de la mobilité sociale s'explique donc par les

Évoquer le concept de mobilité forcée.

modifications de la structure des emplois entre deux générations. On notera durant cette période des Trente Glorieuses (1945-1973) le développement des effectifs de certaines professions et catégories socioprofessionnelles (PCS) comme les cadres et professions intellectuelles supérieures et les professions intermédiaires, parallèlement au déclin des agriculteurs, des artisans, commerçants et chefs d'entreprise, et des ouvriers. L'expansion des classes moyennes salariées et des catégories populaires engendre mécaniquement de la mobilité sociale ascendante. Il s'agit donc ici d'une mobilité largement imposée par l'évolution des structures économiques et sociales.

On parle d'ailleurs dans ce cas de mobilité structurelle lorsque le changement de position sociale est dû aux changements des structures économiques et sociales, et elle représente une part importante de la mobilité. Lorsque certains secteurs détruisent massivement des emplois, de nouveaux secteurs se développent, et ce sont eux qui favorisent la mobilité sociale ascendante. Cette mobilité est donc forcée, poussée par les transformations des structures économiques, même si l'on remarque la persistance d'une certaine immobilité sociale.

Le document 1 exprime les trajectoires sociales des individus sur longue période par rapport à la position sociale de leurs pères, exprimée en termes de professions et catégories socioprofessionnelles. Il permet ainsi de mesurer à la fois la profonde évolution de la structure des emplois (baisse des effectifs de certaines PCS, hausse de certains autres) de 1977 à 2015, mais aussi d'observer le destin social des fils par rapport à leur père par catégorie sociale. Ainsi en 2015, 10,1 % des hommes et 13,1 % des pères étaient employés ou ouvriers non qualifiés ; en 1977 ils étaient respectivement 14,3 % et 20 %.

S'appuyer sur les documents pour illustrer.

B. Les effets du ralentissement de la croissance économique

À partir des années 1970, le ralentissement économique et la dégradation du marché du travail ont entraîné un accroissement de la mobilité sociale descendante : on a pu évoquer alors une « panne de l'ascenseur social ». Les difficultés croissantes des jeunes diplômés et la persistance d'un chômage de masse ont aggravé les inégalités entre les générations et alimenté un sentiment de frustration face à des espoirs d'ascension sociale déçus. Si l'augmentation de la mobilité intergénérationnelle descendante est au final assez limitée, elle alimente les angoisses collectives des familles. Ainsi, les mutations de la structure de l'emploi influencent la mobilité sociale des individus. Mais les transformations du système productif ne sont pas les seuls facteurs qui l'expliquent. Dans une société démocratique où les statuts ne sont pas héréditaires, il faut aussi tenir compte des interactions de la famille (qui transmet des capitaux) et de l'institution scolaire (qui délivre des titres).

Situer l'enjeu du sujet dans une perspective historique contemporaine.

Le document 2 décrit l'insertion dans l'emploi des personnes selon le niveau de diplôme sur longue période, soit de 1982 à 2014. On constate ainsi de fortes inégalités, qui se creusent d'ailleurs au fil du temps, dans un contexte de dégradation de la situation sur le marché du travail : le nombre de personnes en emploi sans diplôme chute continuellement, et il était ainsi de 11,5 millions environ en 1982, pour diminuer à environ 5 millions en 2014.

S'appuyer sur les documents pour illustrer.

Ainsi, les mutations de la structure de l'emploi influencent la mobilité sociale des individus. Mais les transformations du système productif ne sont pas les seuls facteurs qui l'expliquent. Dans une société démocratique, où les statuts ne sont pas héréditaires, il faut aussi tenir compte des interactions de la famille (qui transmet des capitaux) et de l'institution scolaire (qui délivre des diplômes).

Rédiger une transition entre les deux grandes parties.

II. L'école et la famille influencent également la mobilité sociale

A. La compétition scolaire : reproduction sociale et choix rationnels

L'analyse sociologique montre que la mobilité sociale résulte de l'interaction de deux instances de socialisation primaire : l'école et la famille. Selon le sociologue Pierre Bourdieu, les étudiants sont avant tout les héritiers d'un capital culturel. Dans la famille « cultivée », le jeune acquiert lentement un capital culturel conforme aux exigences de l'école. Or, l'habitus des classes dominantes est très proche de la culture scolaire. Donc, pour Bourdieu, les aptitudes scolaires d'un jeune ne dépendent pas de ses dons naturels mais de l'affinité des habitudes culturelles de son milieu social avec les exigences de l'école. La sociologie de la famille a montré l'influence des configurations familiales sur les compétences des individus.

Mobiliser un auteur-clé et des concepts scientifiques en sociologie.

Le document 4 décrit en quoi les configurations familiales et le rôle des parents dans la socialisation familiale, influencent la réussite scolaire et par là, la mobilité sociale des individus. On y perçoit notamment l'importance de certaines pratiques comme les habitudes de lecture et la fréquentation de certains lieux culturels, dès l'enfance, pour favoriser l'acquisition de la culture scolaire.

S'appuyer sur les documents pour illustrer.

Le sociologue Raymond Boudon s'attaque lui aussi à la question de l'inégalité des chances à l'école. Selon lui, la plus faible réussite scolaire des classes défavorisées tient à un calcul économique rationnel. Il explique que la décision de poursuivre ou non des études dépend d'un calcul d'investissement (calcul coût/avantage) purement individualiste. Les études ont un coût (en temps et en argent) et une rentabilité (le diplôme). Or Boudon explique que, dans les classes populaires, on surestime le coût des études et on sous-estime les avantages. Les classes populaires valorisent peu les études longues et demandent une forte rentabilité de l'investissement scolaire (elles

Expliciter les arguments théoriques.

incitent les jeunes à suivre des filières plus courtes, plus professionnelles). Boudon pense que, depuis la Seconde Guerre mondiale, il y a une incontestable réduction de l'inégalité des chances scolaires (il s'oppose à Bourdieu). Pourtant, il note que la mobilité sociale a peu augmenté et que les progrès de la scolarisation affectent très peu la hiérarchie sociale. L'accroissement du niveau de formation dans une société n'est donc pas automatiquement facteur de mobilité sociale.

B. L'impact des configurations familiales sur les destinées sociales

Les familles appartiennent à des groupes sociaux différents. Mais, au sein d'un même groupe social, on observe une diversité de configurations familiales : les deux parents n'ont pas forcément le même type d'intégration professionnelle (plus ou moins stable), le même niveau de diplôme (les mères peuvent par exemple être plus diplômées que les pères), n'appartiennent pas à la même PCS... Les familles n'ont pas les mêmes formes : parents (mariés ou non...) avec leurs enfants biologiques, famille recomposée, mère célibataire avec enfants, présence au foyer d'un grand frère ou d'une grande sœur poursuivant des études qui peut aider pour faire les devoirs... Au sein d'un même groupe social, le rapport à l'écrit, les conditions de logement, l'exercice de l'autorité et l'investissement pédagogique des parents ne sont pas les mêmes. Par exemple, un enfant dont les parents sont non diplômés peut bénéficier de l'aide d'un membre de la famille qui est étudiant. Au sein d'un même milieu social, la socialisation familiale peut alors être plus ou moins en adéquation avec ce que valorise l'école, c'est-à-dire l'apprentissage de l'expression écrite, la capacité des élèves à suivre les consignes, et à être capables de s'auto-contraindre pour respecter les règles de vie dans la classe.

Expliciter les mécanismes fondamentaux.

Le document 3 nous donne des éléments d'information sur la mobilité sociale à partir de la taille des fratries : la mobilité sociale y est exprimée en fonction du nombre de frères et sœurs, et donc de la configuration familiale.

S'appuyer sur les documents pour illustrer.

On constate ainsi que 17,8 % des fils d'employés, qui ont trois frères ou sœurs ou plus, sont devenus cadres et professions intellectuelles supérieures. Toutefois, cette proportion est de 25,3 % pour les fils d'employés qui ont deux frères ou sœurs ou moins. La mobilité sociale dépend des ressources culturelles, économiques et sociales des familles. Ces ressources définissent les conditions de vie (chambre individuelle, cours particuliers, aide aux devoirs, relations familiales) des enfants : moins les enfants sont nombreux et plus les ressources sont concentrées sur un petit nombre, ce qui peut faciliter la réussite scolaire.

Aussi, la réussite scolaire et la réussite sociale résultent de multiples processus liés aux ressources et configurations familiales dont les effets se cumulent, notamment la transmission intergénérationnelle du capital culturel, les modèles éducatifs ou encore l'inscription dans des réseaux familiaux qui peuvent fournir des aides.

Rédiger une transition.

Conclusion

L'évolution de la mobilité sociale dépend à la fois de facteurs structurels et du jeu des instances de socialisation qui permettent aux individus, dans une société démocratique, de changer de position sociale.

Répondre à la problématique.

La réflexion sociologique se déplace aujourd'hui sur la question du déclassement, qui constitue à la fois un phénomène de mobilité sociale descendante au fil des générations et qui génère une angoisse qui s'empare désormais des classes moyennes.

Proposer une ouverture pour élargir le sujet.

SUJET 22

Quels sont les caractéristiques contemporaines et les facteurs de la mobilité sociale ?

ÉPREUVE COMPOSÉE (PARTIE 1)

Comment les niveaux de formation permettent-ils d'expliquer la mobilité sociale ?

Travail préparatoire

Analyser le sujet

Le sujet conduit le candidat à expliquer comment, par quels mécanismes de causalité, les niveaux de formation des individus permettent d'expliquer les inégalités de chance de réussite scolaire, professionnelle et sociale, et donc les chances de mobilité sociale.

Corrigé

Les textes en bleu apparaissant dans ce corrigé ne doivent pas figurer dans votre devoir. Nous les avons insérés pour vous guider et vous conseiller.

Les conseils du professeur

Définir les éléments-clés du sujet.

Le niveau de formation est estimé à partir du niveau de diplôme obtenu, lequel est censé estimer la quantité de capital humain accumulé. Le capital humain correspond à l'ensemble des connaissances, des compétences et des expériences accumulées par un individu au cours de périodes de formation initiale ou professionnelle, et lors de périodes d'activité professionnelle. Les facteurs d'accumulation du capital humain sont l'éducation et la formation, la santé physique et mentale…

La possibilité de faire des études ne garantit pas automatiquement l'obtention d'un statut social gratifiant et un emploi stable, mais être dépourvu de diplôme interdit de fait toute mobilité sociale. Dans les sociétés contemporaines, le diplôme est souvent le sésame pour s'intégrer sur le marché du travail et connaître une promotion sociale. Pendant la période de l'après-guerre, c'est en grande partie l'école qui a permis de sélectionner parmi les enfants d'ouvriers ou d'employés, ceux qui étaient les plus aptes à exercer de nouveaux emplois qualifiés et qui a donc permis une ascension sociale. Le nombre de bacheliers augmente alors rapidement et la population étudiante croît fortement. On parle d'une période de « massification scolaire » (démocratisation quantitative) car l'école n'est plus réservée à une élite. Cependant, ce processus s'accompagne d'un maintien (paradoxal) des inégalités scolaires.

Distinguer les différentes formes de démocratisation scolaire.

En réalité, la démocratisation scolaire « égalisatrice » (démocratisation qualitative), selon laquelle les moins favorisés rattrapent les taux de réussite des plus favorisés, cache une démocratisation « ségrégative ». Cela signifie que les inégalités d'accès aux diplômes sont en fait déplacées mais n'ont pas disparu. Le niveau de formation n'a pas été suffisant pour permettre la mobilité sociale ascendante. C'est le paradoxe d'Anderson, mis en évidence par le sociologue Charles Anderson en 1961, selon lequel les enfants qui ont des diplômes plus élevés que leurs parents n'ont pas nécessairement une position sociale plus favorable. La baisse de la valeur relative des diplômes sur le marché du travail a entraîné une certaine désillusion face aux capacités du système scolaire à permettre une mobilité sociale ascendante. Pour Pierre Bourdieu, l'école transforme les inégalités sociales en inégalités scolaires et a une fonction de sélection sociale. L'école légitime la reproduction de la domination culturelle des catégories favorisées. Pour Raymond Boudon, la plus faible réussite scolaire des individus issus des catégories défavorisées, tient à un calcul économique rationnel qui conduit à surestimer le coût des études et à en sous-estimer les avantages. Ainsi, les études longues demandant une forte rentabilité de l'investissement scolaire sont dévalorisées. Cela incite ces jeunes à suivre des filières plus courtes, plus professionnelles. Les progrès de la scolarisation affectent donc très peu la hiérarchie sociale. La réduction de l'inégalité des chances scolaires ne s'accompagne pas d'une réduction des inégalités de chance de réussite sociale.

Évoquer les deux grandes théories sociologiques d'explication des inégalités scolaires.

SUJET 23

Quels sont les caractéristiques contemporaines et les facteurs de la mobilité sociale ?

ÉPREUVE COMPOSÉE (PARTIE 2)

Analyse de la mobilité sociale à partir d'une table de destinée

Questions

1. Que recouvre la notion de mobilité sociale ?

2. Qu'est-ce qu'une table de destinée et quelles informations nous donne-t-elle en matière de mobilité sociale ?

DOCUMENT • *La table de destinée : catégorie socioprofessionnelle du fils en fonction de la catégorie socioprofessionnelle du père (en %) en 2014-2015*

Catégorie socio-professionnelle du père	Catégorie socioprofessionnelle du fils						
	Agriculteur	Artisan, commerçant, chef d'entreprise	Cadre et profession intellectuelle supérieure	Profession intermédiaire	Employé	Ouvrier	Ensemble
Agriculteur	25	8	8,8	18,6	7,1	32,5	100
Artisan, commerçant, chef d'entreprise	0,8	20,3	22,2	22,9	9,5	24,3	100
Cadre et profession intellectuelle supérieure	0,2	8	47	25,7	9,1	10	100
Profession intermédiaire	0,7	7,9	25,5	31,5	11,3	23,1	100
Employé	0,5	6,8	16,3	26,1	16,6	33,6	100
Ouvrier	0,5	7,4	9,4	22,9	12,3	47,6	100
Ensemble	2,6	9,2	19,3	24,5	11,3	33	100

Source : Insee, juillet 2017.

Champ : France métropolitaine, hommes âgés de 30 à 59 ans qui travaillent ou ont déjà travaillé à la date de l'enquête.

Travail préparatoire

Analyser le sujet

Il s'agit d'expliquer les enjeux des tables de mobilité sociale qui servent à observer la destinée des individus en fonction de leur milieu social. La notion de professions et catégories socioprofessionnelles (PCS) de l'Insee sera définie. Il faudra aussi utiliser les chiffres du document proposé pour comparer les destins sociaux selon les différentes PCS.

Corrigé

Les textes en bleu apparaissant dans ce corrigé ne doivent pas figurer dans votre devoir. Nous les avons insérés pour vous guider et vous conseiller.

Les conseils du professeur

1. Que recouvre la notion de mobilité sociale ?

La mobilité sociale désigne le changement de position sociale d'un individu ou d'un groupe d'individus dans l'espace et la hiérarchie sociale. Ce changement peut prendre plusieurs formes. La mobilité intragénérationnelle, professionnelle, correspond aux changements de position sociale au cours de la vie d'un individu. La mobilité intergénérationnelle correspond aux changements de position sociale entre générations. Pour étudier la mobilité sociale intergénérationnelle, on compare le statut socioprofessionnel d'un individu (sa position sociale) à celui de son père, ce qu'on appelle « l'origine sociale ». On parle de reproduction sociale ou d'immobilité sociale quand les positions sociales sont identiques, et de mobilité sociale quand elles diffèrent.

Définir les notions importantes.

En général, on s'intéresse davantage à la mobilité intergénérationnelle (celle du fils par rapport au père). Cette mobilité sociale peut être horizontale ou verticale (ascendante ou descendante). Quand la mobilité sociale est verticale, il y a changement de place dans la hiérarchie sociale. Il y a promotion sociale quand la mobilité est ascendante. Il y a déclassement social quand la mobilité est descendante.

On doit encore distinguer la mobilité structurelle de la mobilité nette. La mobilité structurelle désigne la mobilité imposée par l'évolution de la structure sociale, de la répartition de la population active par catégories sociales, qui est liée à l'évolution de la répartition de la population active par secteurs d'activité (primaire, secondaire et tertiaire). La mobilité nette est celle qui ne s'explique pas par l'évolution de la structure sociale. Elle est égale à la mobilité totale (ou mobilité brute) moins la mobilité structurelle. Cette mobilité nette doit être distinguée de la fluidité sociale. La mobilité nette est une mobilité observée, comme la mobilité structurelle.

Distinguer la mobilité structurelle et la mobilité nette.

La fluidité sociale est censée estimer le degré d'égalité ou d'inégalité des chances de réussite scolaire, professionnelle et sociale. Si l'origine sociale influence la position sociale, la fluidité est faible. Si le poids de l'origine sociale est faible, la fluidité sociale est forte. Le degré de fluidité sociale donne une indication de la démocratisation scolaire, soit de l'amélioration des chances de réussite quelle que soit l'origine sociale.

Expliquer la notion de fluidité sociale.

2. Qu'est-ce qu'une table de destinée et quelles informations nous donne-t-elle en matière de mobilité sociale ?

En France, la mobilité sociale est étudiée à partir des enquêtes FQP (formation, qualification professionnelle) de l'Insee, effectuées tous les 7 à 8 ans. L'étude porte sur un échantillon représentatif d'hommes actifs dont l'âge est compris entre 30 et 59 ans. Ceux-ci déclarent la position qu'occupaient leurs pères au moment de la fin de leurs propres études : on détermine ainsi leur origine sociale. La position des personnes interrogées au moment de l'enquête constitue leur position sociale (ou destinée sociale). Pour mesurer la mobilité sociale, on utilise des tables de mobilité : les tables d'origine ou de recrutement et les tables de destinée. Les tables mesurant les flux de mobilité intergénérationnelle sont des tableaux croisés à double entrée où sont représentés en colonne le groupe socioprofessionnel du fils et en ligne celui du père. Seuls les actifs occupés, c'est-à-dire les hommes âgés de 30 à 59 ans qui travaillent ou ont déjà travaillé à la date de l'enquête (ou plus récemment les femmes actives), classés par PCS (professions et catégories socioprofessionnelles), sont pris en compte. Les chômeurs, les retraités ou les préretraités (inactifs) sont classés dans leur dernière position d'activité.

Le document proposé est une table de destinée. Celle-ci permet d'indiquer ce que deviennent, ou sont devenus, les individus (fils de leur père) d'une PCS donnée. Une table de destinée permet de savoir ce que deviennent ou sont devenus les fils des pères d'une catégorie donnée. Elle permet donc d'apporter une réponse à la question des chances des individus, issus d'un milieu social donné, d'accéder aux différentes positions sociales. Dans une table de destinée, la diagonale mesure l'importance de l'hérédité sociale et l'immobilité sociale intergénérationnelle. Autrement dit, elle indique le pourcentage de fils qui appartiennent à la même PCS que leurs pères. Ainsi, on peut observer qu'en France en 2015 :

Exploiter les données du document.

– 25 % des fils d'agriculteurs sont devenus ou restés agriculteurs ;
– 20,3 % des fils d'artisans, de commerçants et de chefs d'entreprise sont devenus ou restés artisans, commerçants et chefs d'entreprise ;
– 47 % des fils de cadres sont devenus ou restés cadres ;
– 31,5 % des fils des professions intermédiaires sont devenus ou restés des professions intermédiaires ;

– 16,6 % des fils d'employés sont devenus ou restés employés ;
– 47,6 % des fils d'ouvriers sont devenus ou restés ouvriers.

On peut donc constater que l'hérédité sociale est très élevée pour les fils de cadres (47 %) et d'ouvriers (47,6 %). Environ un fils de cadre sur deux reste cadre et un fils d'ouvrier sur deux reste ouvrier. Ce sont des PCS plutôt fermées du point de vue de la destinée. L'égalité des chances et la fluidité sociale y sont probablement faibles. Par exemple, seulement 10 % (1 sur 10) des fils de cadres deviennent ouvriers. Les « chances » de déclassement social sont faibles. De même, seulement 9,4 % (quasiment 1 sur 10) des fils de d'ouvriers deviennent cadres. Les chances de promotion sociale sont faibles.

En revanche, les autres PCS sont beaucoup plus ouvertes. L'hérédité sociale est bien plus faible dans les autres PCS. Ainsi, environ un fils d'employé sur six (16,6 %) reste employé, un fils d'artisan, de commerçant ou de chef d'entreprise sur 5 (20,3 %) reste dans la même PCS, un fils d'agriculteur sur 4 (25 %) reste agriculteur et un fils de profession intermédiaire sur 3 (31,5 %) reste dans une profession intermédiaire. Dans ces PCS, l'égalité des chances et la fluidité sociale y sont probablement plus fortes. Par exemple, 33,6 % (1 sur 3) des fils d'employés deviennent ouvriers, illustrant une mobilité plutôt horizontale. De plus, 26,1 % (1 sur 4) des fils d'employés deviennent des professions intermédiaires et 16,3 % (1 sur 6) deviennent cadres. Les chances de promotion sociale sont assez significatives.

Insister sur les écarts entre les professions et les catégories socioprofessionnelles.

Pour donner un sens rigoureux aux chiffres, il conviendra de distinguer, dans un premier temps, ce qui relevé de la mobilité structurelle de ce qui relève de la mobilité nette et, dans un second temps, de mettre en évidence ce qui relève, dans la mobilité nette, de la fluidité sociale et donc du degré d'égalité des chances de réussite scolaire, professionnelle et sociale.

SUJET 24

Quels sont les caractéristiques contemporaines et les facteurs de la mobilité sociale ?

ÉPREUVE COMPOSÉE (PARTIE 3)

En vous appuyant sur le dossier documentaire et vos connaissances, vous montrerez que la mobilité sociale évolue sous l'effet de différents facteurs.

DOCUMENT 1

En 1986, 36 % des individus pris en compte par ces enquêtes[1], hommes et femmes, appartenaient à la même catégorie socioprofessionnelle que leurs pères, contre 34 % en 2009. Cette immobilité est plus forte pour les hommes (de 44 % à 42 % sur la période) que pour les femmes (constante à 27 % pour les femmes). Si la majorité des individus enquêtés peut être considérée comme « mobile », il faut cependant bien voir de quoi est faite cette mobilité. [...] Seulement 13 % d'enfants de salariés ont connu en 1983 un déplacement social de forte amplitude, que leur mobilité soit ascendante (enfants d'employés devenus cadres, par exemple) ou descendante (enfants de pères cadres ou professions intermédiaires devenus employés ou ouvriers, par exemple). [...]

Qu'en est-il du risque de déclassement en fonction des générations ? [...] Celui-ci constituait une situation exceptionnelle pour les générations nées dans les années 1940-1950, bénéficiaires de la forte dynamique économique des Trente Glorieuses. [Ce risque de déclassement] devient plus fréquent pour les générations plus jeunes, notamment celles nées à partir des années 1960. [...] Ce déclassement des nouvelles générations, nées après 1960, doit être étudié de manière plus fine, en distinguant selon les origines sociales. Il est avéré que les trajectoires

1. Il s'agit des *Enquêtes emploi* annuelles de l'Insee, visant à observer la situation des personnes sur le marché du travail.

de déclassement des enfants de cadres supérieurs sont plus fréquentes dans les générations nées après 1960. En effet, la part des fils de cadres supérieurs occupant à l'âge de 40 ans un emploi d'ouvrier ou d'employé est passée de 14 % pour ceux nés entre 1944 et 1948, à 24 % pour ceux nés entre 1959 et 1963.

Source : Stéphane Beaud, Paul Pasquali, « Ascenseur ou descenseur social ? Apports et limites des enquêtes de mobilité sociale », *Cahiers français*, n° 383, 2014.

DOCUMENT 2 • *L'évolution de la part des catégories socioprofessionnelles dans l'emploi total (en %)*

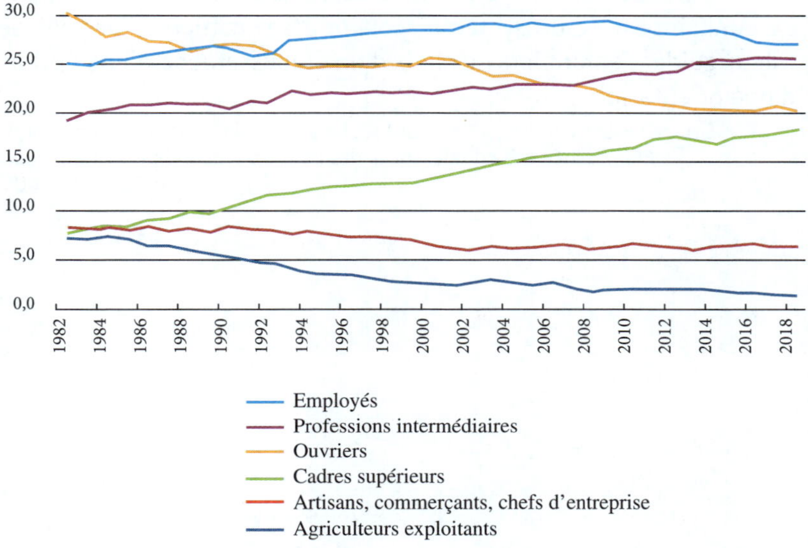

Source : Insee et Centre d'observation de la société, 2020.

DOCUMENT 3

Dans les études sur la démocratisation de l'enseignement [...], la prise en compte du capital culturel se fait le plus souvent en tenant compte de la scolarité des parents. Les écarts selon les diplômes des parents (en particulier celui de la mère) tendent à être plus importants que les écarts selon la profession du père, ce qui met en avant l'importance du « capital culturel ». Cependant, celui-ci peut être appréhendé d'autres façons :

– les parents ont des savoirs scolaires (et non scolaires) inégaux et peuvent ainsi plus ou moins facilement suivre et aider leurs enfants durant leur scolarité ;

– ce capital culturel peut aussi prendre la forme de différences matérielles. La présence de livres ou d'un ordinateur par exemple peut favoriser l'acquisition de savoirs et de compétences ;

– certaines pratiques culturelles, comme les visites au musée ou les sorties au cinéma, peuvent aussi indiquer la transmission de valeurs plus ou moins proches de l'école. Le style éducatif des familles a probablement aussi une influence ;

– enfin, il existe une dimension « stratégique » du capital culturel. La familiarité avec un système scolaire assez complexe permet de mieux guider l'enfant lors du choix d'un établissement, d'une option, d'une orientation.

Source : Fabrice Murat, « Le retard scolaire en fonction du milieu parental : l'influence des compétences des parents », *Économie et statistique*, n° 424-425, 2009.

Travail préparatoire

Analyser le sujet

Le sujet invite à présenter la pluralité des facteurs qui déterminent la mobilité sociale dans une société démocratique. En plus de connaître les diverses formes de la mobilité sociale, il nécessite de préciser le rôle joué par les transformations du système productif et les mutations de l'emploi qui engendrent une mobilité structurelle qui contraint les individus. Mais il suppose aussi de comprendre le rôle joué par l'école et le milieu familial dans l'opportunité de changer de position sociale.

Analyser les documents

Document 1

Le document 1 est important pour établir le constat que l'évolution de la mobilité sociale est à la fois ascendante et descendante. Le texte évoque aussi la notion de déclassement social, qui doit être mobilisée pour comprendre l'impact conjugué de la dégradation du marché du travail et de l'inflation scolaire sur la mobilité sociale à partir des années 1980.

Document 2

Le document 2 donne des points de repères statistiques pour traiter le sujet, en mobilisant la nomenclature des professions et catégories socioprofessionnelles (PCS) dans l'emploi total, depuis le début des années 1980. On peut ainsi, dans le raisonnement, insister sur le rôle de la mobilité structurelle, liée aux mutations de la structure socioprofessionnelle (baisse de la part des ouvriers, hausse de la part des cadres, etc.).

Document 3

Le document 3 est utile pour insister sur le rôle de l'école et de la famille dans la mobilité sociale. La famille transmet un capital culturel à même de favoriser plus ou moins la réussite scolaire. On pourra relier les éléments évoqués par ce document à l'analyse de la reproduction sociale au sens du sociologue Pierre Bourdieu.

Problématiser le sujet

Le sujet invite le candidat à évoquer les différentes causes explicatives de l'évolution de la mobilité sociale, avec à la fois les effets structurels des mutations de l'emploi et l'impact des choix individuels et des parcours scolaires des personnes.

Proposition de plan

I. L'impact des transformations du système productif
- **A.** Les mutations de la structure de l'emploi
- **B.** Les effets du ralentissement économique

II. L'école et la famille interagissent sur la mobilité sociale
- **A.** Famille et reproduction sociale
- **B.** Les choix rationnels des familles

Corrigé

Les textes en bleu apparaissant dans ce corrigé ne doivent pas figurer dans votre devoir. Nous les avons insérés pour vous guider et vous conseiller.

Les conseils du professeur

Introduction

Dans le débat public, le thème de la « panne de l'ascenseur social » revient régulièrement pour questionner la capacité de la société française à atteindre l'objectif de l'égalité des chances.

Proposer une accroche.

La mobilité sociale est la circulation des individus entre différentes positions de la hiérarchie sociale. Elle dépend d'une pluralité de facteurs explicatifs. Il ne s'agit pas d'un phénomène lié seulement à la trajectoire des individus car la mobilité sociale dépend aussi des transformations du système économique, parmi lesquelles les changements historiques de la structure socio-professionnelle

Définir le mot-clé du sujet.

Insister sur la pluralité des facteurs de la mobilité sociale.

et de l'emploi. De plus, dans nos sociétés contemporaines, le statut social n'est plus transmis mais acquis, et l'institution scolaire, en délivrant des diplômes, a un rôle central dans cette acquisition des positions sociales. Ainsi, il s'agira de montrer que la mobilité sociale évolue sous l'impact des transformations structurelles de l'emploi, mais aussi de l'interaction entre la famille et l'école, dans une société démocratique où les statuts sociaux sont construits plutôt qu'acquis par la naissance.

Annoncer le plan.

I. L'impact des transformations du système productif

A. Les mutations de la structure de l'emploi

Depuis l'après-guerre, les structures socio-professionnelles et les emplois ont profondément évolué : une partie de la mobilité sociale s'explique donc par les modifications de la structure des emplois entre deux générations. Durant la période des Trente Glorieuses (1945-1973), on a assisté au développement des cadres, des professions intellectuelles supérieures et des professions intermédiaires, parallèlement au déclin des agriculteurs, des artisans, des commerçants, des chefs d'entreprise et des ouvriers. Le document 2 montre la progression, depuis le début des années 1980, de la part de certaines professions et catégories socioprofessionnelles (PCS) qui ont favorisé la mobilité sociale ascendante durant la période de croissance après 1945 (cadres et professions intellectuelles supérieures, professions intermédiaires...).

Insister sur la dimension historique du sujet.

Mobiliser les documents du dossier.

B. Les effets du ralentissement économique

À partir des années 1970, le ralentissement économique et la dégradation du marché du travail ont entraîné un accroissement de la mobilité sociale descendante : on a pu évoquer alors une « panne de l'ascenseur social ». Les difficultés croissantes des jeunes diplômés et la persistance d'un chômage de masse ont aggravé les inégalités entre les générations et alimenté un sentiment de frustration face à des espoirs d'ascension sociale déçus.

Insister sur l'impact de la crise économique en termes de mobilité sociale.

Si l'augmentation de la mobilité intergénérationnelle descendante est au final assez limitée, elle alimente les angoisses collectives des familles. Dans le document 1, les auteurs évoquent un déclassement social des générations nées à partir des années 1960, notamment pour les enfants de cadres supérieurs.

Ainsi, les mutations de la structure de l'emploi influencent la mobilité sociale des individus. Mais les transformations du système productif ne sont pas les seuls facteurs qui l'expliquent. Dans une société démocratique où les statuts ne sont pas héréditaires, il faut aussi tenir compte des interactions de la famille (qui transmet des capitaux) et de l'institution scolaire (qui délivre des titres).

Rédiger une transition entre les deux parties.

II. L'école et la famille interagissent sur la mobilité sociale

A. Famille et reproduction sociale

L'analyse sociologique montre que la mobilité sociale résulte de l'interaction de deux instances de socialisation fondamentales : l'école et la famille. Selon Pierre Bourdieu, les étudiants sont avant tout les héritiers d'un capital culturel. Dans la famille « cultivée », le jeune acquiert lentement un capital culturel conforme aux exigences de l'école. Or l'habitus des classes dominantes est très proche de la culture scolaire. Donc, pour Bourdieu, les aptitudes scolaires d'un jeune ne dépendent pas de ses dons naturels mais de l'affinité des habitudes culturelles de son milieu social avec les exigences de l'école. Le document 3 met ainsi en évidence le rôle des ressources culturelles de la famille dans la réussite scolaire, avec l'idée que « certaines pratiques culturelles, comme les visites au musée ou les sorties au cinéma, peuvent aussi indiquer la transmission de valeurs plus ou moins proches de l'école ». La sociologie de la famille a montré l'influence des configurations familiales sur les compétences des individus.

Évoquer les auteurs et les concepts sociologiques liés au sujet.

Intégrer dans le raisonnement une citation extraite d'un document.

B. Les choix rationnels des familles

Le sociologue Raymond Boudon s'attaque lui aussi à la question de l'inégalité des chances scolaires. Selon lui, la plus faible réussite scolaire des classes défavorisées tient à un calcul économique rationnel. Il explique que la décision de poursuivre ou non des études tient à un calcul d'investissement (calcul coût/avantage) purement individualiste. Les études ont un coût (en temps et en argent) et une rentabilité (le diplôme). Or Boudon explique que, dans les classes populaires, on surestime le coût des études et on sous-estime les avantages. Les classes populaires valorisent peu les études longues et demandent une forte rentabilité de l'investissement scolaire (elles incitent les jeunes à suivre des filières plus courtes, plus professionnelles). Boudon pense que, depuis la Seconde Guerre mondiale, il y a une incontestable réduction de l'inégalité des chances scolaires (il s'oppose à Bourdieu). Pourtant, il reconnaît que la mobilité sociale a peu augmenté et que les progrès de la scolarisation affectent très peu la hiérarchie sociale. L'accroissement du niveau de formation dans une société n'est donc pas automatiquement vecteur de mobilité sociale.

Évoquer les auteurs et les concepts sociologiques liés au sujet.

Conclusion

En définitive, l'évolution de la mobilité sociale dépend à la fois de facteurs structurels et du jeu des instances de socialisation qui permettent aux individus, dans une société démocratique, de changer de position sociale. La réflexion sociologique se déplace aujourd'hui sur la question du déclassement, qui constitue à la fois un phénomène de mobilité sociale descendante au fil des générations et qui génère une angoisse qui s'empare désormais des classes moyennes.

Synthétiser la réponse à l'enjeu central du sujet.

Ouvrir sur un thème d'actualité en lien avec le sujet.

SUJET 25

Comment expliquer l'engagement politique dans les sociétés démocratiques ?

DISSERTATION

En quoi l'engagement politique résulte-t-il d'une pluralité de formes et de déterminants ?

DOCUMENT 1

Élection après l'élection, le constat est fait du désengagement des jeunes dans le vote. Même si la France investit beaucoup, historiquement, dans l'éducation à la citoyenneté, l'enquête nationale inédite menée par le CNESCO permet d'expliquer ce désengagement par un net manque de confiance dans le système démocratique pour un élève de Terminale sur quatre. Précisément, 87 % des lycéens n'ont pas ou ont peu confiance dans les partis politiques et 78 % dans le gouvernement. Cette défiance des lycéens envers le gouvernement se retrouve dans les études internationales, où la France apparaît nettement en-deçà de la moyenne des pays de l'OCDE (sur les 15-29 ans). Les lycéens ne sont pas, pour autant, désintéressés par l'idée de s'engager dans la vie de la cité. L'engagement associatif se développe énormément auprès des jeunes de moins de 35 ans et l'enquête du CNESCO confirme cet engouement dès le lycée. En effet, près de la moitié des lycéens sont engagés bénévolement dans des associations humanitaires et/ou de défense de l'environnement (44 %). Ils plébiscitent également des formes d'engagement plus revendicatives, à travers la signature de pétitions (71 %), la participation à des manifestations (62 %) ou encore le boycott de produits (58 %). L'enquête du CNESCO montre un grand intérêt des élèves pour participer à la vie de la cité et faire entendre leur voix.

Source : CNESCO, *Engagements citoyens des lycéens, enquête nationale*, ministère de l'Éducation nationale, 2019.

DOCUMENT 2 • *L'abstention aux premier et second tours des élections présidentielles depuis 1965, en % des inscrits*

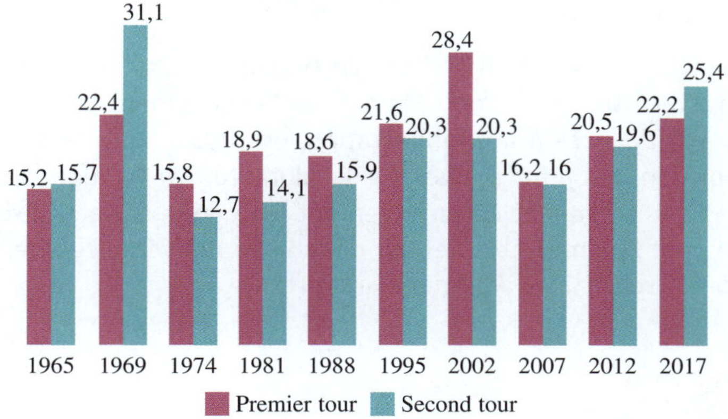

Source : ministère de l'Intérieur.

DOCUMENT 3 • *Les participants au grand débat national*[1]

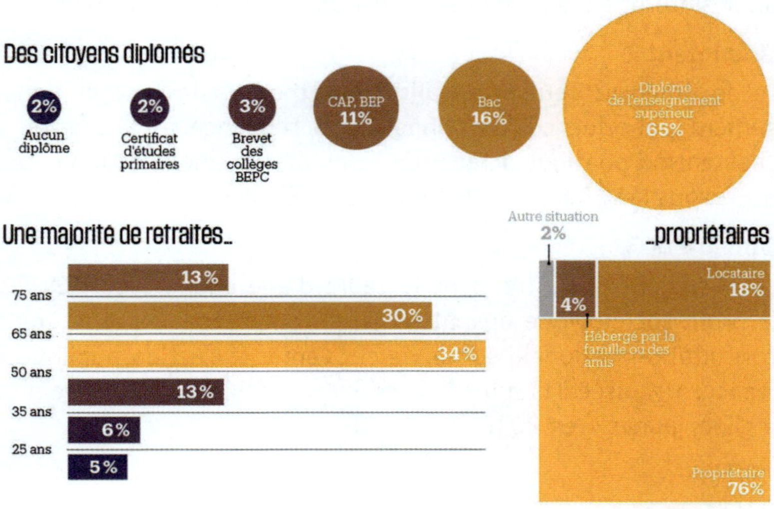

Source : CEVIPOF.

1. Le « grand débat national » a été organisé par les pouvoirs publics après la crise sociale du mouvement des « gilets jaunes ».

Travail préparatoire

Analyser le sujet

Le sujet nécessite de mobiliser de nombreux contenus du cours, en insistant sur les formes diverses de l'engagement politique des citoyens (du vote à la manifestation, en passant par la signature de pétition, etc.), mais aussi sur la pluralité des facteurs sociologiques qui expliquent cet engagement (catégorie sociale, sexe, âge, niveau de diplôme). Le sujet est donc large mais il nécessite de ne pas omettre certains arguments importants.

Analyser les documents

Document 1

Le document 1 invite le candidat à montrer que la défiance des jeunes dans certaines institutions politiques classiques (le gouvernement, les partis politiques…) ne doit pas être interprétée comme un désintérêt général pour les questions politiques et sociales.

Document 2

Le document 2 peut être utilisé pour montrer la crise de l'engagement politique conventionnel et la tendance à la montée de l'abstention politique, ici lors de l'élection « reine » de la vie politique sous la Ve République : l'élection présidentielle.

Document 3

Le document 3 illustre, dans le cadre d'une enquête du CEVIPOF, le profil sociologique des citoyens qui ont répondu à une grande consultation nationale sur la vie citoyenne et l'action publique en France, organisée à la suite de la crise sociale liée au mouvement des « gilets jaunes » en 2018.

Problématiser le sujet

La problématique doit être formulée pour englober et actualiser tous les enjeux du sujet : quelles sont les formes variées de l'engagement politique et quels en sont les déterminants ? L'argumentation peut donc être structurée en deux grandes parties, à la fois pour évoquer la diversité des répertoires de l'engagement politique, ainsi que leurs déterminants sociaux.

Proposition de plan

I. La crise de l'engagement politique traditionnel et la vivacité des autres répertoires d'action
  A. Le déclin de la participation politique conventionnelle
  B. La recomposition des formes de l'engagement politique

II. La pluralité des déterminants de l'engagement politique
  A. Le paradoxe de l'action collective
  B. Les déterminants sociaux de l'engagement politique

Corrigé

Les textes en bleu apparaissant dans ce corrigé ne doivent pas figurer dans votre devoir. Nous les avons insérés pour vous guider et vous conseiller.

Les conseils du professeur

Introduction

Proposer une accroche.

Si les enquêtes des politistes montrent une défiance grandissante des citoyens face aux institutions et aux représentants politiques, signe d'une certaine crise de la démocratie, le déclin (réel) de la participation politique conventionnelle (vote, adhésion à un parti politique) ne doit pas masquer le fait que l'engagement politique actif sur les questions de société reste vivace. La participation politique non conventionnelle reste forte, notamment à des fins de protestation (manifestations, pétitions, actions spectaculaires).

Les motivations de l'engagement politique sont complexes à appréhender, entre les déterminations sociales et la recherche de l'intérêt personnel, mais elles conduisent à nuancer l'idée du déclin des passions politiques dans notre société. Quelles sont les formes variées de l'engagement politique et quels en sont les déterminants ?

Annoncer la problématique.

Il s'agira, dans un premier temps, de montrer que l'engagement politique a évolué dans ses diverses manifestations avant, dans un second temps, d'en évoquer les principaux facteurs explicatifs.

Annoncer le plan.

I. La crise de l'engagement politique traditionnel et la vivacité des autres répertoires d'action

A. Le déclin de la participation politique conventionnelle

Insister sur la crise de l'engagement politique classique.

Mobiliser les données statistiques des documents.

Depuis trente ans, le taux d'abstention aux élections est en progression en France. Ce constat suscite d'autant plus l'inquiétude que la démobilisation électorale touche très inégalement les milieux sociaux (la démobilisation électorale étant nettement plus forte dans les catégories populaires). Le document 2 montre ainsi le niveau élevé et la montée du taux d'abstention lors de l'élection présidentielle depuis 1981. En 1981, le taux d'abstention au premier tour était de 18,9 %, alors qu'il a atteint 22,2 % en 2017. Concernant le second tour de l'élection présidentielle, le taux d'abstention était de 14,1 % en 1981 et de 25,4 % en 2017.

Si les partis politiques sont traditionnellement critiqués dans les démocraties, on constate également un affaiblissement de l'engagement militant en leur sein, marqué par la chute drastique du nombre de leurs adhérents depuis le début des années 1980. Parallèlement, d'autres institutions qui contribuent au fonctionnement du système représentatif se sont affaiblies, à l'instar des syndicats qui ont connu une chute de leur nombre d'adhérents. Ces manifestations de remise en cause de la représentation, si elles sont perceptibles à des degrés divers dans toutes les démocraties occidentales, seraient le symptôme d'un malaise plus profond touchant au rapport entre les gouvernants et les gouvernés au sein des sociétés.

B. La recomposition des formes de l'engagement politique

Le déclin des partis politiques traditionnels n'a pas empêché l'essor d'autres types de formations intégrées au jeu politique traditionnel (à l'instar des partis écologistes par exemple, comme l'a démontré le succès remporté aux dernières élections européennes), moins hiérarchisées, conformément aux évolutions de la stratification sociale (comme l'affaiblissement des identités de classe et la montée des classes moyennes). La désyndicalisation doit aussi être relativisée dans la mesure où les organisations représentatives sont concurrencées par des organisations plus ponctuelles (les coordinations étudiantes, etc.).

Insister sur le contexte social explicatif des formes d'engagement politique.

Les modes de représentation se transforment et tendent à échapper aux institutions représentatives traditionnelles : les associations (les mouvements des « sans », l'association Droit au logement, le mouvement Agir ensemble contre le chômage !, etc.) renouvellent les cadres de l'action collective en jouant notamment sur la présence médiatique pour défendre une cause, devenant ainsi des interlocuteurs crédibles (comme l'association des Enfants de Don Quichotte, un mouvement de soutien aux sans-abris). Les formes de la participation politique dites « non conventionnelles » se développent, et les enquêtes montrent que le « potentiel protestataire » est élevé (proportion de gens qui se déclarent prêts à signer une pétition, manifester, participer à une occupation de locaux, etc.). À partir des années 1970, les « nouveaux mouvements sociaux » avaient déplacé le conflit dans la sphère culturelle (féminisme, écologie, luttes étudiantes), et nombre d'entre eux restent vivaces ou connaissent des résurgences. On ne peut donc pas dire qu'il y a dépolitisation, notamment chez les jeunes, mais redéfinition des pratiques de l'engagement politique. Ce refus des étiquettes politiques et des pratiques politiques conventionnelles est à relier à certains mouvements de fond, comme la montée de l'individualisme et la recherche de l'autonomie.

Montrer la diversité des formes d'engagement sur les questions sociales et culturelles.

Ainsi, nous avons pu voir que certaines formes de l'engagement politique ont décliné, tandis que d'autres demeurent particulièrement dynamiques. Ces mutations dans les formes de l'engagement politique peuvent aussi s'expliquer par la pluralité des facteurs qui les déterminent.

Rédiger une transition entre les deux grandes parties du plan.

II. La pluralité des déterminants de l'engagement politique

A. Le paradoxe de l'action collective

Le sociologue Mancur Olson a développé un modèle théorique qui montre le caractère peu rationnel de l'engagement politique. En effet, si l'individu procède à un calcul des coûts et des avantages de son action, la stratégie la plus rationnelle dans le cadre d'une grève par exemple, consiste à se comporter en « passager clandestin » *(free rider)*. Il s'agit alors de bénéficier des acquis du mouvement et de la grève (hausse de salaire, amélioration des conditions de travail…), sans en payer le prix (journées de salaire retirées, par exemple). C'est la raison pour laquelle les organisations de grande taille mettent en place des incitations sélectives diverses : monopole des syndicats sur l'embauche (que l'on appelle le *closed shop*) ou les promotions, accès à des services à des prix préférentiels, etc. La participation politique peut être facilitée par l'octroi de gratifications (rémunérations matérielles directes, emplois permanents, postes de responsabilité) mais aussi par la possibilité de se constituer un réseau social (connaissances, etc.).

Faire référence à des concepts scientifiques et des auteurs précis.

Si ce modèle du « passager clandestin », fondé sur la logique du calcul rationnel et de la recherche des avantages économiques, peut contribuer à expliquer pourquoi dans les grandes démocraties l'engagement politique concerne une minorité d'acteurs, il comporte certaines limites puisqu'il ne prend pas en compte les autres motivations (morales ou identitaires) qui peuvent pousser à s'impliquer dans une action collective. L'une des explications de l'engagement politique consiste à mettre l'accent sur les pressions exercées par le groupe social qui transmet des valeurs et des références communes. Certains auteurs, comme Charles Tilly et Anthony Oberschall, ont insisté, dans le cadre de la théorie de la mobilisation des ressources, sur le rôle des réseaux de sociabilité (appartenance à une association, une communauté, etc.) qui favorisent plus ou moins l'engagement politique. Cette explication montre qu'une même position dans la structure sociale et l'appartenance à une classe sociale peuvent influencer la propension à l'engagement politique.

Mobiliser des grilles de lecture théoriques.

B. Les déterminants sociaux de l'engagement politique

Il faut toutefois noter que le contexte social et politique peut également influencer l'engagement politique (apparition de certains enjeux déclenchant l'envie de s'engager), de même que l'organisation des institutions politiques avec, par exemple, le mode de scrutin (à un ou deux tours, majoritaire ou proportionnel). Enfin, il faut rappeler que la socialisation politique au sein de la famille peut jouer un rôle important, en développant un intérêt plus ou moins fort pour l'engagement politique à l'âge adulte. L'engagement politique dépend aussi de la capacité des mouvements sociaux à mobiliser différentes ressources afin d'inciter les citoyens à s'engager en faveur de leur cause. En rassemblant des moyens d'action, les dirigeants d'un mouvement peuvent alors devenir des « entrepreneurs » d'une cause à défendre.

Les études disponibles montrent certaines caractéristiques sociodémographiques des personnes qui s'engagent : plus les organisations sont structurées politiquement, plus la différence entre la répartition des hommes et des femmes est marquée (les hommes sont plus nombreux dans les partis politiques traditionnels). En revanche, dans les associations locales, on constate une quasi-parité entre les hommes et les femmes. Les plus de 40 ans sont globalement surreprésentés dans l'ensemble de ces collectifs, et ils sont plus nombreux dans les partis et dans les syndicats. Mais si, comme le

Présenter la pluralité des déterminants sociaux et démographiques.

montre l'étude du CNESCO du document 1, les jeunes se défient des organisations politiques traditionnelles, « les lycéens ne sont pas, pour autant, désintéressés par l'idée de s'engager dans la vie de la cité ». Les sociologues ont pu montrer que les personnes engagées politiquement appartiennent globalement au même monde social, celui des cadres et des professions intermédiaires, dans sa partie la plus diplômée (enseignement, travail social...). Les associations locales se distinguent à nouveau des autres organisations car c'est souvent là que l'on rencontre le moins de diplômés du supérieur.

Citer les documents pour étayer et nuancer l'argumentation.

Par rapport aux années 1970, l'engagement politique est aujourd'hui plus faible dans le monde des ouvriers (qui sont toutefois plus présents dans les partis politiques lorsqu'ils s'engagent), et les cadres supérieurs et les professions intermédiaires sont souvent surreprésentés. Comme l'ont montré certains travaux sociologiques, la compétence politique peut être reliée au capital culturel des individus, en particulier au niveau de diplôme. Le document 3 montre que, lors des consultations sur les orientations de la vie citoyenne et politique du pays, comme celle du « grand débat national » en France, certaines catégories sociales (retraités, diplômés de l'enseignement supérieur, propriétaires...) sont surreprésentées.

Conclusion

Finalement, l'analyse de l'engagement politique dans notre démocratie montre une grande diversité et ne doit pas conduire à conclure à une dépolitisation générale. Si la défiance dans les organisations politiques traditionnelles reste forte et les taux d'abstention élevés, l'intérêt pour les questions politiques et sociales demeure au moins aussi fort. On note que le profil sociologique des personnes engagées politiquement est aussi divers, même si l'enjeu est sans doute de favoriser l'engagement des personnes les plus éloignées de la politique en raison de contraintes sociales, à l'instar des femmes par exemple, qui restent minoritaires dans la sphère politique.

Répondre à la problématique.

Proposer une ouverture du sujet sur des perspectives plus larges.

SUJET 26

BAC 2022
France métropolitaine

Comment expliquer l'engagement politique dans les sociétés démocratiques ?

ÉPREUVE COMPOSÉE (PARTIE 1)

Montrez, à l'aide de deux exemples, que l'engagement politique peut prendre des formes variées.

Travail préparatoire

Analyser le sujet

Le sujet invite ici le candidat à évoquer toute la palette de mobilisations qui conduisent les individus à s'impliquer dans le débat public et à défendre des idées. Il faut ici se limiter, comme le précise la question posée, à développer deux exemples d'engagement politique : il pourra être intéressant de rappeler que l'on peut distinguer en science politique les formes de participation conventionnelles (voter, adhérer à un parti politique), et les formes de participation non conventionnelle. On pourra alors évoquer l'importance de l'expression du suffrage lors d'une élection majeure, comme la présidentielle de 2022, et s'appuyer sur un exemple de mobilisation protestataire, avec le mouvement dit des « Gilets Jaunes » ou celui de contestation de la réforme des retraites.

Corrigé

Les textes en bleu apparaissant dans ce corrigé ne doivent pas figurer dans votre devoir. Nous les avons insérés pour vous guider et vous conseiller.

Les conseils du professeur

Si les enquêtes de science politique montrent une défiance grandissante des citoyens face aux institutions et aux élus, ainsi que le déclin (réel) de la participation politique conventionnelle (vote, adhésion à un parti politique), cela ne doit pas masquer le fait que l'engagement politique actif sur les questions de société reste vivace.

Distinguer la participation conventionnelle et la participation non conventionnelle.

L'engagement politique peut prendre les formes d'une participation conventionnelle : les récentes élections présidentielles 2022, malgré un taux d'abstention relativement élevé, ont montré une mobilisation d'un certain nombre de citoyens pour aller voter, voire s'engager dans l'adhésion à des partis politiques, avec des actes militants tout au long de la campagne.

Mobiliser un exemple tiré de l'actualité.

Le déclin des partis traditionnels (Parti socialiste, Les Républicains) n'a pas empêché l'essor d'autres types de formations intégrées au jeu politique traditionnel (La République en Marche, La France insoumise, Reconquête) dans un contexte d'évolutions de la stratification sociale, qui connaît un affaiblissement des identités de classe et une montée des « classes moyennes ».

Mais ces formes conventionnelles de l'engagement n'empêchent pas l'émergence de nouvelles formes de participation politique que l'on appelle protestataires (ou non conventionnelles), et de nombreuses enquêtes sociologiques montrent que le potentiel protestataire des citoyens reste élevé (manifestations, signatures de pétition, appels sur les réseaux sociaux, etc.).

Expliciter les enjeux de la participation protestataire.

On peut ainsi citer le mouvement dit des « Gilets Jaunes » qui a émergé en 2018 sur les questions du pouvoir d'achat, des inégalités, et de la revendication d'une diplomatie plus directe.

Prendre un exemple contemporain pour illustrer ses raisonnements.

Le répertoire d'actions se diversifie, allant de modes d'action comme la désobéissance civile (consistant à refuser publiquement d'obéir à une loi au nom de valeurs que l'on considère comme supérieures), l'occupation d'usines, la mise en scène festive de la mobilisation pour alerter les médias, à des grèves de la faim, voire à l'usage d'une certaine violence par des groupes radicaux. Les causes se multiplient : la critique du capitalisme de marché, de la mondialisation, la défense de l'environnement, la promotion d'identités régionales, la dénonciation de la corruption, etc.

SUJET 27

Comment expliquer l'engagement politique dans les sociétés démocratiques ?

ÉPREUVE COMPOSÉE (PARTIE 2)

Variables sociodémographiques et engagement politique

Questions

1. Quelles sont les différentes formes d'engagement politique ?

2. Quelles sont les différences d'engagement des lycéens selon le genre ?

DOCUMENT • *Les différences d'engagement des lycéens selon le genre*

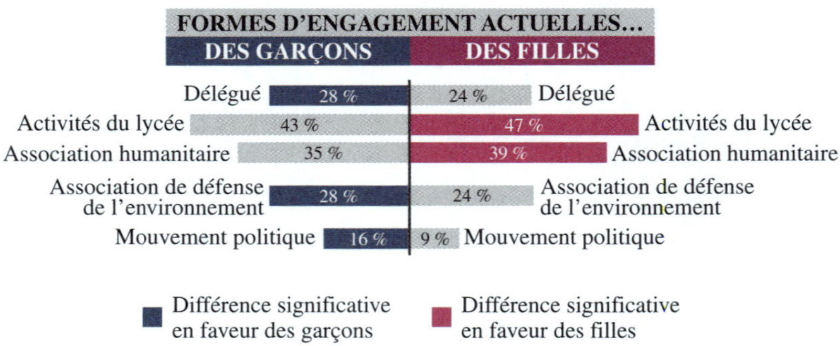

Source : CNESCO, Enquête « École et citoyenneté », 2018.

Travail préparatoire

Analyser le sujet

Le sujet invite le candidat à analyser les écarts d'engagement associatifs et politiques entre les filles et les garçons au lycée, pour mieux comprendre les différences de genre en termes de mobilisation citoyenne des jeunes.

Corrigé

Les textes en bleu apparaissant dans ce corrigé ne doivent pas figurer dans votre devoir. Nous les avons insérés pour vous guider et vous conseiller.

Les conseils du professeur

1. Quelles sont les différentes formes d'engagement politique ?

On distingue traditionnellement la participation politique conventionnelle et la participation non conventionnelle. La participation politique conventionnelle renvoie à des formes classiques comme le vote, l'engagement militant dans un parti politique ou l'adhésion à un syndicat. Si les enquêtes des politistes montrent, en termes de comportements politiques, une défiance croissante des citoyens envers les institutions et les élus, le déclin (réel) de la participation politique conventionnelle ne doit pas masquer le fait que l'engagement politique actif sur les questions de société reste vivace.

Insister sur les définitions les plus importantes en lien avec le thème.

La participation politique non conventionnelle renvoie à l'ensemble des comportements protestataires et à d'autres répertoires d'action politique, peu encadrés par des règles clairement définies, et qui confrontent directement les citoyens au pouvoir, sans passer par les représentants traditionnels (pétitions, occupations de bâtiments, grèves de la faim, etc.).

En réalité, il n'existe pas de limite claire qui permettrait de distinguer, de façon univoque, les pratiques conventionnelles et non conventionnelles (les manifestations du Premier Mai sont assez conventionnelles, alors que celles organisées par les altermondialistes le sont moins). Il semble ainsi plus pertinent de considérer que la participation politique peut simplement relever d'une logique plus ou moins conventionnelle.

Montrer que certaines formes de participation politique ont des aspects conventionnels et non conventionnels.

2. Quelles sont les différences d'engagement des lycéens selon le genre ?

Dans ce document, tiré d'une vaste enquête du CNESCO sur le thème de l'école et de la citoyenneté, publiée en 2018, on constate des écarts d'engagement citoyen entre les filles et les garçons au lycée. Ainsi, le pourcentage des garçons à être délégués de classe est plus élevé que celui des filles (28 % contre 24 % pour les filles). Mais le pourcentage des filles lycéennes engagées dans les associations humanitaires est plus élevé que celui des garçons lycéens (de 4 points). Toutefois, on constate le même écart en faveur des garçons en matière d'engagement dans le cadre des associations de défense de l'environnement. Mais il est notable que les garçons lycéens sont nettement plus engagés que les filles dans les mouvements politiques (16 % pour les garçons contre 9 % pour les filles).

Présenter le document.

Insister sur les écarts marquants relevés dans le document.

Ainsi, on constate des différences significatives chez les lycéens, filles et garçons, en termes d'engagement citoyen : les garçons sont relativement plus présents dans certains types d'actions, comme les fonctions de délégués de classe, les associations de défense de l'environnement et les mouvements politiques, alors que les filles sont relativement plus présentes dans les activités du lycée et les associations humanitaires.

SUJET 28

Comment expliquer l'engagement politique dans les sociétés démocratiques ?

ÉPREUVE COMPOSÉE (PARTIE 3)

En vous appuyant sur le dossier documentaire et vos connaissances, vous montrerez qu'il existe une diversité des objets de l'action collective.

DOCUMENT 1

Depuis 1968 surtout, les observateurs français – Alain Touraine en premier lieu – prétendent volontiers que des formes nouvelles, un style de vie propre à l'ère post-industrielle, font leur apparition. […] À y regarder de plus près, on s'aperçoit pourtant que les formes utilisées ont déjà une histoire. La nouveauté réside dans les changements des groupes et des demandes. Dans le conflit industriel, par exemple, les grèves continuent de dominer l'action ouvrière, mais les cols blancs et les techniciens y prennent une part plus active, et certains groupes de travailleurs demandent à être consultés lors des décisions touchant la production et les investissements. De même, les demandes d'autonomie régionales, de droits sexuels ou de liberté de vie sont devenues plus fréquentes depuis la Seconde Guerre mondiale, mais pour les présenter, leurs défenseurs ont le plus souvent recours aux manifestations, aux défilés et aux autres moyens similaires déjà largement répandus à la fin du XIXe siècle.

Source : Charles Tilly, *La France conteste, de 1600 à nos jours*, © Éditions Fayard, 1986.

DOCUMENT 2 • *Les entreprises ayant déclaré au moins une grève et nombre de jours de grève pour 1 000 salariés de 2005 à 2017*[1]

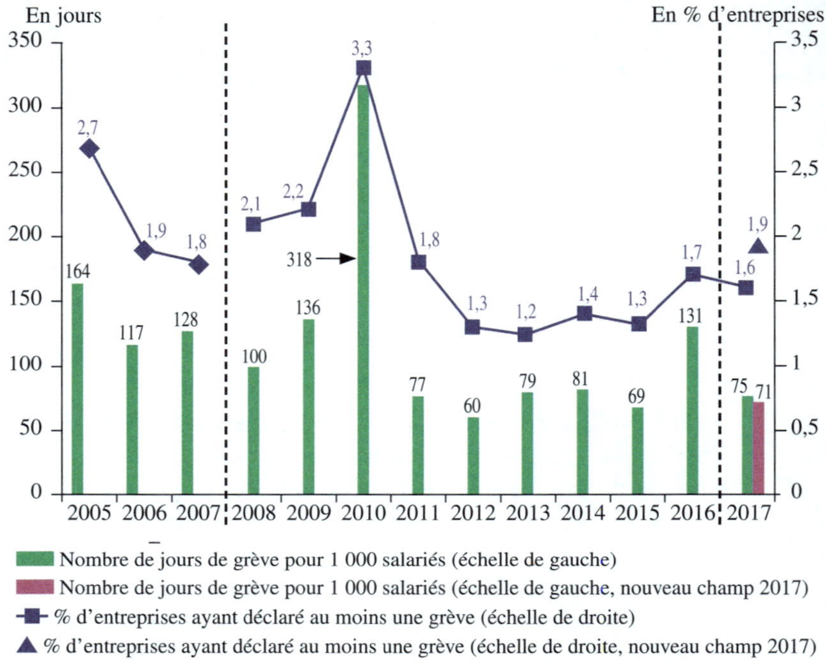

Source : DARES, Enquête Acemo « Dialogue social en entreprise ».

1. Ce graphique présente deux ruptures de série : à partir des données 2008, la pondération de l'enquête a été revue, et en 2017, le champ de l'enquête a été élargi.

Champ à partir de 2017 : entreprises de 10 salariés ou plus du secteur marchand non agricole en France (hors Mayotte).
Champ jusqu'en 2016 : idem, hors DROM, associations de loi 1901 de l'action sociale et syndicats de copropriété.

Lecture : En 2017, 1,9 % des entreprises ont connu au moins une grève dans l'entreprise ou l'un de ses établissements et le nombre de journées non travaillées pour fait de grève rapporté aux effectifs salariés équivaut à 71 jours pour 1 000 salariés.

DOCUMENT 3

Dans la catégorie « citoyen critique », nous classons l'ensemble des personnes qui ne se montrent pas satisfaites par le fonctionnement actuel de notre démocratie, qu'elles aspirent à une amélioration, un changement radical ou une sortie du système démocratique. Autrement dit, à l'exclusion des 9,2 % ayant répondu que « notre démocratie fonctionne bien » et qu'« il n'y a pas de raison de changer vraiment les choses », la grande majorité des personnes interrogées (90,8 %) peuvent être qualifiées de citoyens critiques. Dans la mesure où l'approche critique est ici définie par le besoin exprimé de dépasser le statu quo, il n'est pas étonnant qu'elle soit majoritaire.

Dans cette enquête, la citoyenneté critique prend en effet trois visages sensiblement différents :

– une approche qui peut être qualifiée de « réformiste » chez ceux qui considèrent que « notre démocratie devrait être améliorée sur de nombreux points » (48,3 %) ;

– une dimension radicalement « transformatrice » pour ceux qui estiment qu'« établir une vraie démocratie en France nécessiterait un changement radical » (34,6 %) ;

– une posture de rejet de la part de ceux que nous qualifierons d'« outsiders » dans la mesure où ils font valoir leur volonté de sortir du système démocratique considérant que « la démocratie, cela ne marche pas ; il faut trouver un autre système politique » (7,8 %).

Source : CEVIPOF, « Les figures du citoyen critique », Note 45, juillet 2017.

Travail préparatoire

Analyser le sujet

Le sujet invite le candidat à présenter le caractère multiforme des finalités de l'action collective dans la société française contemporaine. Il s'agit en particulier, selon les indications du programme de SES, d'avoir en tête la diversité des conflits sociaux qui ont émaillé l'actualité ces dernières années, autour d'enjeux à la fois matérialistes (conflits du travail) et post-matérialistes (luttes minoritaires, défense de l'environnement, féminisme, etc.).

Analyser les documents

Document 1

Le texte, qui propose une perspective historique dans le temps long, peut être mobilisé pour montrer l'enjeu post-matérialiste des « nouveaux mouvements sociaux », qui ont la particularité de centrer leur mobilisation sur des enjeux culturels, au-delà de la question du bien-être matériel et du partage des richesses. Il peut être utile pour expliciter et illustrer la notion de diversité de l'action collective en citant des exemples comme les luttes étudiantes, les mouvements pour les droits des femmes, celui des minorités LGBT ou la critique de la mondialisation libérale.

Document 2

Ce graphique permet d'évoquer l'évolution des conflits dans la sphère du travail depuis 2005, mesurée par le nombre de jours de grève dans les entreprises. Il peut illustrer un paragraphe sur les conflits du travail en insistant sur un renouveau de ce type d'action collective ces dernières années.

Document 3

Ce texte peut être cité pour montrer que l'un des objets de l'action collective est de questionner le lien entre les gouvernants et les gouvernés dans les démocraties, dans la mesure où de nombreuses mobilisations ont montré une volonté pour certaines personnes d'évoluer vers des formes plus directes d'expression politique (référendum citoyen, etc.).

Problématiser le sujet

Le sujet nécessite d'évoquer toutes les causes de la mobilisation sociale, qu'elles soient liées aux conflits du travail ou à des enjeux plus larges de société. Il faudra en particulier détailler les répertoires de l'action collective que les individus mobilisent pour influencer notamment les politiques publiques.

Proposition de plan

I. Le déclin et le retour des conflits du travail
   A. Des conflits sociaux traditionnels aux « nouveaux mouvements sociaux »
   B. La crise économique et le retour des conflits du travail

II. Le renouvellement des formes de l'action collective
   A. La diversité des répertoires de l'action collective
   B. Un renouveau de la conflictualité sociale

Corrigé

Les textes en bleu apparaissant dans ce corrigé ne doivent pas figurer dans votre devoir. Nous les avons insérés pour vous guider et vous conseiller.

Les conseils du professeur

Introduction

ZAD, mouvement des « gilets jaunes », conflit autour des retraites... La période récente a été marquée par une diversité d'actions collectives qui montre la persistance d'une forte conflictualité au cœur de la société française. L'action collective correspond à l'action commune ou concertée des membres d'un groupe en vue d'atteindre des objectifs communs. Les répertoires d'actions politiques qui nous intéressent ici sont également multiformes et ne s'articulent plus forcément autour de la question du travail et du partage des richesses entre les groupes sociaux. L'action collective peut se dérouler dans de nombreux domaines : dans le monde du travail, mais aussi ailleurs et sur d'autres enjeux de société. Elle peut se faire dans un cadre local, limité (comme dans une entreprise), mais aussi dans le cadre mondial avec les manifestations altermondialistes. Enfin, les acteurs de ces mobilisations collectives peuvent être très organisés, comme les syndicats, ou au contraire être des

Proposer une accroche.

Définir le mot-clé du sujet.

Mettre en évidence la diversité des objets de l'action collective.

collectifs éphémères, comme les coordinations, ou plus spontanés, comme le mouvement des « gilets jaunes ».
Il s'agira donc de montrer que les conflits du travail, après avoir connu un déclin, sont redevenus centraux, avant d'étudier la diversité des formes de mobilisation collective de nos jours.

Annoncer le plan.

I. Le déclin et le retour des conflits du travail

A. Des conflits sociaux traditionnels aux « nouveaux mouvements sociaux »

Dans la première moitié du XXe siècle, les mobilisations collectives autour de la sphère du travail sont les principales formes d'action collective, avec des oppositions entre les salariés et le patronat autour de la répartition des richesses et le partage entre les salaires et les profits (hausse des salaires au rythme des gains de productivité, baisse de la durée du travail, congés payés…). Comme le note le document 1, même si les modes d'actions peuvent être similaires (manifestations), à partir des années 1970 (après mai-juin 1968), le lieu des conflits n'est plus l'économie mais la sphère culturelle, avec de nouveaux enjeux. Ce sont les « nouveaux mouvements sociaux » décrits par le sociologue français Alain Touraine, autour de questions comme le féminisme, le régionalisme, l'environnement (mouvement anti-nucléaire), les luttes étudiantes, etc. Avec les « nouveaux mouvements sociaux », on peut donc parler d'un affaiblissement du conflit de classe, dans ses formes traditionnelles.

Montrer l'importance historique des mobilisations collectives autour du travail.

Évoquer l'émergence de nouvelles formes d'action collective.

B. La crise économique et le retour des conflits du travail

Mais cela ne signifie pas que les conflits du travail ont disparu. La capacité de mobilisation collective s'est affaiblie, ce qui entraîne un changement dans la forme des conflits : ceux-ci sont de plus en plus localisés, propres à une entreprise ou un secteur, alors que les conflits généralisés se raréfient. Le travail est donc toujours l'objet de conflits mais ils se modifient, avec des formes de

Montrer la persistance des formes de l'action collective sur le thème du travail.

revendications différentes (des pétitions, des appels aux médias et parfois même des séquestrations). En 2012, l'actualité est marquée par un conflit autour de la fermeture des hauts-fourneaux de Florange, qui pose la question du déclin de certains secteurs industriels en France. En 2016, un conflit a éclaté également autour d'une loi réformant le fonctionnement du marché du travail (la loi El Khomri), tandis qu'en 2020 la question de la réforme des retraites a été centrale dans le débat public, avec de nombreuses mobilisations partout en France. Le document 2 montre qu'en 2010, il y a eu une poussée avec 318 jours de grève pour 1 000 salariés et, en 2017, 131 jours de grève pour 1 000 salariés.

Exploiter les données des documents.

Ainsi, les conflits du travail, qui ont pu sembler passer au second plan en termes d'action collective à une certaine époque, dans un contexte de désyndicalisation, de brouillage des frontières entre les classes sociales et d'émergence de nouveaux enjeux, sont revenus au cœur des mobilisations avec la crise économique. On note aujourd'hui que les mobilisations collectives coexistent et sont multiformes.

Rédiger une transition.

II. Le renouvellement des formes de l'action collective

A. La diversité des répertoires de l'action collective

La participation politique non conventionnelle renvoie à l'ensemble des comportements protestataires et à d'autres répertoires d'action politique, peu encadrés par des règles clairement définies, et qui confrontent directement les citoyens au pouvoir, sans passer par les représentants traditionnels (pétitions, occupations de bâtiments, grèves de la faim, etc.). Les « nouveaux mouvements contestataires » se sont multipliés (l'association Droit Au Logement, le Réseau éducation sans frontières, ATTAC, le mouvement des « gilets jaunes », etc.), de nouveaux enjeux écologiques et culturels apparaissent et suscitent des mobilisations. Il n'y a donc pas

Présenter la multiplicité des formes d'action collective dans le champ politique.

dépolitisation, mais redéfinition des pratiques politiques. La participation politique non conventionnelle importante des jeunes se fonde sur un désir d'autonomie et sur la volonté de pouvoir suivre ses convictions, notamment par le biais d'une consommation engagée (le véganisme par exemple). Ce refus des étiquettes politiques et des pratiques politiques conventionnelles est à relier à certains mouvements sociologiques de fond, comme la montée de l'individualisme.

Insister sur la diversité des actions collectives tournées vers la protestation.

B. Un renouveau de la conflictualité sociale

Ces dernières années, on a pu noter un renouveau de la conflictualité sociale et de l'action collective. Il existe une mobilisation sur des enjeux post-matérialistes, notamment portée par les jeunes générations, autour de la lutte contre le changement climatique (la « marche pour le climat »), sur le droit des femmes et des minorités (LGBT), ou sur l'invention de nouveaux modèles de société censés défendre des parties du territoire contre des projets d'utilité collective : les « zones à défendre » (ZAD) comme les appellent les militants.

Évoquer les différentes formes d'action collective actuelles.

Mais la mobilisation collective passe aussi par des mouvements d'ampleur, spontanés et peu structurés, autour des enjeux plus matérialistes comme le pouvoir d'achat ou la fiscalité, avec toutefois la volonté de réformer la démocratie avec une consultation plus directe du peuple (cas du mouvement des « gilets jaunes » en 2018). Le document 3 évoque ainsi l'émergence d'un citoyen critique qui interroge, voire rejette le fonctionnement actuel de la démocratie.

Montrer la persistance des enjeux matérialistes.

Conclusion

En définitive, l'actualité de la mobilisation collective exprime une très grande diversité, qui montre que malgré un certain renouveau des conflits du travail, les débats sur les questions sociétales, l'avenir de la Cité et son organisation demeurent vivaces.

Synthétiser la réponse à l'enjeu central du sujet.

Regards croisés

SUJET 29

Quelle action publique pour l'environnement ?

DISSERTATION

Quelles sont les contraintes qui pèsent sur l'action publique pour l'environnement en présence de biens communs ?

DOCUMENT 1 • *La nature des biens communs*

La source principale de risque d'extinction des ressources renouvelables tient dans la conjonction de deux phénomènes : le libre accès à la ressource et l'existence d'externalités de production. Une ressource renouvelable est en effet intermédiaire entre bien privé et bien collectif. Elle partage avec le premier son caractère rival qui fait que sa consommation par un agent l'interdit aux autres, et elle possède comme le second la difficulté d'exclusion de son usage. La capture d'un poisson supplémentaire par un pêcheur entraîne une diminution de la taille de la population (de poissons), donc de sa taille future, et conduit à rendre plus difficiles et donc plus coûteuses les captures ultérieures. On est là en présence d'une externalité de production, où l'activité d'un pêcheur a des conséquences sur l'ensemble des exploitants (on entend ici par externalité l'existence d'une différence entre le coût privé pris en compte par le pêcheur dans sa décision de capture et le coût social supérieur qui sera supporté par la collectivité du fait de sa décision). La combinaison de ces deux facteurs, externalité d'exploitation et accès libre, conduit à la « tragédie des biens communs » analysée par Hardin.

Source : Gilles Rotillon, *Économie des ressources naturelles*, © Éditions La Découverte, 2019.

DOCUMENT 2 • *L'évolution de la destruction des forêts tropicales entre 2000 et 2017*

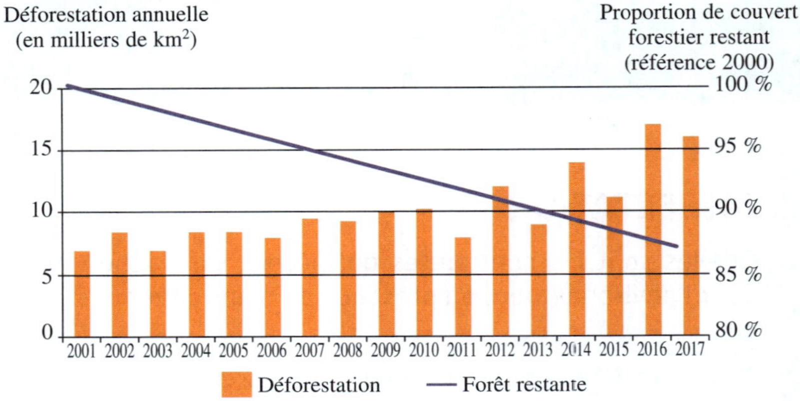

Source : Bruce Albert, Fabrice Dubertet, François-Michel Le Tourneau, « Un monde de forêts », dossier contenu dans le catalogue de l'exposition *Nous les arbres*, Fondation Cartier pour l'art contemporain, 2019.

DOCUMENT 3 • *La consommation annuelle mondiale de poisson par habitant, en kilogrammes*

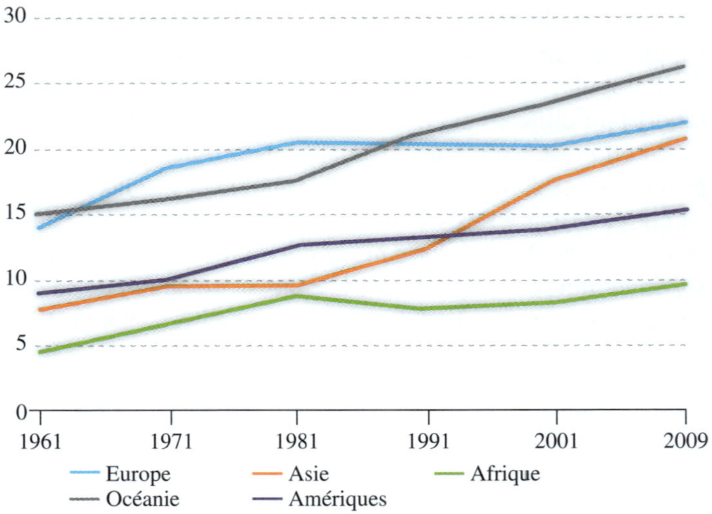

Source : Guillaume Duval, « Les sept plaies de la crise écologique », in Philippe Frémeaux *et alii*, *L'Économie verte en trente questions*, Alternatives économiques, 2013.

DOCUMENT 4 • *Trois discours sur l'environnement et le développement*

	Discours systémique	Discours libéral	Discours structurel
Les humains sont…	une espèce au sein de la biosphère	des êtres innovants	égaux en droit
Les ressources sont…	limitées	illimitées	inégalement réparties
Les forces du marché sont…	destructrices	génératrices	inéquitables
La dégradation de l'environnement est aggravée par…	la surpopulation et la surcroissance	la faible croissance	le sous-développement
La pauvreté est en partie…	une conséquence de la dégradation de l'environnement	une cause de la dégradation de l'environnement	une cause de la dégradation de l'environnement
La gouvernance de l'environnement est inefficace lorsqu'elle…	s'appuie sur des normes volontaires	décourage l'innovation	impose les priorités des pays les plus développés
Il faut dénoncer…	la fuite en avant	la stagnation	les inégalités

Source : Jean-Frédéric Morin, Amandine Orsini, *Politique internationale de l'environnement*, © Presses de Sciences Po, 2015.

Travail préparatoire

Analyser le sujet

Dans le cadre du chapitre consacré à la question de l'action publique pour l'environnement, le sujet conduit le candidat à s'interroger sur les stratégies de « passager clandestin » qui peuvent peser sur les politiques climatiques, les négociations et les accords internationaux liés à la préservation de l'environnement, en présence de biens communs, ainsi que sur les stratégies différenciées induites par les inégalités de développement entre pays, c'est-à-dire par les contraintes logiquement provoquées par l'hétérogénéité des niveaux de développement.

Selon la typologie utilisée par les économistes, les biens communs sont des biens dit « rivaux » mais « non excluables ». Les biens communs ne sont pas des biens collectifs qui sont « non rivaux » et « non excluables ». Il convient donc de ne pas les confondre ! Ainsi, les pâturages communs ne font pas l'objet d'une exclusion par les prix, mais l'herbe mangée par un troupeau de vaches n'est plus disponible pour d'autres. De même, les poissons pêchés par un pêcheur ne sont plus disponibles pour les autres.

L'action publique pour l'environnement se réfère surtout à une définition juridique formulée dans la loi Barnier en 1995 : « Les espaces, ressources et milieux naturels, les sites et paysages, la qualité de l'air, les espèces animales et végétales, la diversité et les équilibres biologiques auxquels ils participent font partie du patrimoine commun de la nation ». L'action publique pour l'environnement désigne un ensemble d'acteurs qui ont des objectifs environnementaux et disposent de différents moyens pour les atteindre. Ces différents acteurs (pouvoirs publics, ONG, entreprises, experts, partis, mouvements citoyens…) participent à la construction des questions environnementales comme « problème public » et à leur mise à l'agenda politique dans le cadre de négociations et d'accords internationaux. Ces acteurs entretiennent des relations de coopération et de conflit. L'action publique pour l'environnement articule différentes échelles (locale, nationale, européenne, mondiale). Les accords internationaux sont le résultat de la négociation entre les dirigeants de différents

pays, d'ONG, de mouvements de la société civile... Ils prennent la forme de traités et de textes qui, sur le papier, engagent les États et les agents économiques de chaque pays.
Les politiques climatiques désignent l'ensemble des objectifs et des instruments utilisés par les pouvoirs publics pour réduire les émissions de gaz à effet de serre (GES) et les changements et dérèglements climatiques induits.

Analyser les documents

Document 1

Le texte présente la nature des biens communs en rappelant les critères de distinction. Les biens communs sont « rivaux » mais « non excluables ». Ainsi, les pâturages communs ne font pas l'objet d'une exclusion par les prix, mais l'herbe mangée par un troupeau de vaches n'est plus disponible pour d'autres. De la même façon, les poissons pêchés par un pêcheur ne sont plus disponibles pour les autres. C'est le critère de « rivalité ». Les auteurs rappellent qu'une ressource commune est une ressource en accès libre, que chacun peut venir exploiter sur le mode du « premier arrivé, premier servi ». Ainsi, « la capture d'un poisson supplémentaire par un pêcheur entraîne une diminution de la taille de la population (de poissons), donc de sa taille future, et conduit à rendre plus difficiles et donc plus coûteuses les captures ultérieures. » Il s'agit d'une externalité de production qui conduit à « l'existence d'une différence entre le coût privé pris en compte par le pêcheur dans sa décision de capture et le coût social supérieur qui sera supporté par la collectivité du fait de sa décision ».

Document 2

Le graphique présente l'évolution de la destruction des forêts tropicales entre 2000 et 2017. La déforestation se traduit par une diminution définitive du couvert forestier. Il convient de la distinguer de la dégradation des forêts, laquelle correspond à une baisse de la qualité de son écosystème (réduction de la végétation, dégradation des sols, effondrement de la biodiversité...).

Avec l'échelle de gauche, on peut observer la déforestation annuelle en milliers de km². La tendance est clairement à l'accélération de la destruction et la réduction de la taille des forêts tropicales. On passe d'environ 7 000 km² détruits en 2001 à environ 16 000 km² en 2017. L'année 2016 a enregistré la plus forte perte de surface annuelle de forêts tropicales, suivie de près par l'année 2017.
Avec l'échelle de droite, on peut observer l'évolution de la proportion (en pourcentage) de couvert forestier restant. Logiquement, on peut voir grâce à la droite décroissante que la part du couvert forestier restant en 2017 est passé à environ 87 % de ce qu'il était en 2001.
Ceci est un exemple éclairant de la tragédie des biens communs. La déforestation et la dégradation des forêts sont causées par de multiples facteurs, certains humains et d'autres naturels (comme les incendies de forêt, les maladies pouvant affecter les arbres ou les parasites). Néanmoins, la principale cause de déforestation et de dégradation des forêts à l'échelle mondiale reste l'expansion agricole pour la production de matières premières (en particulier la culture du soja), de l'huile de palme et l'élevage de bovins.

Document 3

Le graphique du document 3 nous propose d'observer l'évolution, entre 1961 et 2009, de la consommation annuelle mondiale de poisson par habitant, en kilogrammes. Le poisson est un bien commun : les poissons pêchés par un pêcheur ne sont plus disponibles pour les autres. Globalement, la consommation annuelle mondiale de poisson par habitant a augmenté sur tous les continents mais à des vitesses différentes. Ainsi, la consommation annuelle mondiale de poisson par habitant a moins que doublé en Océanie et en Europe, a quasiment doublé en Afrique et dans les Amériques, et a presque triplé en Asie.
Ce document attire notre attention sur l'accélération du prélèvement humain dans les réserves halieutiques et sur la raréfaction accrue de ces biens communs. En raison de la combinaison entre la croissance économique et la croissance démographique, la nature des biens communs conduit à leur « tragédie » au sens de Garrett Hardin (« The Tragedy of the Commons », 1968).

Document 4

Ce tableau synthétique présente trois discours sur les interactions entre environnement et développement. Il s'agit d'une modélisation visant à attirer l'attention de chacun sur les traits saillants des multiples discours sur ces relations afin de clarifier les controverses. Les auteurs ont construit trois idéaux-types qu'il convient de distinguer : un discours systémique, un discours libéral et un discours structurel. Chaque approche articule différemment l'interaction entre la protection de l'environnement et le développement économique.

Dans le cadre de l'approche systémique, la biosphère est un système fermé composé de sous-systèmes (économique, biologique, géographique, hydrographique et climatique) liés. En situation de rareté des ressources (des biens communs en particulier) et d'interdépendance, il est nécessaire de préserver les équilibres naturels de la biosphère pour éviter une crise systémique par contagion des sous-systèmes. Plusieurs pays développés ayant déjà rompu ces équilibres, il est urgent qu'ils réduisent leur pression sur l'environnement (leurs prélèvements de biens communs par exemple), et que les pays en développement (PED) abandonnent leur rêve de rejoindre le niveau des pays développés, même si cela peut sembler injuste.

L'approche libérale privilégie le développement économique car il permet d'augmenter les moyens de protéger l'environnement et le stock de biens communs en stimulant la recherche, le développement et la diffusion de nouvelles technologies permettant de réduire la consommation de ressources naturelles et les émissions polluantes. Considérant que l'innovation technologique est sans limite, les contraintes imposées par les ressources naturelles, dont les biens communs, sont drastiquement réduites. Logiquement, il convient de favoriser l'innovation et la croissance économique afin de mieux protéger l'environnement et les biens communs.

Selon l'approche structurelle, il faut tenir compte des différences entre les PED et les pays développés. Les PED, qui ont bien moins contribué à la raréfaction des ressources naturelles et aux prélèvements dans le stock de biens communs, sont souvent les premières victimes et n'ont pas toujours les moyens nécessaires pour faire entendre leurs voix lors des négociations internationales. Il est impératif de leur transférer des technologies pour leur permettre de contribuer à la préservation de l'environnement, sans sacrifier leur développement économique.

Problématiser le sujet

En présence de bien commun, quelles sont les contraintes qui pèsent sur l'action publique pour l'environnement ? Afin de répondre à cette question complexe, il peut être utile d'expliciter préalablement la nature des biens communs en distinguant la tragédie des biens communs (Garrett Hardin) et la coopération (Elinor Ostrom). Sur cette base, l'exposé de l'action publique pour l'environnement, confrontée aux stratégies de « passager clandestin » et aux inégalités de développement entre pays, sera plus clair.

Proposition de plan

I. Les biens communs : entre tragédie et coopération
  A. La nature des biens communs
  B. Les biens communs : de la tragédie à la coopération

II. Les biens communs face aux stratégies de « passager clandestin » et aux inégalités de développement entre pays
  A. Les biens communs face aux stratégies de « passager clandestin »
  B. Les biens communs confrontés aux inégalités de développement entre pays

Corrigé

Les textes en bleu apparaissant dans ce corrigé ne doivent pas figurer dans votre devoir. Nous les avons insérés pour vous guider et vous conseiller.

Les conseils du professeur

Introduction

Ouvrir sur les enjeux fondamentaux du sujet.

La croissance économique, sous contrainte de rareté, produit une rareté accrue. Les ressources énergétiques fossiles s'épuisent (pétrole, charbon, gaz, minerai métallique), les réserves halieutiques aussi, les espèces naturelles en voie de disparition se multiplient, la déforestation s'accélère, l'augmentation de la concentration des gaz à effet de serre (GES, dont le dioxyde de carbone) accroît la rareté de l'air pur. D'un point de vue économique, les défaillances des marchés telles que la présence d'externalités et l'existence de biens communs, permettent de comprendre les limites écologiques de la croissance économique.

Définir les notions-clés du sujet.

Selon la typologie utilisée par les économistes, les biens communs sont des biens dit « rivaux » mais « non excluables ». Ainsi, les pâturages communs ne font pas l'objet d'une exclusion par les prix, mais l'herbe mangée par un troupeau de vaches n'est plus disponible pour d'autres. De même, les poissons pêchés par un pêcheur ne sont plus disponibles pour les autres.

L'action publique pour l'environnement désigne un ensemble d'acteurs qui, à l'échelle locale, nationale, européenne ou mondiale, ont des objectifs environnementaux et disposent de différents moyens pour les atteindre. Ces différents acteurs (pouvoirs publics, ONG, entreprises, experts, partis, mouvements citoyens...) entretiennent des relations de coopération et de conflit, participent à la construction des questions environnementales comme « problème public » et à leur mise à l'agenda politique dans le cadre de négociations et d'accords internationaux. Ces accords engagent les États et les agents économiques de chaque pays.

En présence de biens communs, quelles sont les contraintes qui pèsent sur l'action publique pour l'environnement ?

Poser la problématique.

Afin de répondre à cette question complexe, on présentera, dans une première partie, la nature des biens communs et les menaces qui pèsent sur ces ressources naturelles, en prenant soin de distinguer la tragédie des biens communs et la coopération indispensable à leur gestion, avant de terminer l'analyse dans une seconde partie consacrée à un exposé des contraintes qui encadrent l'action publique pour l'environnement, confrontée aux stratégies de « passager clandestin » des États et aux inégalités de développement entre pays.

Annoncer le plan du devoir.

I. Les biens communs : entre tragédie et coopération

La nature particulière des biens communs conduit à leur tragédie, au sens de leur inévitable disparition, et à une coopération nécessaire de leur gestion pour leur sauvegarde.

A. La nature des biens communs

Le document 1 présente la nature des biens communs en rappelant les critères de distinction. Les biens communs sont « rivaux » mais « non excluables ». Ainsi, les pâturages communs ne font pas l'objet d'une exclusion par les prix, mais l'herbe mangée par un troupeau de vaches n'est plus disponible pour d'autres. Les poissons pêchés par un pêcheur ne sont plus disponibles pour les autres. C'est le critère de « rivalité ». Les auteurs rappellent qu'une ressource commune est une ressource en accès libre, que chacun peut venir exploiter sur le mode du « premier arrivé, premier servi ». Ainsi, « la capture d'un poisson supplémentaire par un pêcheur entraîne une diminution de la taille de la population (de poissons), donc de sa taille future, et conduit à rendre plus difficiles et donc plus coûteuses les captures ultérieures. » Il s'agit d'une externalité de production qui conduit à « l'existence d'une différence entre le coût privé pris en compte

Définir clairement les notions et les relier aux phénomènes associés.

par le pêcheur dans sa décision de capture et le coût social supérieur qui sera supporté par la collectivité du fait de sa décision ».

Plus généralement, quand une forêt est en accès libre, seul le coût de l'abattage de l'arbre est pris en compte. En revanche, le coût de son remplacement qui permettrait à la forêt de se perpétuer, la perte de biodiversité ou l'influence sur le climat ne sont pas considérés. Il y a donc une réelle sous-estimation des coûts et une surestimation des bénéfices nets qui conduit, quel que soit le prix de marché, à extraire davantage d'arbres. Il en est de même concernant la qualité de l'air qui est une ressource partagée avec les générations futures. Dans ce dernier cas, l'effet de serre résulte de la sous-estimation des coûts que les générations futures supporteront du fait du comportement des générations présentes.

Le graphique du document 2 permet d'observer l'évolution de la destruction des forêts tropicales entre 2000 et 2017. La déforestation se traduit par une diminution du couvert forestier. Ainsi, la tendance est clairement à l'accélération de la destruction et la réduction de la taille des forêts tropicales. On passe d'environ 7 000 km^2 détruits en 2001 à environ 16 000 km^2 en 2017. L'année 2016 a enregistré la plus forte perte de surface annuelle de forêts tropicales, suivie de près par l'année 2017. De plus, la part du couvert forestier baisse logiquement, passant en 2017 à environ 87 % de ce qu'il était en 2001. La déforestation et la dégradation des forêts sont causées par de multiples facteurs, certains humains et d'autres naturels (comme les incendies de forêt, les maladies pouvant affecter les arbres ou les parasites). Néanmoins, la principale cause de déforestation et de dégradation des forêts à l'échelle mondiale reste l'expansion agricole pour la production de matières premières (en particulier la culture du soja), de l'huile de palme et l'élevage de bovins.

Utiliser les documents. Inutile d'indiquer le titre complet ni l'intégralité de la source.

Le graphique du document 3 nous montre qu'entre 1961 et 2009, la consommation annuelle mondiale de poisson par habitant (en kilogrammes) a moins que doublé en Océanie et en Europe, a quasiment doublé en Afrique et

Donner du sens aux statistiques mentionnées.

dans les Amériques, et a triplé en Asie. Le poisson est un bien commun : les poissons pêchés par un pêcheur ne sont plus disponibles pour les autres.
On déduit de ces observations que, de manière générale, le stock de capital naturel diminue et qu'en particulier, le stock de biens communs se réduit comme une « peau de chagrin ». Toutes choses égales par ailleurs, la soutenabilité de la croissance est érodée. Cette nature spécifique des biens communs conduira à leur tragédie, selon le biologiste malthusien Garret Hardin.

Courte phrase de transition.

B. Les biens communs : de la tragédie à la coopération

Garrett Hardin voit dans l'accroissement de la population un grand danger et estime que la liberté de procréer conduira inévitablement à la ruine. Dans *La Tragédie des biens communs* (1968), il montre comment l'usage collectif de terres communales aboutit, en l'absence de régulation, à la ruine des paysans. On peut dire que, contrairement à la main invisible du marché théorisée par Adam Smith, la somme des intérêts individuels ne conduit pas à l'intérêt général mais à la ruine générale. En effet, en l'absence de droits de propriété sur les biens environnementaux, on aboutit à une très mauvaise utilisation et affectation des ressources. De manière générale, l'inexistence de droits de propriété sur les biens communs conduit à la destruction inévitable et complète de l'environnement. L'existence de ces situations de marché dans une économie capitaliste est favorable à l'émergence et à la multiplication de comportements nuisibles à l'environnement, au climat, au bien-être et à l'aggravation des limites écologiques de notre mode de croissance. L'article de Hardin va rester longtemps la référence en matière de gestion des biens communs. Pour lui, la gestion optimale des biens communs exige soit la privatisation du bien considéré, soit la nationalisation. Cette tragédie des biens communs est illustrée par les données du document 2 sur les forêts tropicales et celles du document 3 sur les ressources halieutiques.
Jusqu'aux travaux d'Elinor Ostrom, première femme à

Faire référence aux documents.

recevoir le prix Nobel d'économie en 2009, les économistes semblaient avoir oublié la notion de biens communs. Elinor Ostrom a réexaminé, dans *La Gouvernance des biens communs* (1990), ce qui se passe réellement en matière de gestion des biens communs existants et a remis la question des biens communs au centre de la recherche économique. Elle montre que d'autres formes de gouvernance des biens communs que la privatisation ou la nationalisation sont possibles. Ses travaux présentent l'efficacité de la gestion directe des réseaux d'irrigation par les parties prenantes en Californie du Sud, ou la façon dont des copropriétaires peuvent gérer correctement et collectivement les immeubles. Les analyses montrent que la gestion de ressources partagées peut s'appuyer de manière efficiente sur la constitution d'arrangements institutionnels, souvent informels, mais dotés d'une grande capacité opérationnelle en vertu de l'implication des acteurs directement concernés. Contrairement aux arguments défendus par Hardin dans *La Tragédie des biens communs*, les problèmes de ressources communes peuvent être résolus par des organisations volontaires plus efficacement que par un État coercitif.

La nature unique des biens communs conduit à leur probable tragédie, même si leur gestion en copropriété peut faire reculer ce risque. Pour autant, en raison des possibles stratégies de « passager clandestin » des pays et des inégalités de développement entre pays, la protection de ces biens communs est éminemment complexe.

Rédiger une transition pour annoncer la partie II.

II. Les biens communs face aux stratégies de « passager clandestin » et aux inégalités de développement entre les pays

En présence de biens communs, les négociations et les accords internationaux sont contraints par des stratégies de « passager clandestin » et par les inégalités de développement entre les pays.

A. Les biens communs face aux stratégies de « passager clandestin »

En présence de biens communs, les négociations et les accords internationaux sont contraints par des stratégies de « passager clandestin ». Si on prend l'exemple du climat comme bien commun, le réchauffement climatique est une illustration de la tragédie des biens communs car il s'explique principalement par l'augmentation des émissions de gaz à effet de serre, plus particulièrement de dioxyde de carbone. Cependant, si le climat est un bien commun, en revanche, la lutte contre le réchauffement climatique revêt les caractéristiques d'un bien public mondial. Les biens publics mondiaux correspondent à « l'ensemble des biens accessibles à tous les États qui n'ont pas nécessairement un intérêt individuel à les produire » (Charles Kindleberger, 1986). Dans ces conditions, les stratégies de « passager clandestin » peuvent se développer. En effet, si chaque pays a un intérêt à ce que le réchauffement climatique soit limité, chacun préférerait que le coût soit supporté par les autres, engendrant de fait ces comportements de passager clandestin inhérents à la nature des biens communs (le climat) et des biens publics mondiaux (le réchauffement climatique).

Présenter quelques enseignements de la réflexion et de l'analyse économique.

Jean Tirole, prix Nobel d'économie en 2014, rappelle que dans un contexte de changements climatiques préoccupants, une économie de CO_2 entraîne certes des coûts à court terme, mais peut éviter des catastrophes à long terme. La difficulté est que les coûts d'un comportement vertueux sont supportés aujourd'hui par le pays qui le met en œuvre, et que la quasi-totalité de ses bénéfices vont à l'étranger et à des générations qui ne sont pas en âge de voter, alors qu'existe également le risque du comportement de « passager clandestin » des États partenaires d'un accord. Dès lors, selon Jean Tirole, un bon accord sur le climat, au-delà du choix des instruments, entre taxes, permis d'émission et réglementations, devrait poursuivre plusieurs objectifs : la priorité des négociations internationales devrait être un accord de principe sur l'établissement d'un prix universel du carbone compatible avec l'objectif des 1,5 °C à 2 °C d'élévation de la température du globe, la mise en œuvre d'une autorité de contrôle indépendante pour mesurer et contrôler la pollution nationale des pays signataires, ainsi qu'un mécanisme de gouvernance mondiale. Enfin, il est indispensable de prendre en compte les inégalités de développement entre pays.

Logiquement, pour qu'un État participe à ce type d'accord international et ne soit pas incité à se comporter comme un passager clandestin, il faut que son bien-être soit supérieur s'il adhère à l'accord que s'il n'y adhère pas. De plus, des transferts compensatoires et des incitations de marché pourraient être envisagés entre pays afin d'inciter un maximum de pays à participer à l'accord (crédits de réduction d'émission, ajustements fiscaux aux frontières, etc.) et non à devenir des passagers clandestins.

Les stratégies de passager clandestin de certains pays ne sont pas les seuls écueils sur le chemin de la protection des biens communs, encore faut-il tenir compte des inégalités de développement entre pays.

Courte phrase de transition.

B. Les biens communs confrontés aux inégalités de développement entre pays

En présence de biens communs, les actions publiques pour l'environnement sont contraintes par les inégalités de développement entre pays. Pour Jean Tirole, il est impératif de s'attaquer à cette épineuse question de l'équité dans le partage des efforts, permettant de rendre la croissance plus soutenable et le développement plus durable, entre les pays avancés d'industrialisation ancienne, les pays émergents et les pays les moins développés.

Le tableau synthétique du document 4 présente les principaux critères relatifs à trois discours sur les interactions entre contrainte écologique et développement économique. Il s'agit d'une modélisation visant à attirer l'attention de chacun sur les traits saillants des multiples discours sur ces relations afin de clarifier les controverses. Les auteurs ont construit trois idéaux-types de ces discours qu'il convient de distinguer : un discours systémique, un discours libéral, un discours structurel. Chaque approche articule différemment l'interaction entre la protection de l'environnement et le développement économique.

Dans le cadre de l'approche systémique, la biosphère est un système fermé composé de sous-systèmes (économique, biologique, géographique, hydrographique et climatique) liés. En situation de rareté des ressources (des biens communs en particulier) et d'interdépendance, il est nécessaire de préserver les équilibres naturels de la biosphère pour éviter une crise systémique par contagion des sous-systèmes. Plusieurs pays développés ayant déjà rompu ces équilibres, il est urgent qu'ils réduisent leur pression sur l'environnement (leurs prélèvements de biens communs par exemple), et que les pays en développement (PED) abandonnent leur rêve de rejoindre le niveau des pays développés, même si cela peut sembler injuste.

Présentation des différentes approches sur l'environnement et le développement en les reliant à la problématique des biens communs.

L'approche libérale privilégie le développement économique car il permet d'augmenter les moyens de protéger l'environnement et le stock de biens communs en stimulant la recherche, le développement et la diffusion de nouvelles technologies permettant de réduire la consommation de ressources naturelles et les émissions polluantes. Considérant que l'innovation technologique est sans limite, les contraintes imposées par les ressources naturelles, dont les biens communs, sont drastiquement réduites. Logiquement, il convient de favoriser l'innovation et la croissance économique afin de mieux protéger l'environnement et les biens communs.

Selon l'approche structurelle, il faut tenir compte des différences entre les PED et les pays développés. Les PED, qui ont bien moins contribué à la raréfaction des ressources naturelles et aux prélèvements dans le stock de biens communs, sont souvent les premières victimes

et n'ont pas toujours les moyens nécessaires pour faire entendre leur voix lors des négociations internationales. Il est impératif de leur transférer des technologies pour leur permettre de contribuer à la préservation de l'environnement, sans sacrifier leur développement économique.
Ces trois idéaux-types des approches relatives aux interactions entre contrainte écologique et développement économique permettent de prendre la mesure de la complexité des problématiques liés aux biens communs, à la soutenabilité de la croissance économique et au développement durable.

Conclusion

Synthèse des principaux développements du devoir.

La nature particulière des biens communs conduit à leur tragédie, au sens de leur inévitable disparition, et à une coopération nécessaire de leur gestion pour éviter que le stock de biens communs se réduise comme une « peau de chagrin ». Pour autant, en raison des possibles stratégies de « passager clandestin » que peuvent adopter les pays et des inégalités de développement entre pays, la protection de ces biens communs est éminemment complexe. En effet, en raison de l'absence d'une gouvernance environnementale mondiale, de nombreux sommets internationaux se succèdent afin de mettre en œuvre une coordination efficace entre les États. Malheureusement, si cette coordination est nécessaire, il est indubitablement difficile pour les dirigeants de plus de 200 pays, avec des situations économiques et écologiques hétérogènes, de se mettre d'accord sur des objectifs, voire sur des moyens. On peut constater que depuis le sommet de la Terre à Rio de Janeiro en 1992, les dirigeants de nombreux pays se réunissent souvent : de la première conférence des parties (COP) à Berlin en 1995 à la COP 22 à Marrakech, 22 négociations se sont succédé, avec une efficacité et des approches contrastées, ce qui témoigne de la difficulté de la tâche. L'avenir des biens communs et des biens publics mondiaux est loin d'être assuré.

Ouvrir sur des perspectives plus larges.

SUJET 30

Quelle action publique pour l'environnement ?

ÉPREUVE COMPOSÉE (PARTIE 1)

Quels sont les principaux instruments dont disposent les pouvoirs publics pour faire face aux externalités négatives sur l'environnement ?

Travail préparatoire

Analyser le sujet

Le sujet invite d'abord le candidat à définir précisément le concept d'externalité en s'appuyant sur des exemples d'externalités négatives sur l'environnent, au sens écologique du terme. Ensuite, il conviendra de présenter sommairement les principaux instruments dont disposent les pouvoirs publics pour réduire les externalités négatives sur l'environnement.

Corrigé

Les textes en bleu apparaissant dans ce corrigé ne doivent pas figurer dans votre devoir. Nous les avons insérés pour vous guider et vous conseiller.

Les conseils du professeur

Les externalités, ou effets externes, désignent les effets des activités économiques et des échanges des uns sur d'autres agents économiques, qui ne participent pas à ces échanges. Les externalités négatives désignent les situations où un agent économique est défavorisé par les opérations économiques d'un ou plusieurs autres, sans qu'il en soit dédommagé par ceux-ci. Une entreprise qui produit un bien, mais qui pollue et dégrade l'environnement naturel lors de son processus de production, va ainsi échanger ses produits avec des acheteurs. Cependant, les nuisances occasionnées à autrui à cause de la pollution n'entreront pas dans sa structure de coût et les personnes victimes de ses nuisances devront supporter seules les réparations et les protections liées à des échanges auxquels elles n'ont pas participé. Un aéroport provoque des nuisances sonores et olfactives, et détruit la qualité de l'air pour les habitants à proximité. Ceux qui ne prennent jamais l'avion devront pourtant supporter les coûts d'installation de doubles vitrages, de soins liés à la dégradation de leur santé physique et morale…

> Définir la notion d'externalités.

> Donner des exemples d'externalités négatives.

Le processus de croissance économique aboutit, de fait, à une raréfaction croissante, voire à un épuisement des ressources naturelles. Les ressources énergétiques fossiles s'épuisent (pétrole, charbon, gaz, minerai métallique), les réserves halieutiques aussi, les espèces naturelles en voie de disparition se multiplient, la déforestation s'accélère, l'augmentation de la concentration des gaz à effet de serre (GES) (dont le dioxyde de carbone, le CO_2) accroît la rareté de l'air pur. L'absence ou les mauvaises incitations ne conduisent pas les agents économiques à internaliser les conséquences environnementales et

> Expliquer succinctement pourquoi il existe des externalités négatives.

Regards croisés

climatiques dans leurs calculs (souvent imprécis), préalables à toute décision. Dans ces conditions, les pouvoirs publics ont le devoir d'encadrer les arbitrages afin de modifier les comportements par la contrainte et/ou l'incitation.

Les principaux instruments à la disposition des pouvoirs publics sont de deux types : les instruments juridiques (les lois et les règlements) et les instruments économiques (la taxation et les marchés de quotas d'émission). L'objectif est d'obliger et/ou d'inciter les agents économiques à internaliser ces externalités négatives dans le cadre d'un marché de quotas d'émission de CO_2 (échangeables), de recourir à une taxation (en vertu du principe pollueur/pollueur), d'imposer des réglementations pour contraindre les agents économiques sous peine de sanctions. L'internalisation des externalités est une incitation qui va modifier les arbitrages, les choix et donc les comportements car ce sont les agents concernés par les échanges qui en supporteront désormais tous les coûts (des nuisances, des dégradations, des réparations...). Les auteurs des externalités négatives vont ainsi en subir le coût économique car le pollueur (offreur ou demandeur) va payer pour les dégâts liés à sa production : une taxe qui élève ses coûts de production et le prix d'achat, l'achat de quotas supplémentaires pour les entreprises, une amende en cas de non-respect de la réglementation...

Expliquer ce que peuvent faire les pouvoirs publics pour réduire les externalités négatives.

SUJET 31

Quelle action publique pour l'environnement ?

ÉPREUVE COMPOSÉE (PARTIE 2)

Analyse des effets attendus d'une taxe carbone sur les émissions de CO_2

Questions

1. Pourquoi les émissions de CO_2 sont-elles des externalités négatives ?

2. Comment une taxe carbone peut-elle favoriser une réduction des émissions de CO_2 ?

DOCUMENT • *La décomposition des émissions de GES par source et produit selon les déciles de niveau de vie*

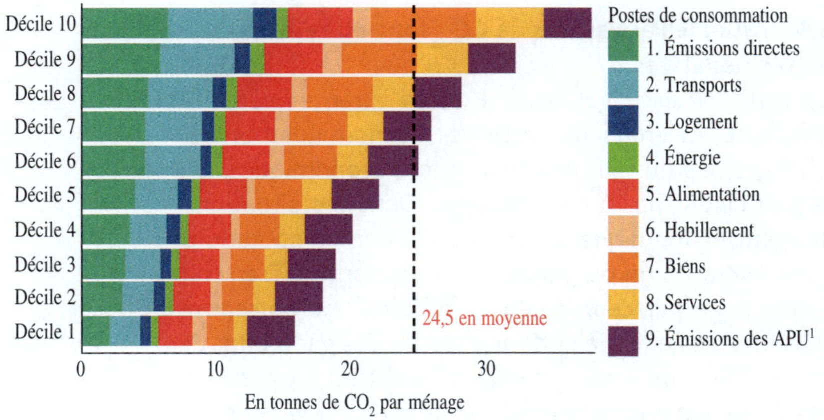

Source : Paul Malliet, « L'empreinte carbone des ménages français et les effets redistributifs d'une fiscalité carbone aux frontières », *Policy brief* n° 62, Sciences Po, OFCE, 9 janvier 2020.

1. APU : administrations publiques.

Travail préparatoire

Analyser le sujet

Pour répondre aux questions posées dans le cadre de ce sujet, le candidat doit analyser les effets attendus d'une taxe carbone sur les émissions de CO_2. Pour ce faire, il faut d'abord expliquer pourquoi les émissions de CO_2 sont des externalités négatives, en définissant cette notion, avant de présenter le mécanisme de causalité qui permet de comprendre comment une taxe carbone peut contribuer à une réduction.

Corrigé

Les textes en bleu apparaissant dans ce corrigé ne doivent pas figurer dans votre devoir. Nous les avons insérés pour vous guider et vous conseiller.

Les conseils du professeur

1. Pourquoi les émissions de CO_2 sont-elles des externalités négatives ?

Les externalités négatives, ou effets externes négatifs, désignent les effets des activités économiques et des échanges des uns sur d'autres agents économiques, qui ne participent pas à ces échanges. Dans ces situations, un agent économique est défavorisé par les opérations économiques d'un ou plusieurs autres, sans qu'il en soit dédommagé par ceux-ci. Pour produire, une entreprise va utiliser de l'énergie et donc émettre des gaz à effet de serre (GES), dont le dioxyde de carbone (CO_2). De même, lors de déplacements en voiture, un individu va émettre des GES, dont le CO_2. Ces émissions vont entraîner l'augmentation de la concentration des GES, dont le CO_2. Cela accroît la rareté de l'air pur et entraîne une hausse des températures. Cependant, les nuisances occasionnées par ces émissions n'entreront pas dans la structure

Définir les termes-clés de la question.

Donner un ou plusieurs exemples.

Expliquer pourquoi ces externalités sont négatives.

de coût des émetteurs et les personnes victimes de ces nuisances devront supporter seules les réparations et les protections liées à des échanges auxquels elles n'ont pas participé. L'absence ou les mauvaises incitations ne conduisent donc pas les agents économiques à internaliser les conséquences environnementales et climatiques dans leurs calculs préalables à toute décision. Dans ces conditions, les pouvoirs publics doivent encadrer les arbitrages afin de modifier les comportements par la contrainte et/ou l'incitation. Ils disposent d'instruments juridiques (lois et réglementations) et d'instruments économiques (taxes et marchés de quotas) pour remédier aux défaillances des mécanismes du marché.

2. Comment une taxe carbone peut-elle favoriser une réduction des émissions de CO_2 ?

La taxe carbone, ou taxe « verte », n'est pas très répandue dans le monde. Moins de 20 % des gaz à effet de serre au niveau mondial sont couverts par le prix du carbone. Pourtant, celui-ci peut être un moyen efficace d'orienter l'économie sur une trajectoire plus économe en carbone. En effet, la taxe carbone peut être mobilisée car elle vise à faire augmenter le coût de la production et la consommation d'énergie à forte intensité en carbone afin d'inciter les agents économiques à utiliser des combinaisons productives peu carbonées. Ensuite, elle peut motiver la construction et l'utilisation de parcs éoliens afin d'éviter les centrales électriques au charbon. Enfin, les recettes fiscales peuvent permettre de financer des investissements, de la recherche et développement, et des innovations permettant de réduire les émissions de gaz à effet de serre.

> Expliquer ce qu'est la taxe carbone.

> Expliquer pourquoi une taxe carbone peut être efficace.

Cependant, la mise en place d'un prix du carbone suffisamment élevé peut poser divers problèmes. En effet, la hausse du prix du carbone via une taxe entraîne, en général, celle du prix des carburants, ce qui provoque des problèmes de redistribution et entraîne des résistances. Pour passer rapidement à des solutions alternatives

> Présenter les limites de l'efficacité d'une taxe carbone.

moins coûteuses, le prix à payer pour les usagers peut être très élevé. De plus, une hausse de la taxe carbone risque de peser de manière disproportionnée sur les populations rurales, qui ne bénéficient pas de réseaux de transport en commun satisfaisants. Enfin, le lien entre la taxe carbone et les objectifs climatiques n'est pas toujours clair pour les contribuables, qui peuvent percevoir cette taxe comme un autre moyen de financer le budget public.

Utiliser les données du document.

Le document permet justement de différencier les émissions des ménages français en fonction de leur niveau de vie, entendu ici comme le revenu du ménage divisé par le nombre d'unités de consommation (UC) qui le composent. Une analyse de l'empreinte carbone au niveau du ménage a l'avantage de prendre en considération la structure familiale. En moyenne, les ménages français ont une empreinte carbone de 24,5 tonnes de CO_2 qui se décomposent de la façon suivante : 5 tonnes provenant des biens de consommation, 4,6 tonnes de l'alimentation, 2,3 tonnes de la consommation de services, 1,66 tonne d'émissions directes, 1,23 tonne des administrations publiques (APU), 1 tonne des transports et 0,85 tonne du logement (hors émissions directes pour ces deux derniers). Le ratio interdécile (d9/d1) d'émission est égal à 2,11 alors que celui entre les niveaux de vie est de 3,88 en prenant les revenus des seuils d'entrée dans le décile suivant.

Donner du sens aux statistiques.

Si la structure familiale du ménage joue un rôle dans la différence observée entre ménages et individus, le nombre d'unités de consommation par ménage diminue ainsi avec le revenu. Il est ainsi de 1,89 UC pour le premier décile contre 1,54 pour le dernier, en corrigeant cet effet (en divisant l'empreinte carbone du ménage par le nombre d'individus qui le composent). On trouve une empreinte carbone de 4,7 tonnes de CO_2 pour les individus dont le ménage appartient au premier décile, et de 18,4 tonnes de CO_2 pour ceux du dernier décile, soit un facteur de 3,9. Un facteur explicatif serait l'intensité carbone de la consommation par UC qui est décroissante avec le revenu. Alors qu'elle est de 1,68 kg de CO_2 par euro consommé pour le premier décile, elle est de 1,14 kg de CO_2 pour le dernier décile. Pour autant, il existe une forte hétérogénéité au sein même des déciles de niveau de vie. Le revenu ne saurait expliquer à lui seul le niveau d'empreinte carbone des ménages. Cet aspect est important à garder à l'esprit dans la construction de politiques publiques.

SUJET 32

BAC 2021
Antilles-Guyane

Quelle action publique pour l'environnement ?

ÉPREUVE COMPOSÉE (PARTIE 3)

À l'aide de vos connaissances et du dossier documentaire, vous montrerez que les pouvoirs publics disposent de plusieurs instruments pour faire face aux externalités négatives sur l'environnement.

DOCUMENT 1 • *Pourcentage de réduction des émissions de CO_2 en 2030, par rapport au scénario tendanciel[1]*

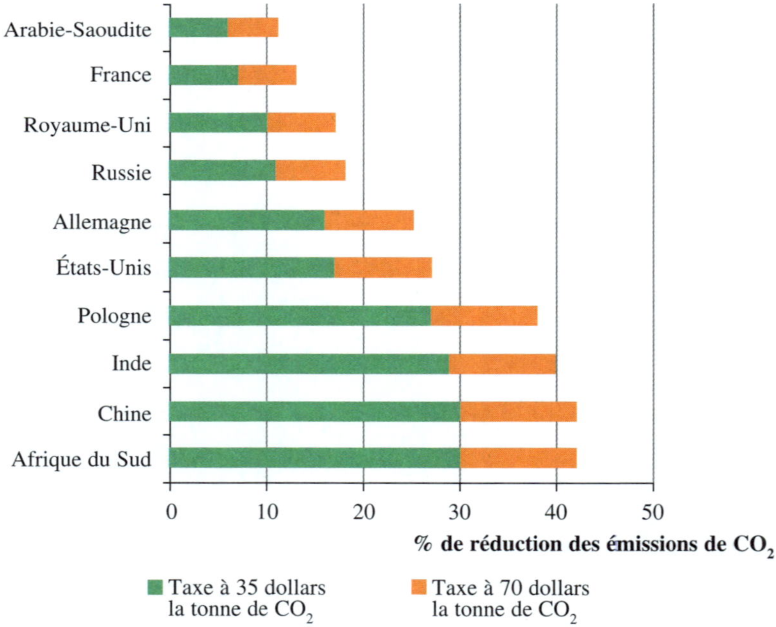

Source : d'après FMI, 2019.

1. Niveau qui serait atteint si aucune mesure contre les gaz à effet de serre n'était prise.

DOCUMENT 2 • *Le marché européen du carbone (SEQE-UE)*[1]

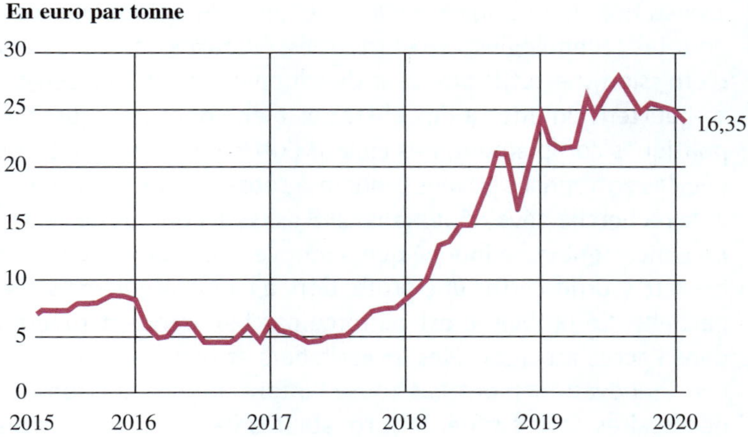

Source : d'après www.lesechos.fr, 26/03/2020.

1. SEQE-UE : Système d'Échange de Quotas d'Émissions de l'Union européenne.

DOCUMENT 3

L'existence de politiques environnementales créant une demande pour les technologies vertes (normes, écotaxes, marchés de permis d'émission) ne suffit pas. Leur développement et leur déploiement se heurtent en effet à des obstacles bien connus qui justifient des politiques complémentaires ciblant l'offre d'innovation. En premier lieu, les entreprises privées tendent à sous-investir dans l'innovation et la recherche développement car il est souvent plus facile de copier un concurrent qui a innové que d'innover soi-même. L'existence des brevets fournit certes une protection à l'innovateur, mais elle reste partielle. Ce problème est renforcé par l'existence d'imperfections dans l'accès au crédit : les investisseurs et banquiers, sensés financer l'innovation, n'ont pas toute l'information ni les compétences nécessaires pour évaluer les probabilités de réussite des projets. Ils ont donc une tendance à sous-financer les projets les plus innovants. C'est pourquoi tous les gouvernements financent la recherche et l'innovation, que ce soit par la recherche publique ou par des aides à l'innovation des entreprises. En France, le soutien direct à l'innovation privée verte prend deux formes principales : le Crédit Impôt Recherche (CIR) et les programmes Investissements d'Avenir. Le CIR est un dispositif consistant à rembourser de 30 à 40 % des dépenses de recherche et développement par un crédit d'impôt. Son coût budgétaire était de 5,3 milliards d'euros en 2015 pour l'ensemble des secteurs (et pas seulement pour l'innovation environnementale). Le programme des Investissements d'Avenir est lui sélectif en ce sens qu'il cible des domaines particuliers. Il est ainsi prévu de dépenser 2,3 milliards d'euros de 2014 à 2024 dans le domaine de l'environnement pour soutenir de gros projets de recherche privés sélectionnés par appels d'offres dans les énergies renouvelables et décarbonées, la ville durable, la chimie verte, les réseaux électriques intelligents, les véhicules du futur et l'économie circulaire.

Source : d'après www.ecologie.gouv.fr, 2016.

Travail préparatoire

Analyser le sujet

Le sujet invite le candidat à étudier les moyens à la disposition des pouvoirs publics pour faire face aux externalités négatives sur l'environnement, c'est-à-dire pour lutter contre les dérèglements climatiques et promouvoir le développement durable.
Le programme prévoit, en effet, d'expliciter les effets des réglementations, le rôle de la taxation et de la fiscalité écologique, et les marchés des quotas d'émission. Il s'agit en particulier de montrer que la complémentarité de ces trois instruments est à l'œuvre dans la réalité puisque l'État les mobilise à des niveaux différents pour atteindre ses objectifs.

Analyser les documents

Document 1

Les dérèglements climatiques, en général, et le réchauffement climatique, en particulier, sont liés à la consommation d'énergie et donc à l'émission de CO_2 dans les différentes régions du monde. Ce document propose un graphique statistique sur l'émission de CO_2 en 2030 après imposition d'une taxe par rapport au scénario tendanciel, c'est-à-dire relativement au niveau qui serait atteint si aucune mesure contre les gaz à effet de serre n'était prise. On peut voir que, par rapport au scénario sans taxe, l'application d'une taxe carbone à 35 dollars la tonne semble être une incitation efficace à la réduction des émissions de CO_2, conformément au principe du pollueur-payeur. Quand le montant de la taxe augmente, les émissions de CO_2 baissent.

Document 2

Le document est un graphique sur l'évolution du prix sur le marché de quotas d'émission de CO_2 mis en place en Europe en 2005 : le Système d'Échange de Quotas d'Émissions de l'Union européenne (SEQE-UE).
On peut observer l'évolution en euro de la tonne CO_2 sur le marché européen du carbone entre 2015 et 2020. En 2015, lors de

son ouverture, le prix est d'environ 7 euros la tonne de CO_2 sur ce marché. De 2016 à mi 2017, le prix du CO_2 baisse et reste faible à environ 5 euros la tonne. La quantité offerte étant probablement supérieure à la quantité demandée. Entre mi 2017 et mi 2019, le prix du CO_2 augmente fortement pour atteindre 25-26 euros la tonne. Logiquement, sur cette période, la quantité offerte a probablement été nettement inférieure à la quantité demandée. En 2020, le prix du CO_2 baisse fortement pour atteindre 16,35 euros la tonne. Cela s'explique certainement par la récession (chute des PIB) causée par la crise sanitaire. Le besoin de quotas supplémentaires chute et la quantité offerte devient nettement supérieure à la quantité demandée.

Document 3

Le document rappelle les limites et, donc, la complémentarité des instruments des politiques environnementales et climatiques visant à dynamiser l'innovation verte. En effet, l'innovation est un investissement coûteux pour lequel le risque de rentabilité est très élevé et il est logiquement plus facile de copier un concurrent qui a innové que d'innover soi-même. Cela reste vrai malgré l'existence des brevets qui reste une protection partielle et transitoire. Pour éviter un sous-investissement des entreprises privées dans l'innovation et la recherche développement, les gouvernements financent la recherche et l'innovation, que ce soit par la recherche publique ou par des aides à l'innovation des entreprises. En France, le soutien direct à l'innovation privée verte s'appuie sur le Crédit Impôt Recherche et les programmes Investissements d'Avenir.

Problématiser le sujet

La problématique nécessite d'inclure la pluralité des instruments à la disposition des pouvoirs publics pour faire face aux externalités négatives sur l'environnement.

Le plan peut donc reposer deux catégories de moyens d'action des pouvoirs publics pour réduire les effets des externalités négatives sur l'environnement.

Dans la réflexion sur les instruments et les conditions de leur efficacité, il peut être utile d'évoquer aussi les limites de chaque type d'instrument.

Proposition de plan

I. Les instruments juridiques pour faire face aux externalités négatives sur l'environnement
   A. Les lois et réglementations permettent d'interdire et d'obliger
   B. Les effets des instruments juridiques restent limités

II. Les instruments économiques pour faire face aux externalités négatives sur l'environnement
   A. Les taxes environnementales : incitations selon le principe du pollueur-payeur
   B. Les marchés de quotas d'émission : négociations et incitations selon le principe du pollueur-payeur
   C. Le soutien direct à l'innovation privée verte

Corrigé

Les textes en bleu apparaissant dans ce corrigé ne doivent pas figurer dans votre devoir. Nous les avons insérés pour vous guider et vous conseiller.

Les conseils du professeur

Introduction

Durant les années 1970, les économistes s'interrogent sur les infortunes environnementales de la croissance économique. De nombreuses conférences internationales se succèdent et pointent du doigt ses conséquences sur l'environnement : destruction de ressources naturelles, vulnérabilité de la planète, incapacité de la biosphère à « épurer » les émissions de gaz à effet de serre (GES), etc.

Ouvrir le sujet sur les enjeux de l'actualité.

Le mode de développement actuel ne semble pas durable car la croissance ne parait pas soutenable sur la longue période. En effet, pour produire, il est nécessaire de disposer d'un stock de capital. La diminution du stock de capital naturel est, de ce point de vue, problématique. L'une des principales externalités négatives qui

Définir les notions-clés, citées dans l'intitulé, du sujet.

touche l'ensemble de la planète est celle de l'émission par les activités humaines de CO_2. Les dérèglements climatiques, en général, et le réchauffement climatique, en particulier, sont liés à la consommation d'énergie et donc à l'émission de CO_2 dans les différentes régions du monde.

Dans ces conditions, quels sont les moyens, les outils, dont disposent les pouvoirs publics pour réduire les externalités environnementales et climatiques ?

Poser la problématique.

Nous présenterons, tout d'abord, les instruments juridiques des politiques environnementales avant d'exposer les principes de base des instruments économiques de ces politiques environnementales.

Annoncer le plan du devoir et le respecter ensuite.

I. Les instruments juridiques pour faire face aux externalités négatives sur l'environnement

Un court paragraphe est possible ici pour annoncer les grands points qui seront développés.

Les réglementations permettent d'encadrer les comportements en fixant des limites, des seuils à ne pas franchir sous peine de sanctions.

A. Les lois et réglementations permettent d'interdire et d'obliger

Présentation des concepts-clés : lois, réglementations, sanctions.

Les pouvoirs publics, instances nationales ou supra nationales, vont voter des lois et définir des règles à respecter sous peine de sanctions. Ces normes peuvent prendre la forme de lois, décrets, arrêtés, directives... Il s'agit d'interdire et d'encadrer les comportements des agents économiques, de baliser, de borner leur choix et de les inciter à internaliser les externalités de leurs activités économiques. De cette manière, on espère réduire les activités polluantes ou vecteurs d'externalités négatives pour l'environnement et le climat.

Ces normes peuvent avoir pour objectif la réduction de l'empreinte écologique. Afin de préserver les ressources naturelles, il faut favoriser l'émergence d'un nouveau mode de production, plus économe en capital naturel, et notamment favoriser une croissance économique faiblement émettrice de dioxyde de carbone. Il apparaît ainsi impératif de favoriser l'innovation qui est à l'origine du développement de technologies de production « propres » (voitures électriques, panneaux solaires). La réglementation est un instrument souvent utilisé car relativement simple. Elle est parfois efficace, comme le démontre l'interdiction du bisphénol A. La réglementation peut aussi faire naître des innovations, des produits et procédés plus respectueux de l'environnement. L'État peut inciter les entreprises à trouver des solutions innovantes en réglementant certaines pratiques (par l'interdiction de certains produits nocifs, par exemple) et en imposant des quotas dans l'utilisation de certaines ressources (quotas de pêche pour le thon rouge) considérées comme des biens communs.

Illustration par quelques exemples.

De nombreux exemples de normes existent. On peut distinguer les normes d'émission ou de rejet (seuil maximal d'émissions de CO_2, principal gaz à effet de serre [GES]), les normes de procédé ou de processus (interdiction de l'utilisation des chlorofluorocarbones dans les circuits de refroidissement des réfrigérateurs), les normes de produit (pots d'échappement catalytiques et interdiction du plomb dans le carburant) et les normes de qualité (pour l'air, l'eau, circulation alternée des véhicules et limitation de vitesse).

Toutefois, d'un point de vue économique, la réglementation a de nombreux inconvénients et son efficacité peut être limitée.

B. Les effets des instruments juridiques restent limités

Les effets des réglementations sont limités dans leurs effets et donc leur efficacité car ces normes peuvent être trop uniformes. Elles ne tiennent pas suffisamment compte des activités relatives des agents économiques, lesquels doivent donc réaliser un même effort. Sur le plan économique, la réglementation présente l'inconvénient de l'uniformité car toutes les entreprises doivent s'y conformer, quelle que soit leur taille par exemple. De surcroît, quand les normes fixent un seuil maximum, les agents ne sont aucunement incités à réduire les externalités négatives générées par leurs activités, tout

Présentation des principales limites des instruments juridiques.

simplement parce que le seuil a peut-être été mal défini. Par exemple, la réglementation européenne limite les émissions des nouvelles voitures à 130 g de CO_2 par kilomètre en 2015. Les producteurs limitent alors la consommation en carburant par kilomètre des véhicules pour s'y conformer. Mais les automobilistes sont alors incités à plus emprunter ce mode de transport puisque son coût relatif diminue. De ce fait, la pollution globale augmente.

L'efficacité des instruments juridiques étant insuffisantes, les pouvoirs publics vont compléter leur action en s'appuyant sur des instruments de nature économique.

Courte transition

II. Les instruments économiques pour faire face aux externalités négatives sur l'environnement

Un court paragraphe est possible ici pour annoncer les grands points qui seront développés.

Les pouvoirs publics disposent des taxes et de marchés de quotas (de permis d'émissions ou droits à polluer) pour inciter à une réduction des émissions de CO_2.

A. Les taxes environnementales : incitations selon le principe du pollueur-payeur

Présentation des concepts-clés : taxe pigouvienne, principe du pollueur-payeur.

Les taxes sont des instruments inspirés des travaux de Arthur C. Pigou (1877-1959) qui fut l'un des premiers auteurs à avoir réfléchi à l'économie environnementale, dans le cadre de l'économie du bien-être. On parle de « taxe pigouvienne » pour désigner les taxes qui visent à internaliser les effets externes négatifs. Il s'agit de rétablir l'optimalité en comblant l'écart entre le coût privé et le coût social provoqué par les effets externes environnementaux : c'est le principe « pollueur-payeur ». Plus la taxe est élevée, plus l'incitation à réduire les activités à externalités négatives sera forte. Les écotaxes, la taxe carbone... en sont des exemples récents.

Présentation du mécanisme de causalité des taxes pigouviennes.

Ainsi, il est possible de taxer les entreprises polluantes et de subventionner les entreprises ou individus qui mettent en œuvre des techniques économisant des ressources naturelles : subventions aux ménages qui isolent leur logement ou installent des panneaux solaires, mise en place d'une taxe sur les productions polluantes en dioxyde de carbone, faisant augmenter le prix relatif de ces productions sur le marché, afin de rendre des productions innovantes relativement moins chères (taxe carbone).

Les taxes peuvent, en outre, être à l'origine d'un « double dividende » : réduire la pollution par des incitations à modifier ses comportements polluants et dégager des recettes fiscales pour alléger d'autres prélèvements obligatoires, notamment le coût du travail et/ou investir dans des infrastructures ou des énergies moins polluantes. À ce double dividende statique s'ajoute un double dividende dynamique car la fiscalité écologique incite à l'innovation.

Dans le document 1, on peut voir que, par rapport au scénario sans taxe, l'application d'une taxe carbone à 35 dollars la tonne de CO_2 se traduirait par une baisse des émissions de CO_2 d'environ 7 % en France, de 17 % aux États-Unis, de 30 % en Chine. En revanche, on peut observer que, par rapport au scénario sans taxe, une taxe plus élevée de 70 dollars la tonne de CO_2 se traduirait par une baisse des émissions de CO_2 d'environ 13 % en France, de 27 % aux États-Unis, de 42 % en Chine... Autrement dit, le niveau de la taxe semble être une incitation efficace à la réduction des émissions de CO_2, conformément au principe du pollueur-payeur.

Utiliser le document pour illustrer les arguments théoriques.

Toutefois, les taxes écologiques doivent rester compatibles avec la compétitivité des entreprises dans la concurrence mondiale, tandis que les pays qui n'en imposent pas peuvent pratiquer une forme de dumping environnemental. Il s'agit alors de la combiner avec les autres instruments des politiques climatiques (réglementations, marchés de quotas).

Courte transition

B. Les marchés de quotas d'émission : négociations et incitations selon le principe du pollueur-payeur

Présentation des concepts-clés : négociations et incitations selon le principe du pollueur-payeur.

Pour compléter leur politique climatique, les pouvoirs publics peuvent créer des marchés de quotas d'émission (ou marché de droits à polluer, de permis d'émission). En 1960, Ronald Coase (prix Nobel en 1991) explique qu'il est possible de définir une hiérarchie dans le droit de produire des externalités négatives. Dans le cadre qu'il propose, on peut échanger des droits de propriété sur la production d'externalités négatives.

La quantité globale d'émission étant fixée par les autorités publiques, les quotas étant attribués initialement, ceux qui polluent peu peuvent vendre leurs quotas à ceux qui polluent beaucoup. *In fine*, ceux qui veulent polluer plus doivent acheter des quotas, ce qui augmente leurs coûts de production et devrait les inciter à réduire leurs émissions/pollutions. Le mécanisme est donc supposé incitatif car, en l'absence de droits de propriété et donc de quotas d'émission, les pollueurs peuvent polluer gratuitement et sans limites. Sur un marché de quotas d'émissions de CO_2, un marché de permis/droits d'émission, les agents économiques concernés peuvent échanger des quotas d'émission de CO_2.

Présentation succincte du mécanisme de causalité des marchés de quotas.

Le problème avec ce mécanisme est que les incitations ne sont suffisamment fortes qu'à la condition que le montant global des quotas soit assez faible pour rendre rare et cher les droits d'émission/pollution.

De tels marchés existent aujourd'hui : c'est le cas avec les émissions de CO_2 en Europe pour les grosses entreprises. Le document 2 est un graphique qui présente l'évolution du prix sur le marché de quotas d'émission de CO_2 mis en place en Europe en 2005. On peut y observer l'évolution en euros de la tonne de CO_2 sur le marché européen du carbone entre 2015 et 2020.

Donner du sens aux données du document.

En 2015, lors de son ouverture, le prix est d'environ 7 euros la tonne de CO_2 sur ce marché. De 2016 à mi 2017, le prix du CO_2 baisse et reste faible à environ 5 euros la tonne. La quantité offerte étant probablement supérieure à la quantité demandée.

Entre mi 2017 et mi 2019, le prix du CO_2 augmente fortement pour atteindre 25-26 euros la tonne. Logiquement, sur cette période, la quantité offerte a probablement été nettement inférieure à a quantité demandée. Et, conformément au principe du pollueur-payeur, une hausse du prix de la tonne de CO_2 doit être une incitation à

la réduction des émissions de CO_2 via une baisse de la consommation d'énergie.
En 2020, le prix du CO_2 baisse fortement pour atteindre 16,35 euros la tonne. Cela s'explique certainement par la récession (chute des PIB) causée par la crise sanitaire. Le besoin de quotas supplémentaires chute et la quantité offerte devient nettement supérieure à la quantité demandée.

C. Le soutien direct à l'innovation privée verte

L'innovation est un investissement coûteux pour lequel le risque de rentabilité est très élevé et il est logiquement plus facile de copier un concurrent qui a innové que d'innover soi-même.

Présentation succincte des principes de l'innovation.

Pour éviter un sous-investissement des entreprises privées dans l'innovation et la recherche développement, tous les gouvernements financent la recherche et l'innovation par la recherche publique ou par des subventions à l'innovation des entreprises, par des facilités d'accès au crédit et autres financements.

Présentation des aides à la recherche et à l'innovation.

En France, le soutien direct à l'innovation privée verte s'appuie sur le Crédit Impôt Recherche (CIR) et les programmes Investissements d'Avenir.
Le CIR est un dispositif non ciblé consistant à rembourser 30 à 40 % des dépenses de recherche et développement par un crédit d'impôt. Le coût budgétaire du CIR était de 5,3 milliards d'euros en 2015 pour l'ensemble des secteurs (et pas seulement pour l'innovation environnementale).
Le programme (sur les) Investissements d'Avenir est un programme sélectif car ciblé sur des domaines particuliers. Il est ainsi prévu de dépenser 2,3 milliards d'euros de 2014 à 2024 dans le domaine de l'environnement pour soutenir de gros projets de recherche privés sélectionnés par appels d'offres dans les énergies renouvelables et décarbonées, la ville durable, la chimie verte, les réseaux électriques intelligents, les véhicules du futur et l'économie circulaire.

Le document rappelle les limites et, donc, la complémentarité des instruments des politiques environnementales et climatiques visant à dynamiser l'innovation verte.

Présentation des limites des mesures en faveur de l'innovation verte.

Conclusion

Les instruments de la politique climatique mis en place par les pouvoirs publics conduisent à intégrer la question des externalités négatives en articulant de manière complémentaire les instruments réglementaires et les instruments économiques.

Courte synthèse des principaux développements du devoir.

Ces derniers peuvent être mobilisés de manière simultanée, mais cette mise en place s'avère complexe en période de crise et de forte compétition internationale.
Comme toujours en économie, il existe un débat entre les partisans des instruments réglementaires et ceux des instruments économiques.
Faut-il privilégier la contrainte (par la règle) ou l'incitation par des taxes ou marchés de quotas ? En fait, il suffit de penser à l'hétérogénéité des situations des agents économiques et à la diversité de leurs activités économiques pour comprendre que l'utilisation simultanée de différents instruments qui visent le même objectif est préférable.
Au fond, il y a bien plus complémentarité que substituabilité entre les différents outils des politiques environnementales et climatiques. Il revient aux économistes de présenter clairement et avec précision les avantages et inconvénients des différentes mesures et aux dirigeants politiques de choisir de manière rationnelle la meilleure combinaison possible.

Ouvrir sur des perspectives plus larges.

Lexique des notions fondamentales

Actifs : Ceux qui ont un emploi ou qui en recherchent un (chômeurs).

Anomie : Situation sociale caractérisée par l'affaiblissement des normes et du contrôle social au sein d'une société, ou encore inadéquation des moyens aux fins.

Asymétries d'information : Les agents économiques prennent des décisions, font des choix, en situation d'asymétrie d'information, au sens où ils ne disposent pas tous des mêmes informations, ni de la même capacité à traiter ces informations pour prendre leurs décisions. Ces asymétries peuvent induire des comportements non vertueux, des comportements d'antisélection (sélection adverse) quand les agents économiques font collectivement des choix qui vont conduire à la défaillance du marché, ou lorsqu'il y a aléa moral quand une personne prend davantage de risques car elle sait qu'elle sera « sauvée ». L'existence de ces comportements menace l'existence même des marchés concernés, car les échanges peuvent s'arrêter. Or, s'il n'y a plus d'échanges, il n'y a plus de marché !

Avantage comparatif : Gain résultant d'une différence de productivité pour la production de deux biens différents, qui se traduit par la spécialisation dans le bien relativement le moins coûteux ou dont la productivité est la plus élevée, et qui permet d'obtenir une quantité plus élevée de l'autre bien grâce à l'échange.

Balance des paiements : Document comptable, état statistique qui retrace l'ensemble des flux d'actifs réels, financiers et monétaires entre les résidents d'une économie et les non-résidents au cours d'une période déterminée. Les flux économiques et financiers à l'origine de ces opérations sont répartis en distinguant le compte des transactions courantes (échanges de biens, de services, de revenus et de transferts courants), le compte de capital (transferts en capital) et le compte financier (investissements directs ou de portefeuille). Pour la France, la balance des paiements est élaborée par la Banque de France.

Biens collectifs et biens communs : Les biens collectifs ne peuvent donner lieu à un échange marchand. Ils sont « non rivaux » et « non excluables ». Un bien est qualifié de rival dans la mesure ou la consommation par l'un empêche complètement celle de l'autre. Il n'y a pas d'exclusion par le prix car tout le monde a intérêt à ce que tout le monde y ait accès ! Les biens communs sont « rivaux » mais « non excluables ». Ce qui explique leur tragédie.

Brevets : Titres de propriété industrielle portant sur des inventions ou des innovations, et qui donnent un droit exclusif de production ou de commercialisation sur une période, généralement de 20 ans.

Capital : Stock d'actifs susceptible d'engendrer un flux de revenus.

Capital culturel : Ensemble des ressources et des dispositions culturelles (accès à des biens culturels, diplômes, rapport à la culture et à l'école) acquises.

Capital humain : Ensemble des compétences et des expériences accumulées qui ont pour effet de rendre les salariés plus productifs.

Capital social : Ensemble des ressources dont un acteur peut bénéficier grâce à ses relations sociales. Au-delà de cette dimension individuelle, il désigne aussi un contexte social favorable aux échanges entre individus et donc au développement économique.

Catégories socioprofessionnelles : Classification multidimensionnelle et partiellement hiérarchisée créée par l'Insee en 1954 (et modifiée depuis) qui est fondée sur un certain nombre de critères (profession individuelle, statut juridico-économique, qualification des salariés, position hiérarchique, taille de l'entreprise, secteur d'activité, opposition public/privé).

Chaîne de valeur mondiale : Fragmentation internationale du processus de production dans différents pays afin de tirer parti des différences de qualification, de technologies, de prix des facteurs de production, etc.

Choc asymétrique : Modification du niveau de l'activité économique telle qu'elle affecte un pays ou un groupe de pays sans concerner les autres.

Chômage : Situation d'une personne sans emploi, à la recherche d'un emploi et disponible pour travailler dans un délai court. Les chômeurs sont des actifs au même titre que les actifs occupés, ceux qui travaillent. Le taux de chômage correspond au rapport entre le nombre de chômeurs et la population active. Le taux d'emploi est le rapport entre le nombre de travailleurs et la population en âge de travailler.

Classes sociales : Le concept de classe sociale renvoie à l'idée de groupes sociaux clairement distincts qui seraient porteurs d'intérêts divergents et donc de conflits.

Cohésion sociale : Situation caractérisée par la stabilité et la force des liens sociaux et par un niveau élevé de solidarité entre les membres d'une société.

Commerce interbranche : Porte sur des produits issus de branches différentes.

Commerce international : Désigne les échanges internationaux de biens et de services.

Commerce intrafirme : Commerce qui désigne les échanges entre une société mère et une de ses filiales, ou encore entre les différents établissements ou filiales d'une même entreprise, qui peut être une firme multinationale.

Compétitivité prix et hors prix : La compétitivité prix se traduit par la capacité à proposer sur le marché des prix inférieurs aux concurrents (elle dépend des coûts de production, de l'évolution du taux de change, et des comportements de marge). La compétitivité hors prix est la capacité à conquérir des parts de marché en jouant sur d'autres déterminants que le prix (design, réputation de la marque, innovation, etc.).

Concurrence : Situation de marché qui se traduit par un plus ou moins haut degré de compétition entre les offreurs-vendeurs. En situation de concurrence pure et parfaite, la condition d'atomicité étant respectée, chaque offreur est trop petit sur le marché pour pouvoir imposer ou même influencer le niveau de prix. Chacun est donc preneur de prix. En situation de monopole, le monopoleur est faiseur de prix dans la mesure où il peut imposer son prix aux demandeurs. En situation d'oligopole, les entreprises peuvent s'entendre (cartel) pour fixer un niveau de prix commun. Le « faiseur de prix » est collectif.

Conflits sociaux : Opposition entre des individus ou des groupes sociaux qui défendent des valeurs ou des intérêts divergents et cherchent à modifier le rapport de force à leur avantage.

Consommation engagée : Elle incarne une autre représentation de ce que doit être la consommation : reposer sur d'autres impératifs moraux que ceux des sociétés consuméristes.

Crise économique : Dans le cadre d'un cycle, la crise (le taux de croissance se met à baisser) et la reprise (il augmente à nouveau) sont des moments de retournement de la tendance de la croissance.

Croissance économique : Hausse soutenue et durable de la production globale d'une économie. Elle est mesurée par le taux de croissance du produit intérieur brut (PIB) en volume. La croissance effective correspond à la croissance réalisée et mesurée. La croissance potentielle serait la croissance qui serait obtenue si l'ensemble des capacités de production étaient pleinement utilisées, sans pour autant provoquer de l'inflation.

Culture politique : Ensemble des valeurs et des traditions qui structurent les pratiques politiques.

Cycle de vie de l'épargne : La théorie du cycle de vie (donc de la consommation et de l'épargne) nous enseigne que, sous certaines conditions, le taux d'épargne change selon la catégorie d'âge. Ainsi, un agent économique rationnel cherche à lisser sa consommation tout au long de sa vie, car il a conscience des évolutions de son niveau de revenu et de patrimoine. Son revenu étant faible quand il est jeune, il s'endette (patrimoine net négatif). La hausse de son revenu au cours de sa vie active le conduit à se constituer une épargne et un patrimoine (patrimoine net positif et croissant). Il commence aussi à rembourser ses dettes, surtout en fin de période. Enfin, pendant sa retraite, période d'inactivité de fin de vie, il désépargne, rembourse ses dettes et réduit son patrimoine pour consommer (patrimoine net positif et décroissant).
Selon cette théorie, le vieillissement démographique doit entraîner une variation à la baisse de l'épargne globale, de l'accumulation de capital et un ralentissement de la croissance économique.

Déclassement : Processus qui conduit un individu à occuper une position sociale moins valorisée que celle de ses parents (mobilité sociale descendante).

Défaillances de marché : Situations de marché dans lesquelles les mécanismes de marché (offre, demande, ajustement par les variations de prix, main invisible…) ne fonctionnent pas du tout. On distingue trois grandes catégories de défaillances : les situations d'asymétries d'information, l'existence d'externalités et la présence de biens collectifs.

Déficit budgétaire : Dépenses de l'État qui dépassent les recettes.

Déficit public : Déficit budgétaire élargi aux comptes des collectivités locales et de la Sécurité sociale.

Déflation : Au sens strict, forte baisse du niveau général des prix. Au sens large, la déflation correspond à un cercle vicieux où la baisse des prix et la baisse de la demande globale qui en résulte finissent par se cumuler pour entraîner l'économie dans une grave dépression.

Délocalisation : Au sens strict, fermeture d'une unité de production sur un territoire, suivie de sa réouverture sur un autre territoire (à l'étranger le plus souvent), en vue de réimporter sur le territoire d'origine les biens produits à moindre coût, ou de réexporter les biens vers les marchés d'origine à partir de cette nouvelle implantation.

Demande : Intention d'achat d'une certaine quantité de biens et services pour un prix donné à un moment donné.

Demande globale : Ensemble des achats de biens et de services finals effectués au cours d'une année dans une économie donnée (consommation des ménages, investissement des entreprises, demande des administrations publiques, exportations nettes).

Démocratie : Gouvernement du peuple. Régime de gouvernement qui respecte trois principes : la participation du peuple (des citoyens) aux décisions (directement ou par l'intermédiaire de leurs représentants) ; le pluralisme politique ; l'alternance au pouvoir, c'est-à-dire la possibilité effective pour l'opposition d'accéder aux responsabilités si les citoyens en décident.

Désaffiliation : Selon le sociologue Robert Castel, situation dans laquelle se trouve un individu qui est à la fois privé de travail et isolé socialement.

Destruction créatrice : Processus de mutation économique où, dans un secteur donné, les entreprises les moins innovantes ferment, tandis que les entreprises les plus innovantes naissent ou croissent.

Dette publique : Accumulation des déficits publics ainsi que le service de la dette (paiement des intérêts).

Développement durable : Défini dans le rapport « Brundtland » en 1987 comme « un mode de développement qui répond aux besoins des générations du présent sans compromettre la capacité des générations futures à répondre aux leurs ».

Différenciation des produits : Ensemble d'actions par lesquelles une entreprise cherche à singulariser son ou ses produits par rapport aux produits concurrents.

Discrimination : Inégalité de traitement

des individus en fonction d'un critère particulier (sexe, couleur de peau, etc.). La discrimination est illégale.

Disqualification sociale : Selon le sociologue Serge Paugam, processus d'affaiblissement ou de rupture des liens de l'individu qui cumule les handicaps sociaux et se trouve confronté à la marginalisation sociale.

Dotation factorielle : Quantité de facteurs de production disponibles dans un pays.

Droits de propriété : Droits d'utiliser un bien ou un service, d'en retirer un revenu et d'en disposer dans les conditions fixées par la loi.

Échange marchand : Échange qui se réalise sur un marché et qui donne lieu au paiement d'un prix.

Économie réelle : Par opposition à l'économie financière, elle désigne la production, l'échange et la consommation de biens et de services.

Effet d'agrégation (ou effet émergent) : En sociologie, lorsque les individus adoptent les mêmes comportements sans concertation, le résultat collectif obtenu est différent (parfois même contraire aux intentions individuelles initiales).

Égalité : Situation dans laquelle deux individus ou deux groupes sont dans des positions jugées socialement comme étant identiques ou équivalentes.

Épargne : Partie non dépensée (pour la consommation dans le cas d'un ménage) du revenu. Elle permet de financer l'investissement.

Équité : Jugement moral que l'on porte sur une situation. Est équitable ce que l'on considère comme juste. Jean-Paul Fitoussi définit l'équité comme une propriété du critère d'égalité qu'on choisit. L'égalité devant la vie suppose qu'on accepte de plus grandes inégalités de ressources.

Externalisation : Stratégie de recours au marché (acheter des produits aux fournisseurs plutôt que de les faire soi-même) en raison de coûts plus avantageux qu'en production interne.

Externalités : Les externalités ou effets externes désignent les effets (positifs ou négatifs) des activités économiques et des échanges des uns sur d'autres agents économiques, qui ne participent pas à ces échanges. Ces impacts ne sont pas pris en compte dans les calculs de l'agent qui les génère et ne sont pas intégrés au prix du marché.

Facteurs de production : Moyens de production combinés par les entreprises et les administrations publiques pour produire les biens et services. On peut distinguer le facteur travail du facteur capital (capital fixe et capital circulant faisant l'objet de consommations intermédiaires). Le progrès technique via les innovations de procédés et organisationnelles vient améliorer l'efficacité de la combinaison productive.

Firme multinationale : Entreprise de grande taille qui dispose d'au moins une unité de production à l'étranger.

Fiscalité : Sous-ensemble des prélèvements obligatoires qui ne comporte que les impôts.

Flexibilité : La flexibilité du marché du travail fait référence à la souplesse de fonctionnement de ce marché, laquelle se traduit par la capacité pour les employeurs de s'adapter aux fluctuations conjoncturelles (par le licenciement et l'embauche) par les variations du niveau des salaires, par l'ajustement de la durée du travail en fonction des besoins…

Fluctuations économiques : Succession de phases au cours desquelles le taux de croissance du PIB est variable. Les fluctuations rythment de manière plus ou moins régulière l'activité économique. Les cycles sont des fluctuations d'amplitude et de régularité constantes. Lors d'un cycle, on peut observer des phases d'expansion, de ralentissement, de baisse du PIB, de reprise.

Fluidité sociale : Situation dans laquelle l'inégalité des chances est relativement faible. L'égalité des chances et la méritocratie fonctionnent bien.

Gains à l'échange : Surplus de biens et services que les agents économiques peuvent acquérir grâce aux échanges, en comparaison d'une situation où il n'y aurait pas d'échanges et où les individus produiraient eux-mêmes les biens qu'ils consomment.

Globalisation financière : Processus d'unification des marchés financiers au niveau mondial. Elle implique un recours accru aux marchés financiers dans le financement des économies, une concurrence plus forte entre les acteurs financiers (banques, institutions financières, fonds spéculatifs) et la possibilité élargie de participer à tous les compartiments de ces marchés. Sur ce marché financier global, fonctionnant en temps réel, se rencontrent directement les agents à capacité de financement et les agents à besoin de financement. Les premiers vont permettre aux seconds de financer leurs investissements, et plus généralement leurs activités économiques, sans recourir à un intermédiaire financier telle une banque. Le processus de globalisation financière a été décidé par les États pour déréglementer, décloisonner et favoriser la désintermédiation des marchés de capitaux.

Gouvernance multiniveaux : Principe de répartition des compétences entre les différents niveaux de pouvoir au sein de l'Union européenne (local, national et communautaire).

Grève « par procuration » : Les participants s'expriment également au nom de ceux qui ne peuvent pas faire grève, notamment parce qu'ils ne sont pas protégés par la sécurité de l'emploi (ex. : les travailleurs précaires).

Groupe de statut : Groupe d'individus auxquels il est reconnu un certain niveau de prestige social (Max Weber).

Groupe d'intérêt : Groupe de personnes ou organisation qui cherche à influencer les décisions des autorités publiques de manière à défendre collectivement un intérêt spécifique (à l'inverse des partis politiques qui ont pour but la conquête du pouvoir).

Groupe social : Ensemble d'individus ayant des interactions, réunis par un sentiment d'appartenance et reconnus par la société comme faisant partie de ce groupe.

L'*habitus* selon Bourdieu : « Ce que l'on a acquis, mais qui s'est incarné de façon durable dans le corps sous forme de dispositions permanentes » (goûts et aptitudes acquis au cours du processus de socialisation).

Inégalités économiques, inégalités sociales : Une inégalité est une différence qui implique une hiérarchisation sociale, c'est-à-dire qui donne un avantage ou désavantage social à ceux qui disposent ou non de l'attribut inégalement réparti. Les inégalités économiques sont les inégalités liées à l'inégale distribution des ressources économiques (revenu, patrimoine). Les inégalités sociales sont les inégalités liées à l'inégale distribution des ressources (éducation, capital social, etc.) ou de pratiques (santé, logement, situation d'emploi, etc.).

Inflation : Situation de hausse du niveau général des prix. Le taux d'inflation (taux de variation du niveau général des prix) mesure l'inflation. La désinflation est un ralentissement de l'inflation, c'est-à-dire de baisse du taux d'inflation qui reste positif.

Institutions : Ensemble des règles du jeu (contraintes) dans l'économie et la société, créées par les hommes pour organiser les interactions. Les institutions économiques encadrent le fonctionnement des marchés de biens et services, du travail, des capitaux (financiers) via les droits de propriété, les conditions de concurrence, la protection par les brevets.

Intermédiation financière : Activité qui consiste pour les institutions financières à assurer la satisfaction du besoin de financement des agents économiques qui souhaitent se procurer des capitaux, et à permettre aux agents à capacité de financement d'effectuer le placement de leur épargne.

Investissement : Opération d'acquisition (achat) de capital fixe productif. L'investissement peut se traduire par une accumulation de capital quand le stock de capital augmente. On utilise la notion d'investissement pour le capital humain également.

Libre-échange : Le libre-échange entre les nations est réalisé lorsqu'il n'existe aucune entrave au commerce international (pas de quotas, de droits de douane, de barrières non tarifaires, etc.).

Marché : Lieu de rencontre, virtuel ou réel, d'une offre et d'une demande, et où se fixe un prix.

Méritocratie : Système dans lequel la position sociale occupée par un individu est liée à son mérite (effort, etc.).

Mobilité intergénérationnelle : Changements plus ou moins importants de position sociale et professionnelle observables entre plusieurs générations (en comparant la position sociale du fils à celle du père).

Mobilité intragénérationnelle : Changement de position sociale et professionnelle d'un individu au cours de sa vie.

Mobilité observée : Mesure du pourcentage de fils qui se trouvent dans une PCS différente de leur père. Par exemple, en 2003, selon l'Insee, 83 % des fils d'employés ne sont pas dans la PCS « employés ».

Mobilité relative : C'est la mesure de la mobilité par *odds ratio* (terme anglais signifiant « cotes » dans le pari sportif).

Mobilité sociale : Changements de statut social des individus ou des groupes sociaux au cours du temps, ainsi que les différences entre le statut social des parents et celui de leurs enfants.

Modes de scrutin : Règles qui définissent la façon dont les sièges sont pourvus au cours des élections.

Monnaie : Actif le plus liquide dans une économie, c'est-à-dire qu'il peut être transformé en un autre actif rapidement et sans coût de transaction.

Mouvement migratoire : Résultat du solde entre le nombre d'immigrés (NI), ceux qui entrent dans un pays et le nombre d'émigrés (NE), ceux qui sortent d'un pays. Si NI > NE alors le solde migratoire est positif.

Mouvement naturel de la population : Résultat du solde entre le nombre de naissances (NN) et le nombre de décès (ND). Si NN > ND, il y a accroissement naturel.

Mouvements sociaux : Forme d'action collective en faveur d'une cause et tournée vers la protestation envers un adversaire désigné (politique gouvernementale, autres groupes sociaux, etc.).

Offre : Volume de biens et services mis à la disposition du marché afin d'être vendus.

Paradoxe d'Anderson : Situation dans laquelle un individu plus diplômé que son père occupe une position sociale et professionnelle inférieure à ce dernier.

Paradoxe de l'action collective : Contrairement aux attentes, paradoxalement, un individu rationnel a intérêt à ne pas participer à une action collective (grève par exemple) pour ne pas en subir les coûts et bénéficier, néanmoins, des gains. Toutes choses égales par ailleurs, un individu rationnel a intérêt à adopter un comportement de « passager clandestin ». Cela suppose toutefois que les autres ne raisonnent pas de la même manière.

Parité : Situation d'égalité qui renvoie généralement à la nécessité d'assurer l'égalité entre hommes et femmes dans tous les domaines de la vie sociale.

Partenaires sociaux : Ensemble constitué par les organisations patronales et les syndicats.

Participation électorale : Comportement d'un électeur inscrit sur les listes électorales qui exerce son droit de vote.

Participation politique : Ensemble des activités individuelles ou collectives susceptibles de donner aux gouvernés une influence sur le fonctionnement du système politique.

Pauvreté : Phénomène multidimensionnel qui peut se définir en termes monétaires (critère de revenu), en termes de conditions de vie (accès à un certain nombre de biens et services considérés comme essentiels) ou en termes subjectifs (sentiment d'être pauvre).

PIB : Le PIB est un agrégat, somme (agrégation) de productions très hétérogènes. Le PIB permet de mesurer la production globale de l'économie, en faisant la somme des valeurs ajoutées et d'estimer la capacité de l'économie à satisfaire les besoins de tous les agents économiques (ménages, entreprises...).

Pluralisme politique : Respect de la diversité des orientations politiques, le multipartisme, la compétition libre pour l'accès aux fonctions électives.

Politique budgétaire : Ensemble des moyens mis en œuvre par un État pour agir sur la situation macroéconomique par l'utilisation de la fiscalité et des dépenses publiques.

Politique climatique : Ensemble des objectifs et instruments utilisés par les pouvoirs publics pour réduire les émissions de gaz à effet de serre et contrôler les changements climatiques induits. Ces politiques visent à répondre aux problèmes posés par les externalités négatives. Pour cela, les politiques environnementales et climatiques s'appuient sur trois grands types d'instruments : les réglementations, la taxation et les marchés de quotas d'émission.

Politique conjoncturelle : Politique macroéconomique qui recouvre l'ensemble des décisions prises et des mesures appliquées par les pouvoirs publics pour agir sur les composantes de la demande globale (consommation, investissement) afin de stabiliser la croissance effective. Les objectifs sont ceux du carré magique. Les principaux instruments sont la politique monétaire et la politique budgétaire.

Politique environnementale : Regroupe les mesures prises par les pouvoirs publics dans le but de susciter, chez les pollueurs, un comportement plus soucieux de l'environnement.

Politique monétaire : Ensemble des moyens mis en œuvre par un État ou une autorité monétaire (Banque centrale) pour agir sur l'activité économique et l'inflation par la régulation de la quantité de monnaie en circulation.

Politiques structurelles : Ensemble des interventions publiques destinées à agir sur les structures de l'économie qui encadrent, organisent et conditionnent le fonctionnement des économies à long terme. Ce sont des politiques microéconomiques qui agissent sur les déterminants de l'offre globale afin de renforcer la croissance potentielle.

Prélèvements obligatoires : Ensemble des impôts (TVA, impôt sur le revenu, sur les sociétés) et des cotisations sociales qui ne donnent pas droit à une contrepartie immédiate.

Preneur de prix : Comportement du producteur ou de la firme sur le marché de concurrence pure et parfaite, en ce qu'il adopte le prix tel qu'il se fixe sur le marché.

Principe de subsidiarité : Principe

de répartition des compétences publiques entre les différents niveaux d'action (local, national, régional, européen).

Prix : Dans une économie monétaire, le prix est la quantité de monnaie que l'on doit donner en échange d'une unité d'un bien ou d'un service.

Processus de destruction créatrice : Double processus de destruction d'activités, d'entreprises, d'emplois et de création d'activités, d'entreprises, d'emplois, impulsé par le processus d'innovation. Il est source de croissance à long terme.

Production : Ensemble des biens et services produits par les entreprises et administrations publiques afin de satisfaire les besoins de tous les agents économiques. La production marchande s'échange sur un marché à un prix de marché. La production non marchande (administrations publiques notamment) ne s'échange pas de manière marchande, elle n'a pas de prix mais n'est pas gratuite. Elle est mesurée par le coût des facteurs de production qui s'échangent à un prix sur divers marchés.

Productivité : Rapport entre la quantité produite et la quantité de facteur mobilisée pour l'obtenir. La productivité permet d'estimer l'efficacité des facteurs de production (productivité apparente du travail ou du capital) ou celle de l'ensemble des facteurs de production (productivité globale des facteurs).

Productivité globale des facteurs : Mesure du rapport entre la quantité produite et la quantité globale de facteurs de production utilisée.

Profit : Revenu du capital et/ou de l'entrepreneur. En comptabilité nationale comme en comptabilité privée, ce concept est mesuré par l'excédent brut d'exploitation.

Progrès technique : Ensemble des modifications qui affectent les procédés ou la nature des biens réalisés, ou encore ensemble des innovations qui améliorent l'efficacité de la combinaison productive et la qualité des produits. La productivité globale des facteurs est une estimation des effets du progrès technique sur la croissance économique.

Protectionnisme : Politique commerciale qui vise à protéger de la concurrence internationale le marché intérieur d'un pays par différentes mesures (droits de douane, quotas, barrières non tarifaires).

Protection sociale : Ensemble des mécanismes de prévoyance collective qui permettent aux individus de faire face aux conséquences (perte de revenus, hausse de certaines dépenses) d'un certain nombre de risques sociaux (maladie, chômage, vieillesse sans ressource).

Quantité d'équilibre : Quantité de biens et services échangée au prix d'équilibre du marché.

Rapports de production : Place que chacun occupe dans l'ordre économique : elle détermine la classe à laquelle un individu appartient.

Rationnement : Distribution en quantité limitée et inférieure à la quantité désirée.

Redistribution : Ensemble des transferts de revenus opérés par les administrations publiques (prélèvement d'impôts et de cotisations sociales afin de verser des revenus de transfert et financer la protection sociale).

Régime parlementaire : Régime politique caractérisé par le fait que le gouvernement est politiquement responsable devant une assemblée législative qui peut être dissoute.

Régime présidentiel : Régime politique caractérisé par l'autonomie réciproque du gouvernement et des assemblées : le Président ne peut dissoudre le Parlement, et celui-ci ne peut renverser le gouvernement.

Régime semi-présidentiel : Régime politique hybride qui combine des éléments du régime présidentiel (élection du président au suffrage universel) et des éléments du régime parlementaire où le gouvernement est responsable devant le parlement.

Régulation des conflits : Processus par lequel des règles sociales viennent encadrer les conflits, et peuvent être à leur tour modifiées par ces conflits.

Répartition/capitalisation : Un système de **retraite par répartition** est un système dans lequel les actifs du moment versent des cotisations sociales à la caisse d'assurance vieillesse afin d'obtenir le droit de recevoir plus tard une pension de retraite. Dans le même temps, les cotisations versées permettent de financer les pensions des retraités de la période. Il existe donc une solidarité intergénérationnelle fondamentale entre actifs, en âge de travailler et de cotiser, et inactifs qui ne sont plus en âge de travailler. Enfin, la mise en place de systèmes de **retraite par capitalisation** permettant aux ménages de placer une partie de leur épargne dans des fonds ad hoc pourrait être une solution pour de nombreux observateurs, mais rien ne change au niveau des équilibres macroéconomiques. De plus, ce système présente un risque pour les ménages qui pourraient perdre leur épargne et in fine leur pension de retraite.

Répertoires d'action politique : Modes d'actions politiques disponibles dans une société à un moment donné de son histoire.

Réseaux sociaux : Agencement de liens entre des individus ou des organisations (la famille, les collègues, un groupe d'amis, une communauté, etc.).

Revenu : Somme qui peut être dédiée à la consommation par un individu sans qu'il entame la valeur de son patrimoine. Rémunération d'un travail ou d'un capital.

Revenu permanent : Revenu que les ménages espèrent obtenir durant leur vie.

Rôle de « prêteur en dernier ressort » : La Banque centrale fournit à une banque en difficulté les liquidités nécessaires pour lui éviter la faillite.

Salaire : Revenu du travail pour les

personnes qui ont un employeur. Le taux de salaire est le prix de ce travail sur le marché du travail (salaire = taux de salaire x temps de travail). Le salaire nominal est le salaire en unité de monnaie courante. Le salaire réel est le salaire en termes de pouvoir d'achat, en volume, déduction faites des effets de l'inflation. Le coût salarial unitaire est le rapport entre le coût salarial et la productivité d'un travailleur.

Salaire d'efficience : Il fait référence à une théorie selon laquelle il est possible pour un employeur d'améliorer la productivité des travailleurs, donc de réduire ses coûts unitaires de production, en versant un salaire plus élevé, donc plus motivant et qui élève le coût d'opportunité de la perte de l'emploi.

Salaire minimum : Salaire institutionnel, fixé par les États et/ou les partenaires sociaux afin que le niveau de salaire versé à un travailleur pour un temps de travail donné ne descende pas plus bas que ce niveau plancher.

Salarisation : Augmentation du pourcentage de salariés dans la population active occupée (qui travaille).

Segmentation du marché du travail : Il existe plusieurs segments bien distincts, voire plusieurs marchés du travail. On peut par exemple distinguer le marché primaire (des travailleurs qualifiés, en CDI avec de faibles chances d'être durablement au chômage, qui occupent des postes dans le haut de la hiérarchie, avec des salaires élevés et de belles perspectives de carrière) du marché secondaire (des travailleurs peu qualifiés, en CDD ou mission d'intérim, avec de fortes chances d'être durablement au chômage, qui occupent des postes dans le bas de la hiérarchie, avec des salaires faibles et peu de perspectives de carrière).

Services collectifs : Activités d'intérêt général prises en charge par une personne publique (administration ou entreprise publique) ou une personne privée (entreprise privée), mais sous le contrôle d'une personne publique.

Socialisation : Processus par lequel chaque individu construit son identité en fonction des différentes valeurs et normes sociales en vigueur et des interactions qu'il a avec autrui.

Socialisation anticipatrice : Ensemble des valeurs et normes d'un groupe social qu'un individu acquiert en vue de l'intégrer.

Socialisation politique : Résultat à la fois d'une contrainte imposée par certains agents sociaux, mais aussi d'une interaction entre l'individu et son environnement. Elle ne se réduit pas à la transmission d'une culture politique nationale, mais aboutit à la formation d'une identité partisane, résultant de l'existence d'une pluralité de cultures au sein de la société (cultures de classes, cultures locales).

Société civile organisée : Toutes les formes d'action sociale menées par des individus ou des groupes n'émanant pas de l'État et qui ne sont pas dirigés par lui. Une société civile organisée est une structure organisationnelle dont les membres servent l'intérêt général au moyen d'un processus démocratique et jouent un rôle de médiateur entre les pouvoirs publics et les citoyens.

Solidarité mécanique : Forme de cohésion sociale caractéristique des sociétés traditionnelles qui repose sur la substituabilité dans leurs fonctions sociales d'individus ayant une conscience collective forte (valeurs et croyances communes) et où la division du travail est faible.

Solidarité organique : Forme de cohésion caractéristique des sociétés modernes qui repose sur la complémentarité dans leurs fonctions sociales d'individus autonomes (comparables à des organes du corps humain) et dont la conscience individuelle prend le pas sur la conscience collective, et où la division du travail rend les individus interdépendants.

Soutenabilité : La soutenabilité de la croissance fait référence à notre capacité à produire des biens et services sans mettre en péril notre environnement naturel. En effet, pour produire nous devons utiliser divers types de facteurs de production, dont les ressources environnementales. Le capital naturel correspond à l'ensemble des ressources naturelles (air, eau, matières premières…). Notre mode de croissance peut entraîner une baisse du stock de capital naturel, ce qui peut nuire à la satisfaction des besoins des agents économiques. Si la soutenabilité est faible, la dégradation du stock de capital naturel peut être compensée par une augmentation du stock de capital technologique. Il y a substituabilité car le capital naturel est considéré comme un capital productif comme les autres. La contrainte environnementale est faible. Si la soutenabilité est forte, les différentes formes de capital ne sont pas substituables. Le degré de la contrainte environnementale est plus fort. En particulier, la substituabilité n'est pas possible entre une hausse du capital physique/technologique et une baisse du capital naturel.

Spécialisation : Action qui consiste à se consacrer à une production ou à un travail déterminé. La spécialisation rend nécessaire l'échange.

Spécialisation internationale : Division internationale du travail (DIT). Elle s'accompagne logiquement de l'échange international.

Spéculation : Activité financière consistant à acheter un produit à un prix en espérant (en faisant le pari de) le revendre plus tard à un prix plus élevé et réaliser, ainsi, une plus-value. Ce sont donc les anticipations en situation d'incertitudes qui alimentent la spéculation.

Stratégie de « passager clandestin » : Stratégie de comportement de l'agent qui souhaite bénéficier des avantages d'une action sans en supporter le coût.

Strates : « couches » de population classées selon plusieurs critères (revenus, diplômes, prestige…) et caractérisées par l'absence de conflit majeur.

Stratification sociale : Ensemble des

systèmes de différenciation sociale. Organisation sociale des inégalités entre groupes sociaux.

Syndicat : Organisation de salariés qui s'étend au-delà des frontières de l'entreprise, dans le but de protéger ou d'améliorer, à travers l'action collective, le statut économique et social de ses adhérents.

Tables **de mobilité** : Il s'agit de tableaux croisés à double entrée où sont représentés en colonne le groupe socioprofessionnel du fils et en ligne celui du père. Elles permettent de mesurer les flux de mobilité intergénérationnelle. On distingue les **tables d'origine** ou de recrutement et les **tables de destinée**. Seuls les actifs occupés, hommes âgés de 30 à 59 ans qui travaillent ou ont déjà travaillé à la date de l'enquête (ou plus récemment les femmes actives), classés par PCS (professions et catégories socioprofessionnelles), sont pris en compte. Les chômeurs, les retraités ou les préretraités (inactifs) sont classés dans leur dernière position d'activité.

Taux de chômage : Part des chômeurs (en pourcentage) dans la population active totale.

Taux d'emploi : Rapport, pour une catégorie d'individus, entre le nombre de personnes de la catégorie ayant un emploi et le nombre total d'individus de la catégorie qui sont en âge de travailler.

Taux d'intérêt : L'intérêt est le revenu que l'on tire d'un capital placé auprès d'autrui : il se calcule en pourcentage de la valeur nominale de ce capital et s'exprime généralement en un taux annuel qui indique alors le prix à payer pour le prêt, à échéance un an, d'un capital.

Tertiarisation : Augmentation du pourcentage de salariés qui travaillent dans le secteur tertiaire et baisse du pourcentage de salariés qui travaillent dans les secteurs primaire et secondaire.

Tragédie des biens communs : Le libre accès à une ressource limitée pour laquelle la demande est forte entraîne sa surexploitation et, à terme, sa disparition (ex. : la pêche du thon rouge).

Travail : Activité socialement et institutionnellement organisée par le droit du travail et les conventions collectives, qui peut parfois être confondue avec l'emploi. La notion de travail doit être distinguée de celle d'emploi qui s'applique à une fonction productive dans une organisation économique.

Union économique et monétaire (UEM) : Accord entre les pays membres de l'Union européenne visant à créer une monnaie unique (l'euro) avant le 1er janvier 2002 et à transférer leur souveraineté monétaire à une banque centrale unique : la Banque centrale européenne (BCE).

Valeur ajoutée : La valeur ajoutée désigne la différence entre la valeur de la production (le chiffre d'affaires pour une production vendue) et la valeur des consommations intermédiaires (CI). Chiffre d'affaires = valeur des ventes réalisées par une entreprise = prix de vente unitaire × nombre de produits vendus.

Variables lourdes du comportement

électoral : Variables retenues par la sociologie électorale comme étant celles qui permettent le mieux de prédire le vote (appartenance religieuse, patrimoine, etc.).

Vote sur enjeu : Idée que les électeurs se détermineraient en fonction du contexte, des candidats et des enjeux propres à chaque élection.

Achevé d'imprimer en août 2022 en République Tchèque par Finidr
Dépôt légal : août 2022 - Édition 01
28/0730/2

Objectif BAC Tle

Grand Oral

Tout pour préparer et réussir votre Grand Oral !

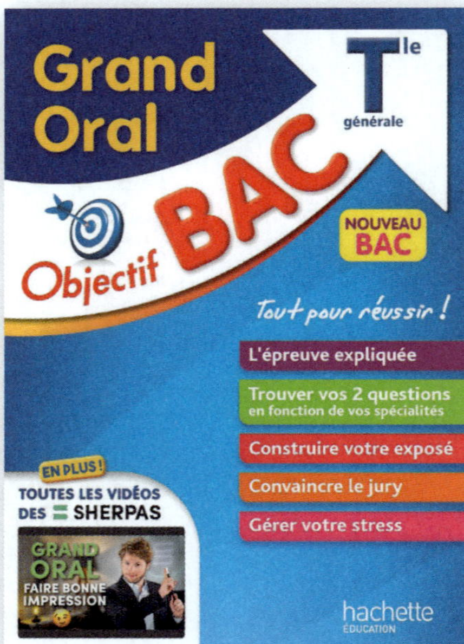

- **Dans chaque enseignement de spécialité : tous les conseils pour trouver vos questions, des exemples de questions et une question corrigée**
- **Les méthodes pour développer votre exposé, enrichir les échanges avec le jury et contrôler votre stress**